Journal d'une Princesse 5

L'anniversaire d'une Princesse

5

Meg Cabot

Journal d'une Princesse 5

L'anniversaire d'une Princesse

Traduit de l'anglais (américain)
par Josette Chicheportiche
Illustrations de Chesley Mc Laren
A collaboré à cet ouvrage : Véronique Fleurquin
pour la traduction des extraits

HACHETTE Jeunesse

L'édition originale de cet ouvrage
a paru en langue anglaise
chez HarperCollins Children's Books USA
sous le titre :
The Princess diaries, volume V : Princess in pink

43, quai de Grenelle, 75015 Paris.

Extraits tirés de l'édition originale PRINCESS LESSONS initialement
parue en langue anglaise.

C'est vrai, dit-elle. Parfois, je fais semblant d'être une princesse. Je fais semblant pour me comporter en princesse.

Petite Princesse, Frances Hodgson Burnett.

L'atome
Journal officiel des élèves du lycée Albert-Einstein
Soyons fiers de nos Lions d'Albert-Einstein

Semaine du 5 mai
N° 27

Les lauréats de la fête de la Science

par Rafael Menendez

Nos camarades des classes scientifiques ont présenté vingt et un projets à la fête de la Science qu'organise tous les ans le lycée Albert-Einstein. Plusieurs d'entre eux ont été sélectionnés au concours régional de la ville de New York, qui aura lieu le mois prochain. Judith Geshner (terminale) a remporté le premier prix pour son séquençage du génome humain. Ont été cités au palmarès d'honneur Michael Moscovitz (terminale) pour son programme informatique dans lequel il reproduit l'extinction d'une étoile naine, et Kenneth Showalter (seconde) pour ses expériences de transsexualité chez les tritons.

Victoire des équipes de football

par Ai-Lin Hong

Nos équipes de football de première et seconde divisions sont sorties toutes deux victorieuses des matches du week-end dernier contre le lycée de Dwight. Josh Richter (terminale) a conduit son équipe de première division à une victoire éclatante avec un score de 8 à 0. Quant à notre équipe de seconde division, elle peut être fière d'avoir marqué un score de 7 à 6. Le déroulement des matches a été perturbé par la présence de l'un des écureuils de Central Park qui ne cessait d'aller et venir sur le terrain. Il a été finalement chassé par la principale Gupta.

Des vacances studieuses pour notre princesse

par Melanie Greenbaum

Mia Thermopolis (seconde), qui a appris à l'automne dernier qu'elle était l'unique héritière de la principauté de Genovia, n'a pas chômé pendant ses vacances puisqu'elle a participé à la construction de maisons pour les sans-abri. À son retour des Smoky Mountains, elle a déclaré : « Ça va, ce n'était pas trop dur. À part l'absence de salle de bains et le fait que je n'arrêtais pas de me donner des coups de marteau sur les doigts. »

Semaine des terminales

par Josh Richter, délégué

La semaine du 5 au 10 mai sera consacrée aux terminales. Il est temps de fêter vos aînés qui ont travaillé avec acharnement pour vous montrer le bon exemple.

La Semaine des terminales se déroulera de la sorte :

Lundi :	Remise des prix
	Banquet
Mardi :	Rencontres sportives
	Banquet
Mercredi :	Conférences
Jeudi :	Soirée des terminales
Vendredi :	Journée libre
Samedi :	Gala de l'école

Note de la principale Gupta : la journée libre du vendredi n'est pas une manifestation sanctionnée par l'administration. Par conséquent, je compte sur tous les élèves de terminale pour assister aux cours le vendredi 9 mai. Par ailleurs, la requête émanant de certains nouveaux élèves du lycée, qui souhaiteraient que les secondes et les premières puissent aller au gala de l'école même s'ils ne sont pas invités par des élèves de terminale, est rejetée.

Note à tous les élèves

L'administration a remarqué que beaucoup d'élèves ne semblaient pas bien connaître les paroles de l'hymne de notre lycée. Je me propose donc de vous les redonner :

Lions d'Albert-Einstein, nous vous soutenons,
Hardi les filles et les garçons
Lions d'Albert-Einstein, nous vous soutenons,
Bleu et or, bleu et or, bleu et or,
Lions d'Albert-Einstein, nous vous soutenons,
Personne ne vous battra,
Lions d'Albert-Einstein, nous vous soutenons
La partie remportera !

Je rappelle à tous qu'au cours de la cérémonie de la remise des diplômes, les élèves qui s'amuseraient à changer les paroles de l'hymne (en particulier pour des paroles subversives) seront immédiatement renvoyés. Toutes les critiques concernant les connotations militaires de notre hymne doivent être soumises par écrit à l'administration et non griffonnées sur les portes des toilettes ou débattues lors d'émissions télévisées qui passeraient sur des chaînes câblées.

Courrier au rédacteur en chef

À bon entendeur, salut :

L'article de Melanie Greenbaum dans le dernier numéro de *L'Atome* sur les avancées du mouvement de la libération de la femme au cours des trente dernières années est d'un grotesque achevé. Le sexisme est malheureusement encore présent, non seulement dans bien des pays de par le monde, mais chez nous aussi. En Utah, par exemple, survit la polygamie, et un homme peut y épouser des petites filles d'à peine onze ans. Cette pratique n'est pas rare et est pratiquée par les Mormons[1] fondamentalistes qui continuent de vivre selon les traditions du XIXe siècle. Cinquante

1. Église américaine, fondée au XIXe siècle dont les descendants représentent aujourd'hui une grande part de la population de l'Utah. De mœurs austères, vivant très repliés sur eux-mêmes, ils ont énormément d'enfants et autorisaient la polygamie jusqu'à une date récente.

mille personnes environ, soit 2 % de la population de l'Utah, vivent dans une famille comptant plusieurs épouses, malgré la condamnation de cette pratique par l'Église mormone, et la promulgation de sanctions sévères dans le cas de mariages avec des mineures. Ainsi, un homme polygame ou bien un homme d'Église qui célébrerait un mariage polygame s'expose à une peine de prison allant jusqu'à quinze ans. Je ne suis pas en train d'expliquer aux autres comment vivre. Je dis seulement à Mlle Greenbaum : « Ouvrez donc les yeux, et écrivez un article sur les vrais problèmes qui touchent la moitié de la population de cette planète. » Il serait temps que l'équipe de *L'Atome* confie à ses rédacteurs le soin de faire des reportages sur ce genre de sujets, au lieu de leur commander des papiers sur les menus à la cantine.

Lilly Moscovitz

Menu de la semaine

par Mia Thermopolis

Lundi : Chips
Pizza à la française
Bâtonnets de poisson
Boulettes de viande
Poulet aux épices

Mardi :	Soupe et sandwichs
	Feuilleté au poulet
	Pita au thon
	Pizza individuelle
	Nachos Deluxe
Mercredi :	Salade et tacos
	Burrito
	Hot dog
	Sandwich
	Bœuf à l'italienne
Jeudi :	Salade chinoise
	Poulet rôti
	Maïs grillé
	Salade de pâtes
	Bâtonnets de poisson
Vendredi :	Salade de haricots
	Fomage fondu
	Frites
	Manchons de poulet
	Bretzel

Petites annonces :

Rédigez votre propre petite annonce à raison de 50 cents/ligne.

Anniversaire
Bon anniversaire, Reggie ! 16 ans, enfin !
Les deux Helen.

Bon anniversaire en avance, MT ! Amitiés.
Tes loyaux sujets.

Trouvé
Une paire de lunettes, monture métallique, dans salle d'étude dirigée. Voir Mrs. Hill.

Personnel
Tu vas à la soirée de gala avec moi, CF ? Dis oui, je t'en prie. GD.

Achetez vos fournitures scolaires chez Ho et venez profiter de la promotion de cette semaine sur les gommes, les agrafes, les cahiers et les stylos.

Également : Cartes Yu-Gi-Oh
Slimfast à la fraise

De MK à MW

Mon amour à jamais
Comme une fleur grandit
Quand s'arrêtera-t-elle
Personne ne le sait

Perdu

Un cahier à spirale, dans la cafétéria. Interdiction absolue de le lire ! Récompense à celle ou celui qui le rapportera. Casier n° 50.

À vendre

Une guitare basse Fender baby-blue, jamais utilisée. Avec ampli et cassette vidéo pour débutant. 300 $. Casier n° 345.

Amour

Jeune fille aimant les histoires d'amour cherche garçon aimant également les histoires d'amour. Moins d'un mètre quatre-vingts, fumeur et fan de heavy metal s'abstenir.

Email : cœuraimantlyceealberteinstein.edu

Mercredi 30 avril, pendant le cours de bio

Mia, est-ce que tu as vu le dernier numéro de L'Atome ? *Shameeka.*

Oui. J'aimerais bien que Lilly ne fasse pas d'allusion à mes papiers quand elle s'adresse au rédacteur en chef. D'autant plus que je n'ai pas encore payé ma cotisation. En plus, la rubrique « Menu » me convient parfaitement.

À mon avis, Lilly estime que si ton but dans la vie, c'est de devenir écrivain, tu n'y arriveras pas si tu continues de t'exprimer au sujet des bâtonnets de poisson et des tacos.

C'est absolument faux. J'ai procédé à des innovations très importantes dans la rubrique « Menu ».

C'est dans ton intérêt que Lilly fait ça.

Eh bien, je ne suis pas sûre d'être d'accord. Melanie Greenbaum fait partie de l'équipe de basketball. Elle peut me mettre KO en un rien de temps. Je ne suis pas sûre que ce soit dans mon intérêt que Lilly la braque contre moi.

Alors ?

Alors quoi ?

Il t'a demandé ?

Qui m'a demandé quoi ?

EST-CE QUE MICHAEL T'A INVITÉE À LA SOIRÉE DE GALA ??????

Euh... non.

Mia, le gala a lieu dans moins de DEUX SEMAINES ! Jeff m'en a parlé il y a UN MOIS. Comment veux-tu avoir le temps de te trouver une robe si tu ne sais pas si tu y vas ou pas ? Sans compter que tu dois prendre rendez-vous chez le coiffeur et la manucure, et que Michael doit louer une limousine et un smoking, et réserver une table dans un restaurant. Et pas à la pizzeria du coin! Il doit t'emmener chez Maxim's! C'est du sérieux!

Ne t'en fais pas, Michael va bientôt le faire. Il a été très occupé ces derniers temps à cause de son nouveau groupe et de son inscription à l'université.

Tu ferais mieux de le lui rappeler. Imagine un peu qu'il ne t'en parle qu'à la dernière minute. Si tu dis oui, ça signifiera que tu as attendu pendant tout ce temps qu'il te propose de l'accompagner.

Permets-moi de te rappeler qu'on sort ensemble, Michael et moi. Ce n'est pas comme si j'avais l'occasion d'aller à cette soirée avec quelqu'un d'autre. De toute façon, je ne vois pas avec qui. Soyons réalistes : ma situation n'a rien à voir avec la tienne. Les garçons de terminale ne font pas la queue devant mon casier pour avoir une chance de sortir avec moi. Non que ça m'intéresserait. De sortir avec un autre garçon, je veux dire. Parce que j'aime Michael et que je n'aimerai que lui.

En bien, j'espère pour toi qu'il ne va pas trop tarder. Je n'ai pas envie d'être la seule fille de seconde à la soirée de gala! Avec qui je vais m'enfermer pour papoter dans les toilettes, hein?

Ne t'inquiète pas. Je serai là. Ho, ho. C'est quoi déjà le truc sur les vers des glaciers?

Ils diffèrent des vers de terre classiques car ils...

Le ver des glaciers
par
Mia Thermopolis*

Tout le monde sait que l'habitat de l'ours polaire, du pingouin, du renard des neiges et du phoque est en danger. Et, contrairement à l'opinion courante, les glaciers n'abritent pas seulement la vie au-dessus - sur leurs pentes – et en dessous – dans la mer –, mais également à l'intérieur.

Récemment, des scientifiques ont découvert l'existence d'un mille-pattes vivant à *l'intérieur* des glaciers. On en a même trouvé dans du méthane gelé au fond du golfe du Mexique. Ces créatures, appelées vers des glaciers, mesurent trois à six centimètres et se nourrissent de bactéries, ou vivent en symbiose avec elles.

* Mr. Sturgess, *je vous jure* que les petits mots qu'on se faisait passer, Shameeka et moi, étaient en rapport avec votre cours. Mais vous faites comme vous voulez.

Je n'ai écrit que 102 mots. Il m'en manque 98 si je veux arriver à 200.

COMMENT VOULEZ-VOUS QUE JE PENSE AUX VERS DES GLACIERS QUAND MON PETIT COPAIN NE M'A TOUJOURS PAS DEMANDÉ DE L'ACCOMPAGNER AU GALA DE L'ÉCOLE ???????

Mercredi 30 avril, pendant l'heure d'hygiène et sécurité

M — Tu en fais une de ces têtes. Tu as avalé une chaussette ? Lilly.

Le prof de bio nous a surprises, Shameeka et moi, en train de nous envoyer des petits mots. Résultat, il nous a demandé d'écrire un texte de 200 mots sur les vers des glaciers.

Et alors ? Tu devrais prendre cette punition comme un défi littéraire. Par ailleurs, 200 mots, ce n'est rien pour une journaliste hors pair comme toi. Tu devrais pouvoir nous faire ça en moins d'une demi-heure.

Lilly, est-ce que ton frère t'a parlé du gala de l'école ?

Hein ? Quoi ?

Le gala de l'école, qui couronne la fin des études secondaires. Tu en as tout de même entendu parler, non ? Ça a lieu chez Maxim's, dans une semaine. Est-ce qu'il t'a dit s'il envisageait d'y aller accompagné ?

ACCOMPAGNÉ ? Qu'est-ce que tu veux dire par ACCOMPAGNÉ ? Par son CHIEN ?

Tu sais très bien ce que je veux dire.

Michael ne me parle pas de ce genre de choses, Mia. Son principal sujet de conversation avec moi, c'est si c'est mon tour ou non de vider le lave-vaisselle, de mettre le couvert ou de ramasser et de jeter à la poubelle les klee-

nex des participants aux séances de thérapie de groupe que nos parents organisent pour les adultes qui ont été kidnappés à l'étranger quand ils étaient petits[1].

C'est bon. Je me posais juste la question.

Arrête de te ronger les sangs, Mia. Si Michael décide d'aller à cette soirée avec quelqu'un, ce sera avec toi.

Qu'est-ce que tu veux dire par SI Michael décide d'y aller ?

Je veux dire QUAND *il décidera d'y aller. Hé ho, qu'est-ce que tu as ?*

Rien. Sauf que Michael est l'amour de ma vie, qu'il entre à l'université en septembre et que s'il ne m'invite pas au gala de l'école cette année, je n'aurai pas l'occasion d'y aller avant d'être en terminale, c'est-à-dire pas avant TROIS ANS !!!!!!! Et dans trois ans, Michael sera en licence et portera peut-être même la barbe !!!!! Tu ne peux pas aller au bal du lycée avec un garçon qui a la BARBE.

Je trouve que cette histoire de gala t'affecte beaucoup trop. Tu vas avoir tes règles ou quoi pour être aussi émotive ?

NON !!!!!! JE VEUX JUSTE ALLER À LA SOIRÉE DE GALA DU LYCÉE AVEC MON PETIT AMI AVANT QU'IL ENTRE À L'UNIVERSITÉ ET/OU SE LAISSE POUSSER LES

1. Les parents de Lilly et Michael sont tous deux psychiatres.

POILS DU MENTON EN QUANTITÉ EXCESSIVE !!!!!! C'EST MON DROIT, NON ??????

Tu es sûre que tu ne veux pas un Doliprane ? Par ailleurs, au lieu de me demander si mon frère va te proposer de l'accompagner à cette soirée, je crois que tu ferais mieux de TE *demander pourquoi ce rite païen et complètement dépassé compte autant pour toi.*

Parce que ça compte pour moi, OK !!!!!

Est-ce parce que ta mère ne voulait pas t'acheter la tenue « Soirée de gala » pour ta Barbie quand tu étais petite, et que tu as dû en fabriquer une avec du papier toilette ?

Hé, ho, Lilly, permets-moi de te rappeler que les galas d'école jouent un rôle clé dans le processus de socialisation des adolescents. La preuve, tous les films qui en parlent :

Films dont l'intrigue repose sur les galas d'école par Mia Thermopolis

Rose bonbon :

Qui accompagnera Molly Ringwald à la soirée de gala ? L'étudiant riche et mignon ou l'étudiant pauvre aux allures bizarres ? Peu importe après tout, car la vraie question est : Molly pense-t-elle vraiment que son cavalier va aimer cette espèce de sac à patates rose qui lui sert de robe ?

Dix bonnes raisons de te larguer :

avec Julia Stiles et Heath Ledger. A-t-il jamais existé couple plus parfait ? Personnellement, je ne crois pas. Mais il faudra qu'ils attendent le gala de leur école pour s'en rendre compte, à leur tour.

Valley Girl :

Premier grand rôle de Nicholas Cage au cinéma où il incarne un rocker punk qui débarque à la soirée de gala du lycée d'une petite ville de banlieue. Avec qui l'héroïne va-t-elle rentrer le soir ? Le type avec le badge « Membre seulement » ou celui qui a une crête d'Iroquois ? Seul ce qui va se passer lors de la soirée le décidera.

Footloose :

Comment oublier Kevin Bacon dans le rôle de Ken, quand il convainc les jeunes d'une petite communauté où la danse est interdite de louer une salle à l'extérieur de la ville afin de revendiquer leur indépendance en dansant au rythme des Kenny Loggins ?

Elle est trop bien :

Rachael Leigh Cool va à la soirée de gala de son lycée avec l'intention de prouver qu'elle n'est pas aussi stupide qu'elle en a l'air. Il s'avère cependant qu'elle est bel et bien stupide mais – et c'est le meilleur moment du film –, Freddie Prince Junior l'aime comme elle est !!!!!

College Attitude :

La journaliste Drew Barrymore s'introduit sous une fausse identité à la soirée de gala d'un lycée. Si toutes les filles s'habillent pareil, Drew, elle, gagne le cœur du professeur qu'elle aime en portant une robe de… princesse.

Et qui pourrait oublier :

Retour vers le futur :

Si Michael Fox ne parvient pas à faire que ses parents se remettent ensemble au cours de la soirée de gala, il ne pourra pas NAÎTRE !!!! Ce qui prouve l'importance des soirées de gala des lycées autant du point de vue des relations sociales que de la biologie !

Qu'est-ce que tu fais de Carrie ? *À moins que tu ne considères que les seaux remplis de sang de porc ne sont pas essentiels au processus de socialisation des adolescents ?*

TU SAIS TRÈS BIEN CE QUE JE VEUX DIRE !!!!!!!

OK, OK, calme-toi. J'ai compris.

En fait, tu es jalouse parce que Boris ne peut pas te proposer de l'accompagner au gala, vu qu'il est en seconde comme nous !

Il faut absolument que je vérifie que tu prennes bien des protéines à midi. J'ai peur que ton régime végétarien n'ait fini par court-circuiter tes neurones. Tu dois recommencer à manger de la viande.

Pourquoi minimises-tu ma souffrance ? J'ai le droit d'être inquiète, et je ne comprends pas pourquoi tu as autant de mal à admettre que cela n'a rien à voir avec ma façon de manger ou mon cycle menstruel.

Je pense de plus en plus que cela te ferait du bien de t'allonger avec les pieds en l'air pour que ton sang afflue de nouveau à ton cerveau, parce que tu me sembles être atteinte d'une détérioration cognitive grave.

LA FERME, LILLY ! Je suis assez stressée comme ça. J'ai quinze ans demain et je suis loin de m'être autoréalisée. Rien ne va dans ma vie : mon père veut que je passe juillet et août avec lui à Genovia ; ma mère n'arrête pas de parler de ses problèmes de vessie et a décidé d'accoucher à la maison avec l'aide d'une sage-femme seulement ; mon petit ami s'apprête à entrer à l'université où il aura de longues conversations sur Kant avec des étudiantes en pull à col roulé noir qui mettront en valeur leur poitrine ; et ma meilleure amie ne semble pas comprendre pourquoi la soirée de gala est si importante pour moi !!!!!!!!!!

Tu as oublié de te plaindre de ta grand-mère.

Non, je n'ai pas oublié. Ma grand-mère est à Palm Springs où elle s'est fait faire un lifting. Elle rentre ce soir.

Je ne te comprends pas, Mia. Je croyais que ce qui te plaisait dans ta relation avec Michael, c'était qu'elle soit sincère et franche. Pourquoi, dans ce cas, ne lui demandes-tu pas tout simplement ce qu'il a décidé de faire pour le gala ?

JE NE VEUX PAS ! Ce serait comme si je lui demandais de me demander.

Pas du tout.

Bien sûr que si.

Absolument pas.

Puisque je te le dis.

Tu te trompes. Et sache que les filles à l'université n'ont pas toutes obligatoirement une grosse poitrine.

Franchement, tu devrais parler de ta fixation sur la taille de tes seins à un médecin de la santé mentale. Tu m'inquiètes.

OUF, ça sonne !!!!!!!

Mercredi 30 avril, pendant l'étude dirigée

CE N'EST PAS JUSTE. Je sais que mes amis pensent à des choses plus importantes que le gala de l'école – Michael est pris par la remise des diplômes et par La Cage, son nouveau groupe ; Lilly a son émission de télé qui, même si elle est toujours diffusée sur une chaîne câblée, innove toutes les semaines dans le reportage audiovisuel ; Tina est toujours à la recherche d'un garçon pour remplacer Dave El-Farouq, Shameeka suit l'entraînement des pom-pom-girls et Ling Su ses cours de dessin.

HÉ HO !!!! Il n'y a PERSONNE qui se préoccupe du gala de l'école ????? VRAIMENT PERSONNE à part Shameeka et moi ??? Je vous rappelle quand même que c'est la semaine prochaine, et Michael ne m'en a toujours pas parlé. LA SEMAINE PROCHAINE !!!!!!! Shameeka a raison : si on y va, on a intérêt à y réfléchir dès maintenant.

Mais comment demander à Michael s'il envisage de me proposer de l'accompagner ? Ça ne se fait pas. Ça gâcherait le côté romantique de la soirée. J'ai déjà assez de mal à me dire que c'est ma propre mère qui a demandé en mariage son nouveau mari, lorsqu'elle a découvert qu'elle était enceinte. Quand j'ai voulu savoir comment Mr. G. lui avait fait sa demande, elle m'a expliqué qu'il ne lui avait rien demandé du tout. Leur conversation s'est déroulée comme ça :

Helen Thermopolis : Frank, je suis enceinte.

Mr. Gianini : Oh. Très bien. Qu'est-ce que tu veux faire ?

Helen Thermopolis : T'épouser.

Mr. Gianini : D'accord.

HÉ HO !!!!! Et le côté romantique ????? « Frank, je suis enceinte. Marions-nous. D'accord. »

AU SECOURS !!!!!!

Que pensez-vous plutôt de :

Helen Thermopolis : Frank, la semence de tes reins a germé dans mes entrailles.

Mr. Gianini : Helen, je n'ai jamais entendu nouvelle plus douce à mes oreilles en trente-neuf ans de vie sur terre. Me ferais-tu l'honneur de devenir ma femme, mon âme sœur, ma partenaire pour l'éternité ?

Helen Thermopolis : Oui, mon sauveur.

Mr. Gianini : Ma vie ! Mon espoir ! Mon amour !

(Baiser)

Voilà comment cela aurait dû se passer. Vous avez vu la différence ? C'est tellement mieux quand c'est le garçon qui demande à la fille plutôt que le contraire.

Conclusion : je ne peux pas aller voir Michael et lui dire :

Mia Thermopolis : Alors, on y a va à ce gala ? Parce que faudrait que je m'achète une robe.

Michael Moscovitz : OK.

NON !!!!!!!! Ça ne marchera jamais !!!!! Il faut que ce soit Michael qui me le propose.

Il pourrait me dire quelque chose comme :

Michael Moscovitz : Mia, ces cinq derniers mois ont été les plus merveilleux de ma vie. Être à tes côtés, c'est comme sentir le souffle d'une douce brise sur mon front enfiévré de passion. Tu es ma raison de vivre, l'objet pour lequel mon cœur bat. Ce serait un grand honneur pour moi si je pouvais être ton cavalier à la soirée de gala où tu dois me promettre de me réserver toutes les danses.

Mia Thermopolis : Oh, Michael, c'est tellement soudain ! Je ne m'y attendais pas du tout. Je t'aime tant, si tu savais… Bien sûr, je t'accompagnerai à la soirée de gala et je te réserverai toutes les danses.

(Baiser)

Voilà comment ça devrait se passer. S'il y a un peu de justice en ce bas monde, c'est comme ça qu'il faut que ça se passe.

Mais QUAND Michael va-t-il m'en parler ? Il suffit de le regarder, maintenant, précisément, pour deviner qu'il ne pense PAS DU TOUT au gala. Il discute avec Boris Pelkowski de la dernière chanson de leur groupe, *Rock Throwing Youths*, qui est une critique sévère de la situation actuelle au Moyen-Orient. Bref, ça m'étonnerait que quelqu'un qui se soucie de la situation au Moyen-Orient PENSE À PROPOSER À SA PETITE AMIE DE L'ACCOMPAGNER À LA SOIRÉE DE GALA DE SON LYCÉE.

Ça m'apprendra à tomber amoureuse d'un génie.

Une minute. Je ne suis pas en train de dire que Michael n'est pas un garçon attentionné. Je connais plein de filles – dont Tina – qui adoreraient sortir avec un garçon aussi sexy et attentionné. Par exemple, Michael s'assoit TOUJOURS à côté de moi pour déjeuner, sauf le mardi et le jeudi, quand les membres du club informatique profitent de la pause du déjeuner pour se réunir. Mais dans ce cas, il m'adresse des regards langoureux à travers le réfectoire.

Bon, d'accord, peut-être pas langoureux, mais il me sourit quand il me surprend en train de l'observer. Quand je cherche à savoir, par exemple, s'il ressemble plus à Josh Hartnett ou à Heath Ledger, mais en brun.

C'est vrai aussi que Michael n'aime pas trop les démonstrations d'affection publiques – ce qui n'est pas très surprenant étant donné qu'un Suédois d'un mètre quatre-vingt-quinze, expert en sport de combat qui plus est, me suit partout où je vais. Du coup, il m'embrasse rarement à l'école, ne me tient quasiment jamais par la taille dans les couloirs du lycée et n'a jamais glissé sa main dans la poche arrière de mon jeans quand on marche dans la rue, comme Josh avec Lana...

Mais quand on est seuls...

OK, on n'est pas allés très loin. Sauf peut-être une fois, pendant les vacances de printemps, quand on construisait notre maison pour les sans-abri. En même temps, il est possible que ce soit juste un hasard : j'avais glissé mon marteau dans le devant de ma salopette. Michael a voulu me l'emprunter mais je ne pouvais pas le lui passer parce que je tenais une plaque d'Isorel... Sa main a alors effleuré ma poitrine quand il a attrapé le marteau.

I

L'univers insondable des garçons

Note de son Altesse Royale, la princesse Mia

Alors, vous l'avez enfin trouvé, votre Prince charmant… Ou, au moins, il y a un mec sur qui vous flashez. Vous brûlez du désir de le connaître de façon plus intime. Mais vous ne savez pas trop comment vous y prendre, bref vous flippez… Et s'il vous envoyait sur les roses ? Bonjour l'humiliation ! Rassurez-vous. Voici des conseils précieux pour attirer son attention sans que votre adoration béate le fasse détaler tel un faon aux abois. Des conseils béton, basés sur l'expérience. En effet, j'ai confié ce passage à une experte en la matière. Elle a lu au moins un millier de romans d'amour. Il s'agit de Tina Hakim Baba, ma copine de lycée.

Interview exclusive du prince consort Michael Moscovitz, par Tina Hakim Baba

Tina Hakim Baba : Nous avons l'extrême privilège d'accueillir Michael Moscovitz, qui a accepté de répondre sans réserve à nos questions au sujet de son amour pour Mia. Michael, première question : serait-il exact d'affirmer que votre cœur a swingué la première fois où vous avez vu Mia ?

Le prince consort Michael Moscovitz : Hum, eh bien, techniquement, la première fois où mes yeux se sont posés sur Mia, elle avait six ans. Suspendue la tête en bas au grillage d'un poulailler, elle avait les lèvres bleues parce qu'elle venait de manger de la tarte aux myrtilles. Donc, hum, je me vois dans l'obligation de répondre « non ».

Tina HBB : Bon, d'accord, alors quand vous êtes-vous rendu compte que votre vie sans Mia n'était qu'une page blanche, un livre sans mots, un tissu de mensonges ?

Michael M : Dois-je vraiment répondre à cette question ?

Tina HBB : Vous avez promis de vous livrer sans réserve.

Michael M : Eh bien, alors, disons que c'est la première fois où je l'ai vue sur des roller-blades. Mia est nulle en roller. Elle ne cessait de tomber. Mais elle se relevait aussitôt comme si rien ne s'était passé. C'était trop mimi.

Tina HBB : Mimi ?

Michael M : Mimi, oui.

Tina HBB : Poursuivons. Lorsque vous vous baladez dans la nature, est-ce que la brise qui agite les feuillages vous semble murmurer « Mia » ?

Michael M : Pas vraiment.

Tina HBB : Ah bon ??? D'accord ! Mais quand votre regard croise celui de Mia, sentez-vous des étincelles s'embraser en vous ?

Michael M. : Vous savez quoi ? Je dois m'en aller, vraiment. J'ai à faire. Un truc important.

Tina HBB : Juste une autre question. Qu'est-ce qui vous attire le plus chez Mia :

- ses yeux couleur de brume ?
- ses cheveux couleur fauve ?
- son sourire malicieux ?
- sa silhouette de sylphide ?

Michael M. : Hum, je dirais plutôt son sens de l'humour.

Tina HBB : Cette réponse ne faisait pas partie du choix proposé.

Michael M. : Je sais. Mais c'est la vérité.

Tina HBB : Je vois. Parfait. Est-ce que tous vos muscles hurlent de douleur quand vous êtes séparé de l'amour de votre vie ?

Michael M. : Je dois absolument partir.

Tina HBB : D'accord, répondez juste à ceci. Votre relation avec Mia a eu pour conséquence :

- de faire de vous un homme heureux ;
- de combler en vous un gouffre dont vous ne soupçonniez pas l'existence ;
- d'avoir les lèvres qui picotent au moindre regard posé sur elle ;
- de vous encourager à devenir meilleur, plus courageux, plus généreux, afin de la mériter ?

Michael M. : Hum… Oui ?

Tina HBB : Ça a été un plaisir de vous interviewer, Michael. Vous êtes vraiment un type génial !

Les conseils de Claire de

Ah les mecs, c'est pas d'la tarte !

Parfois, vous ne comprenez rien aux garçons… Primo, rassurez-vous : le plus souvent, ils ne comprennent rien aux filles ! Secundo, à âge équivalent, vous êtes plus mature et plus fine mouche. En suivant les conseils suivants et en les adaptant à votre cas particulier, vous maîtriserez vite l'art de décoder leurs propos évasifs, voire hermétiques ou carrément sarcastiques.

Conseil N° 1 : se détendre

On vous a rapporté que lorsqu'il parle de vous avec ses copains, il vous traite de « boudin » et affirme mordicus que, non, il ne sort pas avec vous ; c'est vous qui vous scotchez à lui comme un magnet de frigo.

Croyez-moi, il n'y a pas de quoi tremper votre oreiller de larmes. Avant tout, on re-la-ti-vi-se !

First thing first (première chose à faire, en anglais) : boostez votre confiance en vous, selon votre personnalité : plutôt timide (A), extravertie (B) ou fonceuse (C).

A. Vous pensez : « C'est râpé : je suis nulle de Chez Nul. Normal qu'il ne s'intéresse pas à une fille qui le suit partout et vire au cramoisi chaque fois qu'elle lui lance : "Salut !" ». Il pense sans doute : « Cette fille réservée et mystérieuse m'intrigue un max. Qui est-elle ? Et comment le savoir sans mettre la puce à l'oreille de mes potes ? J'ai une mégatrouille qu'ils me la piquent… »

B. Vous pensez : « Ah, moi et mes excentricités… Ça m'apprendra à me bidonner comme une dingue quand les mecs racontent des histoires drôles ! »

Il pense sans doute : « Enfin, une fille rigolote qui n'a pas froid aux yeux et qui ne gonfle pas le monde entier avec ses états d'âme ! Le seul problème, c'est qu'elle risque de se foutre de moi si je lui avoue que je craque pour elle… »

C. Vous pensez : « Ma mère avait raison : les mecs ne s'intéressent pas aux garçons manqués comme moi. Ils flashent sur les petites choses fragiles et vulnérables… Ma vie est fichue ! »

Il pense sans doute : « J'en reviens pas : cette fille assure tous azimuts. Elle a une pêche d'enfer. Avec elle au moins, j'aurai plein de trucs à partager et des sujets de conversation tout trouvés… Bon, ben, oui mais… j'oserai jamais l'embrasser. J'aurai l'air malin si elle me flanque un coup en plein plexus ! »

Conseil N° 2 : essayer de décoder

Vous ne le croirez peut-être pas mais ces grands malabars flippent à mort quand il s'agit de dévoiler leurs sentiments. Maladroits, ils disent le contraire de ce qu'ils pensent ou ne disent rien du tout. Par chance, il y a des signes qui ne trompent pas. Si un garçon se conduit avec vous de cette façon, soyez assurée que vous lui plaisez un peu, beaucoup ou passionnément.

Il vous prête à l'occasion la fameuse casquette dont, en principe, il ne se sépare jamais.

Il se pointe « comme par hasard » à la sortie de votre cours de théâtre alors qu'il pleut à verse ou qu'il gèle à pierre fendre.

Il raconte des histoires drôles en cours, puis se dévisse la tête pour observer votre réaction.

Il vous balance des compliments à la noix. Genre : « Waouh, classe ton treillis ! »

Il vous terrorise en glissant des tarentules ou crapauds en plastique dans votre sac à dos.

Il se fait copain avec vos meilleures amies et lèche les bottes de votre prof chouchou.

Il se fout de vous en éducation physique mais s'inscrit pourtant à votre équipe de volley.

Il prend le même bus que vous alors qu'il habite à l'autre bout de la ville.

Il vous plaque au sol à l'occasion d'une alerte au feu.

Il vous appelle chez vous sous des prétextes cousus de fil blanc : « Hum, euh… J'voulais juste savoir : on a bien interro de maths demain ? »

Etc.

Conseil N° 3 : savoir décrypter

Leur silence en dit souvent plus long qu'un discours ou une déclaration d'amour.

Il a marqué un but d'anthologie lors d'un match de foot décisif et passe devant vous la tête basse, sans même vous jeter un regard, tandis que vous applaudissez comme une maniaque. C'est plutôt bon signe : les mecs qui ne roulent pas des mécaniques devant une fille ont autre chose en tête ou sur le cœur.

Alors, pour engager ensuite la conversation avec lui, renseignez-vous sur ses hobbies, mine de rien…

Au téléphone, il bredouille, bafouille, pour finir par laisser planer un silence radio qui vous stresse à mort ? Tant qu'il ne vous raccroche pas au nez, tenez bon : allez savoir s'il n'est pas accro à votre voix céleste ? Bref, ne vous découragez pas avant d'avoir la preuve par A + B qu'il ne peut pas vous voir en peinture (et encore !!!)

Mais bon. On est super heureux ensemble. Plus que super heureux, même. Immensément heureux.

POURQUOI ALORS NE M'A-T-IL PAS ENCORE PROPOSÉ DE L'ACCOMPAGNER AU GALA DU LYCÉE ?????????

Zut. Lilly vient de jeter un coup d'œil à mon journal. Résultat, elle a lu ma dernière phrase. Si seulement je n'utilisais pas autant les lettres capitales !

« Ne me dis pas que tu es encore obsédée par cette histoire ! » s'est-elle exclamée.

Histoire de me mettre encore plus mal que je ne l'étais déjà, Michael a relevé la tête et a dit : « Obsédée par quoi ? »

J'ai bien cru que Lilly allait tout lui raconter, du genre : « Oh, Mia est en train de faire une embolie parce que tu ne l'as pas encore invitée au gala de l'école. »

Mais elle a juste dit : « Mia écrit un résumé sur les vers des glaciers.

— Oh, a fait Michael.

— Les vers des glaciers ? a répété Boris. Vous savez que, s'ils deviennent omniprésents dans les dépôts de gaz des hauts-fonds, ils pourraient avoir un impact considérable sur la façon dont les dépôts de méthane se forment puis se dissolvent dans la mer, et sur la façon dont on exploiterait les mines et récolterait ce gaz naturel comme source d'énergie. »

Je ne dis pas que ce ne soit pas intéressant pour mon résumé, mais sérieusement, d'où est-ce qu'il sort ça ?

Vous savez quoi ? Je me demande comment Lilly fait pour le supporter.

Mercredi 30 avril, pendant le cours de français

Heureusement, Tina Hakim Baba est là. Elle comprend, ELLE, ce que je ressens. Et ELLE est d'accord. Tina m'a avoué qu'elle avait toujours rêvé d'aller à une soirée de gala avec le garçon qu'elle aime. Sauf que le garçon qu'elle aime – ou plutôt qu'elle aimait – l'a plaquée pour une certaine Jasmine qui porte des bagues d'orthodontie turquoise. Mais Tina pense pouvoir aimer de nouveau si elle rencontre un garçon prêt à briser le mur émotionnel qu'elle a construit autour d'elle pour se protéger depuis que Dave El-Farouq l'a trahie. J'ai cru que Peter Hu (Tina a fait sa connaissance pendant les vacances de printemps) avait des chances de succéder à Dave, mais Tina n'a pas supporté qu'il ne parle que de foot (ce que je comprends tout à fait).

D'après Tina, Michael va m'inviter demain, pour mon anniversaire. À la soirée de gala, je veux dire. Pourvu que ce soit vrai ! Ce serait le plus beau cadeau qu'on puisse me faire. À l'exception de Fat Louie, bien sûr, que ma mère m'a offert pour mes six ans.

Sauf que je préférerais qu'il ne le fasse pas en présence de toute ma famille. Michael vient avec nous au restaurant. Nous, c'est-à-dire : Grand-Mère, papa, maman et Mr. Gianini. Et Lars, bien sûr. Il est le seul à avoir été invité. Mes autres amis me fêteront mon anniversaire samedi soir, à la maison. Ma mère organise une petite fête (enfin... si son problème de vous-savez-quoi ne l'empêche pas de se déplacer pour aller faire des courses).

Je n'en ai pas parlé à Michael. Du problème de ma mère. Même si je suis pour tout dire à l'homme que j'aime, il y a des choses qu'il n'est pas obligé de savoir. Comme les problèmes de vessie de ma mère.

Pour en revenir au gala, je ne sais pas comment aborder le sujet avec Michael. Tina me conseille d'aller le voir et de lui en parler tout simplement. Compte tenu de la façon dont Dave l'a plaquée après qu'elle l'a fait languir, elle pense qu'il vaut mieux être directe avec les garçons. Je ne sais pas. Il s'agit quand même de LA soirée de gala du lycée. Ce n'est pas rien. Je n'ai pas envie de courir de risques. Surtout que, dans un mois, je ne verrai plus Michael, puisque mon père m'emmène à Genovia pour l'été. Je trouve ça complètement injuste. « Tu as signé un contrat, Mia », voilà tout ce que mon père trouve à me dire.

D'accord, j'ai signé un contrat, mais c'était il y a un an ! OK, huit mois. Comment aurais-je pu savoir il y a huit mois que je tomberais follement amoureuse ? Certes, j'étais déjà follement amoureuse, mais de quelqu'un d'autre. Et le véritable objet de mon affection – c'est-à-dire Michael – ne m'aimait pas. En fait, il m'aimait, mais je ne le savais pas. Il me l'a dit après.

Bref, comment mon père peut-il me demander de passer deux mois entiers loin de l'homme à qui j'ai donné mon cœur ?

Non. Ce n'est pas possible.

Mais mon père estime que sa demande est tout à fait légitime dans la mesure où, au départ, c'était TOUT l'été que je devais passer à Genovia. Mais comme ma mère doit accoucher en juin, il veut bien me faire une fleur en me laissant à New York jusqu'à la naissance du bébé. Oh, merci papa.

Eh bien, il va devoir modifier ses projets parce que s'il pense que je vais passer les deux derniers mois du premier été de ma vie avec mon petit ami *loin* dudit petit ami, il se met le doigt dans l'œil. De toute façon, qu'est-ce qu'il y a à faire à Genovia, l'été ? RIEN. Ça grouille de touristes (New York aussi, je vous l'accorde, mais ce ne sont pas les mêmes) et le Parlement ne tient même pas séance. Qu'est-ce que je ferai de mes journées, hein ? Au moins, ici, je serai occupée, une fois que ma mère aura accouché. En parlant de ça, vivement que ce bébé arrive, parce que, franchement, ce n'est pas évident de vivre avec une femme enceinte. Ma mère râle et trépigne à longueur de journée à cause de toute cette masse d'eau qui fait gonfler son corps et qui exerce une pression sur sa vous-savez-quoi.

Où est passé ce moment magique de la vie d'une femme que l'on appelle grossesse ? Qu'est-il arrivé à cet état de grâce qui précède la naissance d'un petit être ?

C'est clair : ma mère n'en a jamais entendu parler !

Bref, cet été est le dernier été que Michael passe à New York avant d'entrer à l'université. D'accord, l'université où il ira se trouve à quelques stations de métro, mais quand même ! Je ne le verrai plus au lycée à partir de la rentrée prochaine. Il ne pourra plus, par exemple, me rendre visite en cours de maths pour me donner des petits nounours à la fraise comme il l'a fait ce matin, au grand dam de Lana Weinberger qui était verte de jalousie parce que JAMAIS Josh ne lui en a apporté.

Je ne voudrais pas insister, mais on ne peut pas ne pas être ensemble, cet été, Michael et moi. Ne serait-ce que pour pique-niquer dans Central Park (même si je déteste pique-niquer dans des lieux publics : les sans-abri rappliquent systématiquement et regardent avec convoitise nos sandwichs œuf-salade. Résultat, on ne peut pas faire autrement que leur en donner parce qu'on se sent coupables d'avoir autant à manger quand eux n'ont rien ; sauf que, la plupart du temps, ils ne sont même pas reconnaissants et ne trouvent rien d'autre à dire que « J'aime pas les sandwichs œuf-salade », ce qui n'est pas très bien élevé, si vous voulez mon avis). Ou pour aller écouter *La Tosca* en plein air (en fait, je déteste cet opéra parce que tout le monde meurt à la fin). Ou aller à la fête foraine de San Gennaro où Michael m'offrira la peluche qu'il aura gagnée au stand de tir (sauf qu'il est contre les armes, comme moi, à moins d'être un représentant d'un service chargé de faire respecter la loi ou d'appartenir à l'armée, et qu'il est hors de question que j'aie une peluche fabriquée par des enfants dans des ateliers au Guatemala, comme c'est souvent le cas des peluches qu'on trouve dans ce genre d'endroit).

Bref, j'aurais pu passer un été hyper romantique si mon père n'était pas venu tout gâcher.

D'après Lilly, il souffre d'« abandonnisme » depuis que son père, en mourant, l'a laissé seul avec Grand-Mère, et c'est pour ça qu'il se montre aussi rigide sur le fait que je doive aller avec lui à Genovia cet été.

Lilly oublie que Grand-Père est mort quand mon père avait une vingtaine d'années, ce qui ne correspond pas tout à fait à ce qu'on appelle « les années de formation ». Du coup, je ne vois pas très bien comment cela est possible. Mais Lilly dit que le fonctionnement du psychisme humain est étrange et mystérieux, et que je ferais mieux de l'accepter.

Personnellement, je pense que c'est Lilly qui a un problème, parce que ça fait quatre mois que les producteurs du film sur ma vie ont mis une option sur son émission *(Lilly ne mâche pas ses mots)*, et qu'ils ne lui ont toujours pas trouvé de studio qui accepte d'enregistrer un épisode pilote. Lilly dit que le fonctionnement de l'audiovisuel est étrange et mystérieux (comme le psychisme humain), et qu'elle l'a accepté, tout comme je devrais le faire avec cette histoire de Genovia.

SAUF QUE JE N'ACCEPTERAI JAMAIS QUE MON PÈRE M'OBLIGE À PASSER SOIXANTE-DEUX JOURS LOIN DU GARÇON QUE J'AIME !!!!!!! JAMAIS !!!!!!!

Tina m'a conseillé de me trouver un stage d'été à Manhattan, comme ça mon père ne pourra pas me demander de le rejoindre à Genovia vu que ça me mettrait dans la position de me dérober à mes responsabilités. Mais je ne vois pas quelle boîte prendrait une princesse comme stagiaire. À quoi Lars occuperait ses journées pendant que je classerais des dossiers par ordre alphabétique ou que je ferais des photocopies ?

Quand je suis entrée en cours de français, Mlle Klein montrait à plusieurs filles de terminale une photo de la robe qu'elle s'est achetée chez Victoria's Secret pour le gala de l'école. Elle doit surveiller la soirée, avec Mr. Wheeton, notre prof d'hygiène et sécurité. Ils sortent ensemble. Tina dit que c'est l'histoire d'amour la plus romantique qu'elle connaisse, avec celle de ma mère et de Mr. Gianini. Je n'ai pas osé lui avouer la sordide vérité, à savoir que c'est ma mère qui a demandé à Mr. G. de l'épouser. Je ne veux pas détruire les rêves les plus chers de Tina. Je ne lui ai pas dit non plus qu'il est peu probable que le prince William réponde à ses mails, vu que je lui ai donné une fausse adresse. Il fallait bien que je trouve quelque chose pour qu'elle cesse de me harceler. Je suis sûre que, quel que soit l'individu qui se cache derrière *prince@windsorcastle.com*, il a apprécié sa déclaration en cinq pages sur l'attrait qu'il exerce sur elle, surtout quand il porte son pantalon de jodhpur.

J'ai un peu honte d'avoir menti à Tina, mais je ne l'ai fait que pour son bien. Un jour, je lui obtiendrai la bonne adresse e-mail du prince William. Il faut juste que quelqu'un d'important meure pour que je le rencontre aux funérailles. Ça ne devrait pas tarder – Elizabeth Taylor a l'air assez mal en point.

Il me faut des lunettes de soleil.
Odile demande à essayer la jupe.

Je ne comprends pas comment Mlle Klein, qui est censée être super amoureuse de Mr. Wheeton, peut nous donner à traduire ça ? Qu'est-ce qu'elle fait du printemps, quand la nature renaît à la vie et que les oiseaux célèbrent l'amour ?

Il n'y a pas un seul prof romantique dans ce lycée. Pareil pour les élèves. Sans Tina, je serais perdue.

Jeudi, j'ai fait de l'aérobic.

Devoirs

Maths : pages 279-300
Anglais : lire *The Iceman Cometh* d'Eugene O'Neill
Bio : finir texte sur les vers des glaciers
Hygiène et sécurité : pages 154-160
Français : traduire phrases
Éduc. civique : pages 310-330

Mercredi 30 avril, dans la limousine, de retour du Plaza

Grand-Mère a bien senti que j'étais préocupée. Sauf qu'elle pensait que c'était parce que je devais séjourner tout l'été à Genovia. Comme si je n'avais pas d'autres soucis en tête.

« Nous allons bien nous amuser cet été à Genovia, Amelia, n'a-t-elle cessé de me dire. Une équipe d'archéologues a découvert une tombe qui pourrait être celle de ton ancêtre la princesse Rosagunde. J'ai cru comprendre que les procédés de momification en vigueur en 700 étaient semblables à ceux des Égyptiens. Tu vas peut-être te retrouver face au visage de la femme qui a fondé la dynastie royale des Renaldo. »

Génial. Je vais passer mon été à admirer la cavité nasale d'une vieille femme. Mon rêve, enfin, se réalise. Eh non, désolée, Mia. Pas de promenade main dans la main à Coney Island avec l'amour de ta vie. Pas d'alphabétisation auprès de jeunes enfants démunis. Pas de job d'été chez Kim's Video, où tu aurais pu voir *Princesse Mononoke et jouer à Fist of the North Star* en attendant le client. Non, tu vas devoir communier avec un cadavre vieux de deux mille ans. Youpee !

Je suppose que cette histoire avec Michael me bouleverse plus que je ne le pensais parce qu'en plein milieu de ma leçon de princesse, qui portait aujourd'hui sur les pourboires (manucure : 3 $; pédicure : 5 $; chauffeurs de taxi : 2 $ pour des courses de moins de 10 $, et 5 $ pour être conduite à l'aéroport ou pour en revenir), Grand-Mère s'est écriée : « AMELIA ! MAIS QU'EST-CE QUE TU AS ? »

II

Bonnes manières

De l'importance des bonnes manières

par Clarisse Renaldo, Princesse douairière de Genovia

Ayant passé pas mal de temps en Amérique, je peux témoigner de l'absence consternante de bonnes manières qui caractérise ce pays. Les chauffeurs de taxi klaxonnent sans la moindre utilité, les serveurs se montrent grossiers lorsque vous renvoyez pour la quatrième fois votre cocktail à rafraîchir… Même les soi-disant personnalités affichent une insouciance choquante: il leur arrive d'appeler un dîner « souper » et vice versa !

Après tout, les bonnes manières ne concernent pas uniquement la royauté. Elles nous touchent tous ! Ce n'est qu'en apprenant à se traiter les uns les autres avec civilité, qu'on peut espérer une plus grande compréhension mutuelle et un meilleur traitement de la part des serveurs.

Écrire en Princesse

Dire de vive voix : « J'apprécie qui vous êtes et ce que vous faites pour moi » ne saurait en aucun cas remplacer un mot de remerciement écrit. Toute princesse devrait posséder son propre papier à lettres (et cartons assortis) – avec, de préférence, le monogramme de ses armoiries royales – sur lequel rédiger de délicates missives à l'adresse de ses nombreux admirateurs. Ce qu'on appelle parfois la « lettre de château » reste indémodable et toujours bienvenue.

(*Si vous n'écrivez pas à la personne qui vous envoie un cadeau, vous courez le risque qu'elle ne vous en envoie plus jamais parce qu'elle vous jugera ingrate.)

L'art du mot de remerciement

Envoyez-le assez vite après avoir reçu le cadeau – de préférence dans la semaine. Quoiqu'un mot tardif vaille mieux que pas de mot du tout.

Utilisez un style personnel et sincère. Par exemple :

Chers Mamounette et Papounet,
Je flashe à mort sur l'adorable nain de jardin en plâtre que vous venez de m'envoyer ! Il est trop craquant sur mon escalier de secours (puisque je n'ai pas de pelouse).

est infiniment préférable à :

Chers Mamounette et Papounet,
merci pour le cadeau.

Mentionnez toujours la nature du cadeau dans le corps de votre lettre (nain de jardin en plâtre). Sinon, le généreux donateur s'imaginera que vous avez photocopié votre mot de remerciement et envoyé le même à tous.

Si l'objet vous parvient brisé – ou si vous avez reçu exactement le même en double – ne le mentionnez pas.

Quand le donateur vous a envoyé de l'argent, précisez à quoi vous destinez cette manne.

Exemple :

Chère Grand-Mère,

Le chèque généreux que vous m'avez adressé à Noël ira tout droit à la Fondation de défense des baleines !

Mille mercis de m'avoir aidée à sauver un dauphin.

Le mot de remerciement est obligatoire quand :

- Vous êtes l'invitée d'honneur d'un dîner officiel ou d'une cérémonie tribale.
- On vous a gâtée à l'occasion de votre anniversaire, de la réussite à un examen, des vacances, de votre couronnement.
- Vous avez passé la nuit chez quelqu'un qui n'est ni un proche, ni une amie que vous fréquentez régulièrement.

(* Ainsi, je ne suis pas obligée d'écrire à Shameeka quand elle m'invite à une soirée-pyjama. En revanche, je dois absolument écrire à tante Simone lorsqu'elle m'autorise à passer la nuit dans sa villa.)

- On vous a envoyé des fleurs, surtout si elles sont hors de prix.
- On vous a adressé une lettre de condoléances.
- On vous a félicitée pour une promotion (votre accession au trône, ou autre)

L'art des condoléances

Une princesse reste forte devant les situations les plus tragiques. Quand un membre du Parlement ou un homme d'État meurt, sa présence aux funérailles est requise. Bien qu'il ne soit plus considéré comme obligatoire de porter du noir à un enterrement, optez pour des tons neutres : gris, brun ou beige.

En outre, une princesse envoie toujours ses condoléances à la famille du disparu. Ces lettres sont particulièrement appréciées par les gens qui ont perdu un être cher. Toujours manuscrites, il est souhaitable que ces lettres comportent une anecdote à propos du défunt susceptible de plaire au destinataire :

Chère tante Simone,

J'ai été bouleversée d'apprendre la mort soudaine de votre chat bien-aimé, Monsieur Pamplemousse. Même si je n'ai pas eu souvent l'occasion de voir ce cher

Pamplemousse, je n'oublierai jamais le jour où j'avais intentionnellement jeté ma tranche de foie gras sous ma chaise et où il l'a engloutie en entier, m'évitant d'avoir à la manger. Monsieur Pamplemousse était vraiment un chat hors du commun et je sais qu'il va nous manquer horriblement à tous. Laissez-moi savoir s'il y a quelque chose que je puisse faire pour vous.

Je vous embrasse,

Mia

Réciproquement, si l'un de vos proches décède et qu'on vous envoie des lettres de condoléances, vous devez en accuser réception. Ce mot de remerciement n'a pas besoin d'être long mais il doit être sincère. En voici un bon exemple :

Chère Amelia,

Ta gentille lettre à propos de Monsieur Pamplemousse m'est parvenue à un moment où j'avais besoin du soutien de ma famille et de mes amis. Ce m'est d'un grand réconfort de savoir que Monsieur Pamplemousse était tant chéri et je te remercie de me l'avoir écrit.

Bien à toi,

Son Altesse Simone

J'ai fait un bond d'au moins trois mètres. Évidemment, je pensais à Michael. J'étais en train de me dire qu'il serait super beau en smoking. Que je lui achèterais une rose rouge pour sa boutonnière. Et que je porterais une longue robe noire fendue sur le côté, avec juste une épaule dénudée, comme celle qu'avait Kirsten Dunst pour la première de son film, et que j'aurais des chaussures à talons hauts, avec des lacets qui montent jusqu'aux chevilles.

Sauf que d'après Grand-Mère, le noir pour les filles de moins de dix-huit ans, c'est morbide, les robes qui ne dégagent qu'une épaule ont l'air d'avoir été mal taillées, et les chaussures à talons avec des lacets qui montent jusqu'aux chevilles évoquent les sandales que portait Russell Crowe dans *Gladiator* – ce qui n'est franchement pas très flatteur pour les femmes.

« Amelia ! » a redit Grand-Mère en prenant garde de ne pas trop ouvrir la bouche parce que la peau de son visage la tire encore à cause du peeling chimique qu'elle s'est fait faire. « Est-ce que tu m'écoutes ? »

Grand-Mère avait l'air assez en rogne. Mais entre nous, je suis sûre que c'est parce que son visage lui faisait mal.

« Ce que je t'explique est très important, a-t-elle repris. Imagine qu'un jour tu te retrouves sans calculatrice et sans chauffeur.

— Je suis désolée, Grand-Mère », ai-je répondu.

Et je l'étais sincèrement. Laisser un pourboire, c'est un cauchemar pour moi. Ça fait appel à des notions de mathématiques, et il faut agir vite. Lorsque je commande à manger chez Allô Suzie, par exemple, je demande toujours à combien s'élève la note avant de raccrocher afin d'avoir le temps de calculer le pourboire que je vais devoir laisser au livreur. Autrement, il est obligé d'attendre dix minutes au moins que je compte ce que je dois lui donner. Bref, c'est embarrassant.

« Je ne sais pas à quoi tu penses, en ce moment, Amelia », a continué Grand-Mère d'un air revêche. Mais qui ne le serait pas, s'il avait payé pour se faire retirer chimiquement deux ou trois couches de peau. « J'espère que tu ne te fais plus de souci pour ta mère et son projet ridicule d'accoucher à la maison ? a-t-elle dit. De toute évidence, ta mère a oublié ce qu'était un accouchement. Mais dès que les contractions auront commencé, elle ne demandera qu'une chose : qu'on la conduise d'urgence à l'hôpital pour qu'on lui fasse une péridurale. »

J'ai lâché un soupir. Même si ça m'agace que ma mère ait choisi d'accoucher à la maison et non pas dans une maternité ultramoderne – où il y a des masques à oxygène, des distributeurs de confiseries et des pédiatres de pointe –, j'ai essayé de ne pas trop y penser… d'autant plus que Grand-Mère a sans doute raison. Maman pleure comme un bébé quand elle se cogne l'orteil. Comment peut-elle espérer supporter des heures et des heures de travail ? Elle n'est plus aussi jeune qu'à ma naissance. Elle a trente-six ans et on ne peut pas dire qu'elle soit vraiment en forme pour ce qui l'attend. Elle ne suit même pas les cours d'accouchement sans douleur !

Grand-Mère m'a observée d'un œil noir.

« En plus, le printemps n'aide pas, a-t-elle fait remarquer. Vous autres, les jeunes, vous avez tendance à être frivoles dès qu'il fait chaud. Sans compter que c'est ton anniversaire, demain. »

J'ai laissé Grand-Mère penser que c'était là la cause de ma distraction. Mon anniversaire et le fait que mes amis et moi, on est complètement excités comme Panpan dans *Bambi*, dès que le printemps arrive.

« Ce n'est pas facile de te faire un cadeau, Amelia », a déclaré Grand-Mère en attrapant son Sidecar et ses cigarettes. Grand-Mère se les fait envoyer par cartouches de Genovia, pour ne pas avoir à payer la taxe astronomique que l'État a imposée sur les cigarettes à New York dans l'espoir que les gens arrêteraient de fumer parce que cela leur reviendrait trop cher. Sauf que la majorité des fumeurs de Manhattan prennent régulièrement le train pour se rendre dans le New Jersey où les cigarettes sont moins chères.

« Tu n'aimes pas les bijoux, a poursuivi Grand-Mère en allumant sa cigarette, et tu ne sembles guère apprécier la haute couture. Par ailleurs, tu n'as aucun hobby. »

Je lui ai fait remarquer que c'était faux. J'ai un hobby. Mieux, *une vocation* : j'écris.

Grand-Mère s'est contentée d'écarter ce que je venais d'affirmer d'un geste de la main et a déclaré : « Je parlais d'un vrai hobby, comme le golf ou la peinture. »

Je suis un peu blessée de voir que Grand-Mère n'a aucune considération pour l'écriture. Mais elle ne dira plus la même chose quand je serai un auteur publié. L'écriture ne sera plus alors un hobby, ce sera mon métier. Je me demande même si pour mon premier livre, je ne vais pas parler d'elle. Je l'intitulerai : *Clarisse : les délires d'un princesse douairière*, récit, par la princesse Mia de Genovia. Et Grand-Mère ne pourra pas me poursuivre en justice, tout comme Daryl Hannah n'a rien pu faire quand ils ont sorti ce film sur elle et John F. Kennedy junior, parce que tout ce que j'écrirai, ce sera LA vérité. HA !

« Que veux-tu pour ton anniversaire, Amelia ? » m'a demandé Grand-Mère.

J'ai dû réfléchir avant de répondre. Évidemment, ce que je veux VRAIMENT, Grand-Mère ne peut pas me l'offrir. Et puis, je me suis dit que je pouvais toujours tenter le coup. On ne sait jamais.

Ce que j'aimerais recevoir
pour mon quinzième anniversaire
par Mia Thermopolis
âgée de 14 ans et 364 jours

1. Enrayer la faim dans le monde.
2. Une paire de Doc Marten's, taille 42.
3. Une nouvelle brosse pour Fat Louie.
4. Un petit frère ou une petite sœur.
5. Que la région transfrontalière de Puget Sound reçoive des subventions pour protéger ses ressources marines.
6. La tête de Lana Weinberger sur un plateau d'argent (je plaisante – finalement, pas tant que ça).
7. Un téléphone portable.
8. Que Grand-Mère arrête de fumer.
9. Que Michael Moscovitz m'invite au gala de l'école.

Alors que je dressais ma liste, je me suis tristement rendu compte que la seule chose que j'avais des chances de recevoir, c'était le n° 2. C'est évident que je vais avoir un petit frère ou une petite sœur, mais pas avant un mois, minimum. Je peux faire une croix dès maintenant sur le fait que Grand-Mère arrête de fumer. Aucun de mes proches ne peut malheureusement enrayer la faim dans le monde ou faire que la région frontalière de Puget Sound reçoive des subventions. Quant au téléphone portable, mon père dit que si j'en ai un, il est prêt à parier que, dans un mois, je l'aurais perdu et/ou cassé, comme l'ordinateur portable qu'il m'avait donné (sauf que ce n'était pas ma faute. Je l'avais juste sorti de mon sac à dos pour le poser sur le lavabo le temps de trouver mon baume à lèvres. Qu'est-ce que j'y peux si Lana Weinberger m'a bousculée à ce moment-là et que les lavabos du lycée sont bouchés ? L'ordinateur n'est resté dans l'eau que quelques secondes. Il aurait dû marcher après que je l'ai séché. Même Michael, qui est pourtant un génie autant en technologie qu'en musique, n'a pas réussi à le réparer).

Évidemment, la seule chose que Grand-Mère a retenue, c'est la dernière, que j'ai avouée dans un moment de faiblesse et que je n'aurais jamais dû mentionner au départ, étant donné que, dans vingt-quatre heures, Michael et elle seront assis à la même table au restaurant Les Trois Marches pour mon dîner d'anniversaire.

« Pour quelle œuvre de bienfaisance ton lycée organise-t-il cette soirée ? a demandé Grand-Mère.

— Pour aucune. Il s'agit du bal de fin d'études des élèves de terminale, ai-je expliqué.

— Et le jeune Moscovitz ne t'a pas encore invitée ? s'est étonnée Grand-Mère. Quand a lieu ce bal ?

— Samedi en quinze, ai-je répondu. Je peux avoir ma liste, maintenant ? ai-je ajouté.

— Pourquoi n'y vas-tu pas sans lui ? » a poursuivi Grand-Mère avec un petit gloussement qu'elle a sans doute regretté vu la grimace qu'elle a faite juste après. À mon avis, ça a dû tirer sur les muscles de ses joues. « Comme la dernière fois, m'a-t-elle rappelé. Ça lui apprendra.

— Ce n'est pas possible, ai-je dit. Le bal est réservé aux terminales. Ils ont le droit d'inviter des secondes ou des premières, mais nous, on ne peut pas y aller sans eux. Lilly dit que je devrais tout simplement demander à Michael s'il a l'intention de m'inviter, mais...

— NON ! » a hurlé Grand-Mère, avec des yeux exorbités. Au début, j'ai cru qu'elle s'était étranglée à cause d'un glaçon, et puis j'ai compris qu'elle était juste choquée par mes propos. Grand-Mère s'est fait tatouer un trait d'eye-liner autour des paupières comme Michael Jackson. Du coup, elle n'a pas besoin de se maquiller tous les matins. Mais quand elle a les yeux exorbités, c'est assez impressionnant.

« Tu ne peux *pas* le lui demander ! s'est-elle exclamée. Combien de fois vais-je devoir te le répéter, Amelia. Les hommes sont comme de petites créatures des bois. Tu dois les attirer avec de minuscules miettes de pain et des paroles d'encouragement. Tu ne peux te contenter de les viser à la tête avec une pierre et les assommer. »

J'étais tout à fait d'accord avec ça. Il était hors de question que j'assomme Michael avec quoi que ce soit. Pour les miettes de pain, je ne savais pas trop quoi en penser.

« Qu'est-ce que je fais, alors ? ai-je demandé, en proie au doute. Le bal a lieu dans moins de deux semaines. Si je dois y aller, je préférerais le savoir assez vite.

— Fais-y allusion, a répondu Grand-Mère. Mais de façon *subtile*.

— Tu veux dire quelque chose comme : "J'ai vu une robe magnifique pour le gala de l'école dans le catalogue de Victoria's Secret" ?

— Exactement. Sauf qu'une princesse ne va jamais dans les grands magasins, Amelia, et achète encore moins par correspondance.

— D'accord. Mais tu ne crois pas qu'il va voir dans mon jeu ? »

Grand-Mère a émis un petit ricanement sarcastique qu'elle a semblé regretter, car elle a aussitôt porté son verre à son visage, comme si les glaçons, à l'intérieur, pouvaient la soulager. « On parle d'un garçon de dix-sept ans, Amelia, et non d'un espion, a-t-elle dit. Il n'aura pas la moindre idée d'où tu veux en venir, pas si tu le fais subtilement. »

Je ne sais pas. Je n'ai jamais été très bonne pour être subtile. L'autre jour, par exemple, j'ai essayé de faire subtilement comprendre à ma mère que Ronnie, notre voisine, n'avait peut-être pas envie de savoir combien de fois elle se levait la nuit pour aller aux toilettes parce que le bébé appuie sur sa vessie. Ma mère m'a regardée et a dit :

« Aurais-tu une pulsion de mort, Mia ? »

Avec Mr. Gianini, on pense que tout ira mieux quand le bébé sera né.

Je suis sûre que Ronnie notre voisine serait d'accord.

Jeudi 1er mai, midi et une minute

Ça y est. J'ai quinze ans. Je ne suis plus une petite fille. Je ne suis pas encore une femme. Je suis comme Britney.

HA HA.

Je ne vois pas trop la différence entre maintenant et il y a une minute, quand j'avais encore quatorze ans. En tout cas, je suis toujours la même PHYSIQUEMENT. Je mesure toujours 1,72 m et je suis toujours aussi plate qu'une limande. Seuls mes cheveux sont peut-être un peu mieux, depuis que Grand-Mère a demandé à Paolo de me faire des mèches et de les désépaissir.

Sinon, désolée, mais rien n'a changé. *Nada. Nichts.*

Je suppose que le changement devra avoir lieu à l'intérieur, puisque, à l'extérieur, c'est pareil.

Je viens de regarder mes mails pour voir si on n'avait pas oublié mon anniversaire. J'ai déjà reçu cinq messages : un de Lilly, un de Tina, un de mon cousin Hank (je n'en reviens pas qu'il se souvienne de mon anniversaire. Il est mannequin maintenant et ça a l'air de bien marcher pour lui. Ce qui fait que je ne le vois pratiquement plus – ce n'est pas une grande perte –, sauf à moitié nu en photo sur les abribus. Je dois dire que c'est assez gênant, surtout quand il est en slip mini), un message du prince René et un de Michael.

Celui de Michael est le mieux de tous. C'est une animation qu'il a créée lui-même, où une fille, un diadème sur la tête et un chat orange sur les genoux, ouvre un énorme paquet. Une fois qu'elle a ôté tous les rubans, un feu d'artifice éclate et on peut lire : BON ANNIVERSAIRE, MIA. Michael a écrit son nom en dessous et, juste à côté, il a ajouté un cœur.

Un cœur. Ce qui veut dire QU'IL M'AIME !!!!!!!

Même si ça fait quatre mois qu'on sort ensemble, je ne peux pas m'empêcher d'avoir des frissons chaque fois qu'il me le dit – ou me l'écrit. Il m'aime. IL M'AIME !!!!! IL M'AIME !!!!!!

Pourquoi alors met-il autant de temps à me proposer de l'accompagner au gala de l'école ?

À présent que j'ai quinze ans, il est grand temps que je renonce à certains enfantillages et que je commence à vivre comme l'adulte que je rêve de devenir. D'après Carl Jung, le grand psychanalyste, pour *s'autoréaliser – c'est-à-dire s'accepter, être en paix avec soi-même, épanoui, déterminé, accompli, en bonne santé, heureux et joyeux –, il faut être compatissant, aimant, charitable, chaleureux, indulgent, aimable, bon, reconnaissant et fiable.*

Conclusion : à partir de dorénavant, je jure :

1. De cesser de me ronger les ongles. Et cette fois, c'est sérieux.
2. D'améliorer mes résultats scolaires.
3. D'être gentille avec tout le monde, même avec Lana Weinberger.
4. De rédiger fidèlement mon journal tous les jours.
5. De commencer – et de finir – un roman. Je parle de l'écrire, pas de le lire.
6. De me faire publier avant l'âge de vingt ans.
7. De faire preuve de plus de compréhension à l'égard de ma mère et de ce qu'elle va vivre, étant donné qu'elle entre dans la dernière ligne droite de sa grossesse.

8. De cesser d'utiliser les rasoirs de Mr. G. pour me raser et de m'acheter les miens.

9. D'essayer de faire preuve de plus de bienveillance à l'égard de papa et de son problème d'« abandonnisme » tout en me débrouillant pour ne pas avoir à passer juillet *et* août à Genovia.

10. De trouver un moyen pour que Michael Moscovitz m'invite au gala de l'école sans avoir recours à la ruse et/ou la servilité.

Une fois que j'aurai accompli tout cela, je me serai alors autoréalisée et je serai prête à vivre un bonheur mérité. Je viens de relire ma liste. En fait, tout ce que j'ai noté est réalisable. Après tout, Margaret Mitchell a bien mis dix ans pour écrire *Autant en emporte le vent*. Comme je n'ai que quinze ans, si je dois mettre dix ans moi aussi pour écrire mon roman, je n'aurai que vingt-cinq ans au moment de sa publication, ce qui fait à peine cinq ans après la date prévue.

Le seul problème, c'est que je ne sais pas sur quoi écrire. Mais ça ne sert à rien de paniquer. Je suis sûre que je vais finir par avoir une idée. Peut-être que je devrais m'entraîner en écrivant des nouvelles ou des haïkus[1].

1. Très courts poèmes japonais.

En revanche, le gala de l'école, ça va être plus difficile. Parce que je ne veux pas que Michael se sente obligé de m'inviter. En même temps, IL FAUT QUE J'Y AILLE !!!! C'EST MA DERNIÈRE CHANCE D'Y ALLER AVANT TROIS ANS !!!!!!

J'espère que Tina a raison et que Michael va profiter du dîner de ce soir pour m'inviter.

MON DIEU, FAITES QUE TINA AIT RAISON !!!!!!!

Jeudi 1er mai, jour de mon anniversaire, pendant le cours de maths

Josh a demandé à Lana de l'accompagner au gala de l'école.

Ça s'est passé hier soir, après le match de football. Les Lions ont gagné. D'après Shameeka, qui était au stade pour soutenir l'équipe de seconde division, Josh a marqué le but décisif. Alors que les supporters d'Albert-Einstein envahissaient le terrain, Josh a retiré son tee-shirt et l'a lancé en l'air, à la Mia Hamm, sauf que Josh ne portait pas de soutien-gorge en dessous, évidemment. Shameeka m'a dit qu'elle n'en revenait pas que Josh ait le torse glabre. Rien à voir avec Hugh Jackman.

Bref, quand il a retiré son tee-shirt, Lana s'est précipitée sur le terrain en hurlant et s'est jetée dans ses bras. Étant donné que Josh devait être en sueur, je trouve que c'était une drôle d'idée, mais ça la regarde, après tout. Quoi qu'il en soit, ils se sont ensuite embrassés sur la bouche jusqu'à ce que la principale Gupta arrive et tapote Josh sur la tête avec son calepin. Shameeka m'a raconté que Josh avait alors libéré Lana et lui avait dit : « Tu m'accompagnes au gala, poupée ? »

Lana a évidemment répondu oui, puis elle est retournée en courant sur les gradins pour l'annoncer aux autres pom-pom-girls.

Je sais que l'une de mes résolutions, maintenant que j'ai quinze ans, c'est d'être gentille avec tout le monde, y compris Lana, mais franchement, j'ai du mal en ce moment à ne pas lui enfoncer la pointe de mon stylo dans le dos. En fait, pas tant que ça, parce que je pense que la violence ne résout rien. Enfin, sauf quand il s'agit de se débarrasser des nazis et des terroristes. Mais Lana est quand même en train de JUBILER. Avant le début du cours, elle a appelé toutes ses amies de son portable pour leur dire que sa mère l'emmenait samedi chez Nicole Miller, à Soho, pour s'acheter une robe.

Une robe longue, noire, fendue sur le côté et avec juste une épaule dénudée. Elle a prévu d'aller chez Saks, ensuite, parce qu'elle y a repéré des chaussures à talons hauts avec des lacets qui montent jusqu'aux chevilles.

Et à tous les coups, elle va s'acheter des paillettes pour le corps, aussi.

Je sais que je n'ai pas à me plaindre de mon sort. J'ai :

1. Le meilleur des petits amis sur terre qui, en l'honneur de mon anniversaire, s'est levé aux aurores ce matin pour m'acheter une boîte de mini-muffins à la cannelle, chez Manhattan Muffin Company (mes préférés).

2. Une excellente meilleure amie qui m'a offert un collier rose vif pour Fat Louie avec écrit dessus *J'appartiens à la princesse Mia*, et avec de faux diamants qu'elle a collés en regardant un vieil épisode de *Buffy contre les vampires*.

3. Une super maman qui, même si elle parle beaucoup en ce moment de certains dysfonctionnements, est sortie de son lit ce matin pour venir me souhaiter un bon anniversaire.

4. Un super beau-père qui m'a juré qu'aujourd'hui, en cours, il ne ferait aucune allusion à mon anniversaire – ça pourrait me gêner.

5. Un père qui, à tous les coups, va m'apporter un super cadeau ce soir quand il viendra nous retrouver au restaurant, et une grand-mère qui, si elle ne

m'offre pas quelque chose qui me plaît, s'attendra quand même à ce que ça me plaise, aussi atroce son cadeau soit-il.

Je sais bien que j'ai beaucoup de chance et qu'il y a beaucoup de gens qui sont bien plus à plaindre que moi, comme les enfants dans les Appalaches qui sont heureux s'ils reçoivent une paire de chaussettes pour leur anniversaire, vu que leurs parents dépensent tout leur argent en alcool.

Mais, HÉ HO ? EST-CE QUE CE SERAIT ÊTRE TROP EXIGEANTE QUE DE DEMANDER POUR MON ANNIVERSAIRE CE DONT J'AI TOUJOURS RÊVÉ à savoir ÊTRE INVITÉE AU GALA DE L'ÉCOLE ???????? Lana Weinberger y va bien, et elle ne cherche même pas à s'autoréaliser. Je suis sûre qu'elle ne sait pas ce que ça veut dire. Elle n'a jamais été gentille avec qui que ce soit. Alors pourquoi ELLE est invitée au gala de l'école ?

Vous savez quoi ? Il n'y a pas de justice en ce monde.

Des fractions avec des radicaux peuvent être multipliées ou divisées aussi longtemps que la valeur sous le radical est la même.

Jeudi 1er mai, jour de mon anniversaire, en étude dirigée

Michael a déjeuné à notre table, aujourd'hui, et non à celle du club informatique, et pourtant on est jeudi. Pourquoi ? Parce que c'est mon anniversaire. Non seulement il est allé m'acheter des mini-muffins chez Manhattan Muffin Company ce matin, mais il a ensuite séché son cours d'histoire pour aller chez Wu Liang Ye et me rapporter des nouilles froides au sésame. C'est l'un de mes plats préférés. Elles sont tellement épicées que je suis obligée de boire DEUX canettes de Coca après si je veux de nouveau sentir ma langue.

J'ai été tellement touchée par ses attentions ! Et soulagée aussi, je dois dire. En vérité, j'avais un peu peur de découvrir son cadeau. Michael s'était mis en tête qu'il devait être à la hauteur de celui que je lui ai offert pour son anniversaire (un morceau de roche lunaire).

J'espère qu'il a compris qu'en tant que princesse, ce n'est pas un problème pour moi d'avoir des morceaux de roche lunaire, et que je ne m'attends pas à ce que les gens me fassent des cadeaux de la même valeur. J'espère que Michael sait que je serais très heureuse avec un simple : « Veux-tu m'accompagner au gala de l'école ? » Et, bien sûr, un bracelet à breloques de chez Tiffany, sur lequel il y aurait écrit *Propriété de Michael Moscovitz*. Si j'en avais un, je le porterais tout le temps, comme ça, la prochaine fois que je me retrouverais à un bal en Europe et qu'un prince m'inviterait à danser, je pourrais le lui montrer et dire : « Désolée, mais vous ne savez pas lire ? J'appartiens à Michael Moscovitz. »

D'après Tina, il est peu probable que Michael m'offre un bracelet de ce genre, parce que offrir à une fille – même à sa petite amie – un bracelet sur lequel il est écrit *Propriété de...* lui paraît légèrement présomptueux et très à l'encontre des principes féministes de Michael. J'ai montré à Tina le collier que Lilly m'avait donné pour Fat Louie, mais il paraît que ça n'a rien à voir.

Est-ce mal de vouloir être la propriété de l'amour de sa vie ? Ce n'est pas que je veuille abandonner ma propre identité ou prendre son nom si on se marie (dans la mesure où je suis princesse, même si je le voulais, ce serait impossible, à moins d'abdiquer. En fait, il y a de fortes chances pour que mon mari prenne MON nom).

C'est juste que j'aimerais bien lui appartenir, c'est tout.

Oh, oh. Il est en train de se tramer quelque chose. Michael vient de se lever pour aller vérifier que Mrs. Hill est bien dans la salle des profs, et Boris est sorti de son placard. La cloche n'a pas encore sonné, pourtant. Qu'est-ce qu'il se passe ?

III
Mode

Triste mais vrai : on nous juge plus sur notre apparence que sur notre « moi » profond.
Conséquence : le look est le clignotant incontournable qui signale : « Je suis un être d'exception. »
L'uniforme imposé (c'est mon cas) simplifie la vie. Sinon, bonjour la galère chaque matin ! Selon les termes de Grand-Mère : « Une garde-robe scolaire s'impose… Une princesse ne va pas au lycée dans la même tenue qu'à un bal ou un dîner officiel où elle sera mitraillée par les photographes, la télé, etc. »
Hélas, je me vois obligée de lui donner raison sur ce point !
Je m'explique, avec un exemple.
Vous devez inaugurer un service pédiatrique, donation de Votre Altesse à l'hôpital local. Vous vous pointez emmitouflée dans votre vieux sweat-shirt chouchou… Que vont en déduire médecins et patients, à votre avis ?
Que vous vous vous fichez « royalement » d'eux !
D'où, incident diplomatique international à l'horizon...
Contrairement à moi, vous avez la chance de pouvoir sortir en jean où que vous alliez. Toutefois, même pour le lycée, votre look doit s'efforcer de concilier look d'enfer et confort divin.

Bijoux et accessoires

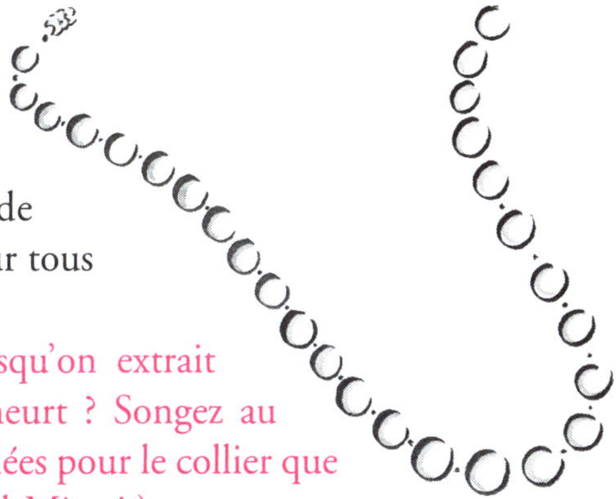

Un simple collier de perles fines convient pour tous les jours.

(*Savez-vous que lorsqu'on extrait une perle, l'huître en meurt ? Songez au monceau d'huîtres sacrifiées pour le collier que vous recommande Grand-Mère !)

En boucles d'oreilles, des perles assorties.

(* Et deux huîtres mortes en plus!)

Des bijoux en diamant et de bon goût svp : pas moins d'un carat, pas plus de trois. Le tape-à-l'œil est indigne d'une princesse.

(*Assurez-vous que vos diamants ne proviennent pas d'un pays où les enfants sont exploités comme des esclaves dans les mines !)

Une tiare, de 75 carats minimum.
(*Voir plus haut !!!)

Des gants en coton blanc qui montent jusqu'au coude.
(*Là, je suis pour ! C'est commode pour dissimuler le fait que vous vous rongez les ongles comme une malade devant un film d'épouvante à la télé.)

Avec des accessoires de ce type, aucune femme – qu'elle soit paysanne ou princesse – ne sera jamais déplacée. À Wimbledon comme à un mariage royal, sa tenue sera parfaite. Et c'est ce qui compte.
(*A propos de comptes… Voici mon opinion personnelle : une princesse digne de ce nom préférera donner de l'argent à une organisation internationale de protection des animaux plutôt que d'investir dans ces instruments extravagants !)

Assumer son physique

Pimkie

Leçon n° 5 - Les pièges de la mode

Lors des leçons précédentes, nous avons parlé basiques, personnalisation, morphologie… Reste à éviter quelques pièges qui mènent droit à la catastrophe vestimentaire. C'est parti.

La transparence

Quand on se cherche un style, on choisit parfois des vêtements en référence à une star ou une amie sans vraiment se préoccuper de savoir s'ils correspondent à notre physique et notre personnalité. Résultat ? On finit par absorber le look de l'autre au risque de gommer ce qui nous rend unique.

Pour éviter ce piège, liste ce qui t'attire et confronte ces choix à ton physique, à ta personnalité. Rien ne t'empêche de t'inspirer d'une célébrité ou d'une personne de ton entourage, mais ne cherche pas à tout prix à « ressembler à » : rappelle-toi que c'est au look de coller à notre personnalité et non l'inverse.

L'impulsion

Il t'est probablement arrivé de sortir d'un magasin euphorique, un nouveau vêtement à la main puis de te rendre compte que tu n'as rien, mais alors RIEN qui aille avec ta nouvelle recrue… Pour éviter cela, lorsque tu achètes un vêtement, pense en termes de silhouette : demande-toi toujours avec quoi tu vas pouvoir le mettre parmi tes vêtements ou ceux que tu trouves en rayon. L'idée est de se

construire des combinaisons de fringues que tu modules pour piocher dans l'une ou l'autre selon tes envies…

Le cocktail fatal

Parmi les différents styles de vêtements qui existent dans la mode, des mariages sont possibles, voire recommandés pour se concocter un look personnel. Attention toutefois aux mélanges que tu expérimentes. Une comparaison s'impose : tu aimes le chocolat, la tarte au citron et la sauce bolognaise… Ça ne veut pas dire pour autant que les mélanger soit une très bonne idée, on est d'accord ? Eh bien en matière de mode, c'est un peu la même chose.

Exemple : tu viens d'acheter un baggy. Tu l'adores au point de vouloir le mettre presque tous les jours y compris… Avec le vieux blouson d'aviateur de ton frère. Voilà un mélange inhabituel. Si c'est volontaire, si ton but est de marquer radicalement ta différence quitte à choquer, bien : après tout, c'est ton choix. Si au contraire ton but est simplement de trouver un style légèrement décalé sans être trop étrange, mieux vaut allier à ton baggy une petite veste en velours féminine.

Dans tous les cas, le tout est que l'effet obtenu, du sage à l'excentrique, soit voulu et non le fruit du hasard…

Jeudi 1er mai, toujours mon anniversaire, pendant le cours de français

Quand je pense que je me faisais du souci et que je me demandais ce que Michael allait m'offrir pour mon anniversaire ! Si j'avais su. Il a fait venir tout son groupe – oui, j'ai bien dit tout son groupe – en étude dirigée. Bon d'accord, Boris était déjà là parce qu'il est censé travailler son violon pendant l'heure d'étude dirigée, mais les autres sont venus : Felix, le batteur au petit bouc, Paul, le géant qui joue des claviers, et Trevor, le guitariste. Ils sont entrés et ils ont joué une chanson que Michael a écrite spécialement pour moi.

Voilà les paroles :

Avec ses Doc Marten's et ses hamburgers végétariens
Il suffit qu'elle me regarde et je me sens bien
Elle,
La princesse de mon cœur

Elle déteste l'injustice et le tabac
Elle est belle à en être baba
Elle,
La princesse de mon cœur

Refrain :
Princesse de mon cœur,
Dis-moi
Veux-tu de moi
Pour être le prince de ton cœur ?
Princesse de mon cœur
Je t'ai aimée dès le premier jour
Et pour moi ton amour
Est le plus grand des bonheurs

Promets-moi de ne pas m'exécuter
À coups de sourires bombardés,
Toi,
La princesse de mon cœur
Je serai ton chevalier
Ton garde, ton écuyer,
Ô
Princesse de mon cœur

Refrain :
Princesse de mon cœur
Dis-moi

Veux-tu de moi
Pour être le prince de ton cœur ?
Princesse de mon cœur
Je t'ai aimée dès le premier jour
Et pour moi ton amour
Est le plus grand des bonheurs

Et cette fois, il n'y a pas de doute : cette chanson a bien été écrite pour moi, pas comme l'autre que Michael m'avait chantée : *Un grand verre d'eau.*

Tout le lycée l'a entendue, vu que les musiciens du groupe avaient apporté leurs amplis. Mrs. Hill est aussitôt sortie de la salle des profs, mais elle a poliment attendu la fin de la chanson pour coller les cinq membres du groupe.

Le jour de l'anniversaire de Mlle Klein, Mr. Wheeton lui a peut-être fait envoyer une douzaine de roses rouges en plein cours de français, mais il ne lui a certainement pas écrit une chanson qu'il a chantée devant tout le lycée.

Quant à Lana, elle va peut-être au gala de l'école, mais son petit ami n'a jamais été collé à cause d'elle.

Conclusion : mis à part le fait que je doive passer juillet et août à Genovia – et bien sûr, l'histoire du gala de l'école –, je trouve que ma quinzième année a très bien commencé.

Devoirs

Maths : Moi qui pensais que mon beau-père aurait été sympa le jour de mon anniversaire en me dispensant d'exercices, eh bien je me suis trompée

Anglais : lire *The Iceman Cometh*

Bio : les vers des glaciers

Hygiène et sécurité : demander à Lilly

Français : demander à Tina

Éduc. civique : ???

Jeudi 1er mai, toujours mon anniversaire dans les toilettes des Trois Marches

C'est le meilleur anniversaire de toute ma vie.

Sérieux. Même ma mère et mon père arrivent à se parler sans s'énerver. Je suis tellement fière d'eux. Ça se voit que ma mère a envie d'aller aux toilettes toutes les cinq minutes, mais elle se retient et ne se plaint pas. Quant à mon père, il n'a fait aucun commentaire sur les boucles d'oreilles de maman (elles représentent le symbole de l'anarchie). Mr. Gianini, lui, a évité avec brio le discours de Grand-Mère sur les hommes qui portent le bouc (Grand-Mère ne supporte pas les hommes qui ont des poils sur le visage) en lui disant qu'elle rajeunissait de jour en jour. Rien ne pouvait lui faire plus plaisir. Elle n'a pas arrêté de sourire pendant qu'on mangeait les entrées (apparemment, elle peut de nouveau bouger les lèvres, maintenant que l'inflammation due à son peeling chimique s'est résorbée).

J'ai eu peur que la remarque de Mr. G. n'incite ma mère à se lancer dans l'une de ses diatribes contre la chirurgie esthétique, qui essaie de propager l'idée selon laquelle une femme qui n'a pas la peau de quelqu'un de mon âge ne peut pas être belle (ce qui est totalement absurde dans la mesure où la majorité des filles de mon âge ont des boutons, sauf celles qui peuvent se permettre de consulter des dermatologues super chers comme celui que Grand-Mère a fait venir au palais, et qui m'a donné toutes sortes de crèmes et de lotions pour éviter que je n'aie la peau couverte de pustules, ce qui ne fait pas très princesse, si vous voulez mon avis), mais elle s'est retenue en mon honneur.

Et quand Michael est arrivé (après tout le monde parce qu'il avait été collé), Grand-Mère a été charmante avec lui, et ne lui a fait aucune réflexion sur son retard. Il faut dire que Michael était super essouflé. Le pauvre, il a dû courir pendant tout le trajet entre chez lui et le restaurant après être passé se changer.

Sinon, il était de loin le plus beau garçon de toute la salle. Même quelqu'un comme Grand-Mère, qui est pourtant dépourvue de toute émotion humaine, se devait de l'admettre. Il était tellement craquant avec ses cheveux noirs qui retombaient sur l'un de ses yeux. Il portait une veste (pas celle de son uniforme) et une cravate, sans laquelle il n'aurait jamais pu entrer aux Trois Marches (je l'avais prévenu).

En tout cas, je suppose que son arrivée a donné le signal de la distribution des cadeaux.

Et quels cadeaux ! Avoir quinze ans, je vous le dis : ça vaut le coup.

Papa

Bon d'accord, il m'a offert un stylo à plume qu'il a dû payer une fortune – pour que j'écrive mon roman, m'a-t-il dit (pour l'instant, je m'en sers pour écrire mon journal). Bien sûr, j'aurais préféré avoir un passe pour aller autant de fois que je veux au parc à thèmes Six Flags Great Adventure cet été (et la permission de rester ici afin de l'utiliser), mais je reconnais que le stylo est assez joli. Il est rouge et or, et mon père a fait graver dessus : *S.A.R. Princesse Amelia Renaldo*.

Maman et Mr G.

Un téléphone portable !!!!!! Oui !!!! Un téléphone portable rien que pour moi !!!!!

Sauf que j'ai eu droit à un sermon de la part de maman et Mr. G. comme quoi ils me l'avaient offert uniquement pour pouvoir me joindre quand maman partira à la maternité. Ma mère veut que j'assiste à son accouchement (je ne suis pas sûre d'y tenir vraiment, mais bon, on ne discute pas avec une femme qui a besoin d'aller aux toilettes vingt-quatre heures sur vingt-quatre). Ils m'ont aussi expliqué que je n'avais évidemment pas le droit de m'en servir à l'école. Bref, ce téléphone n'a qu'une utilité locale (appeler la police, par exemple) et non transatlantique, c'est-à-dire que ce n'est pas la peine d'espérer joindre Michael de mon portable quand je serai à Genovia.

J'avoue que je ne les ai écoutés que d'une oreille… Ce qui compte, c'est que j'ai reçu quelque chose qui était sur ma liste !

Grand-mère

En fait, curieusement, Grand-Mère aussi m'a offert quelque chose qui figurait sur ma liste. Ce n'est ni une brosse pour Fat Louie ni une nouvelle paire de Doc. Non. C'est une lettre qui m'annonce que je suis la marraine officielle d'une petite Africaine orpheline du nom de Johanna. Grand-Mère m'a dit : « Je ne peux pas t'aider à enrayer la faim dans le monde, Amelia, mais je suppose que je peux te permettre d'envoyer une petite fille au lit tous les soirs après avoir fait un bon repas. »

Je n'en revenais tellement pas que je me suis exclamée : « Mais Grand-Mère, tu détestes les gens pauvres ! » Ce qui est la pure vérité. Grand-Mère déteste les pauvres. Chaque fois qu'elle croise les jeunes punk qui font la manche devant le Lincoln Center, avec une petite pancarte à leurs pieds sur laquelle ils ont écrit : *Sans abri et affamés*, elle ne peut pas s'empêcher de leur lancer : « Si vous cessiez de dépenser tout votre argent en tatouages et piercings, vous pourriez habiter un joli petit logement dans le Village ! »

Mais c'est vrai que Johanna, ça n'a rien à voir.

Je ne sais pas ce qui se passe avec Grand-Mère. Sincèrement, je m'attendais à ce qu'elle m'offre une étole en vison ou quelque chose de tout aussi révoltant. Mais me donner quelque chose que j'ai demandé… Me permettre d'aider une petite orpheline… C'est une attention qui me va droit au cœur. J'avoue que je suis encore sous le choc.

À mon avis, mes parents aussi ont été étonnés. Mon père a commandé un martini, et ma mère n'a rien dit pendant un quart d'heure, au moins. C'est bien la première fois qu'elle ne parle pas aussi longtemps depuis qu'elle est enceinte.

Et puis, ça a été au tour de Lars de m'offrir son cadeau (normalement, c'est quelque chose qui ne se fait pas selon le protocole de Genovia). Mais ça se voyait tellement qu'il y avait mis tout son cœur, que mon père a sans doute décidé de faire une exception :

Lars

La casquette d'un officier de police de la brigade antiterroriste de New York, que Lars a rencontré lors d'une opération de déminage au Plaza, avant une visite du pape. C'est tellement adorable de sa part ! Je sais que Lars adore cette casquette, et le fait qu'il me l'offre prouve à quel point il m'est dévoué. Attention, en tout bien tout honneur, puisque Lars aime Mlle Klein, comme tous les hommes hétérosexuels qui l'ont approchée.

Mais le plus beau cadeau, c'est celui de Michael. Il ne me l'a pas donné devant tout le monde. Il a attendu que j'aille aux toilettes. Au moment où je m'apprêtais à descendre l'escalier, il a dit : « Mia. Tiens, c'est pour toi. Joyeux anniversaire », et il m'a tendu une petite boîte toute plate enveloppée dans du papier doré. J'ai été très surprise – presque aussi surprise que par le cadeau de Grand-Mère. « Mais, Michael, tu m'as déjà offert quelque chose ! me suis-je exclamée. Tu m'as écrit une chanson ! Et tu as été collé à cause de moi !

— Oh, ça, ce n'était pas un vrai cadeau », a-t-il répondu.

Le paquet était si plat que j'ai pensé qu'il contenait peut-être deux billets d'entrée pour le gala de l'école. Qui sait, peut-être que Lilly lui avait raconté que je rêvais d'y aller, et qu'il les avait achetés en cachette pour me faire la surprise.

Cela dit, il a vraiment réussi à me surprendre. Bien que ça n'ait pas été avec deux billets d'entrée pour le gala.

Non, mais c'est presque aussi bien.

Michael

Une chaîne avec un minuscule flocon de neige en papier argenté.

« Il vient du bal de l'école, celui qui a eu lieu cet hiver, m'a-t-il expliqué, comme si brusquement il craignait que je ne voie pas de quoi il s'agissait. Tu te souviens, ils étaient accrochés au plafond du gymnase. »

Bien sûr, je m'en souvenais. J'en ai caché un dans le tiroir de ma table de nuit.

D'accord, ce n'est pas une invitation pour le gala ni un bracelet avec écrit dessus : *Propriété de Michael Moscovitz*, mais c'est presque aussi bien.

Du coup, j'ai embrassé Michael, sur la bouche, là, en haut de l'escalier qui mène aux toilettes des Trois Marches, devant tout le personnel du restaurant. Je me fichais qu'on me voie. *US Weekly* pouvait faire toutes les photos qu'ils voulaient – et même les publier à la une de leur prochain numéro, avec pour légende : *Mia, prise sur le fait!* J'étais tellement heureuse.

Je suis tellement heureuse que ma main tremble pendant que j'écris. Parce que pour la première fois de ma vie, je me demande si je n'ai pas enfin atteint la cime de l'arbre jungien de l'autoréa...

Une minute. J'entends du bruit. On dirait un bruit de vaisselle qui se casse. Un chien aboie aussi et quelqu'un hurle.

Mon Dieu! C'est *Grand-Mère* qui hurle.

Vendredi 2 mai, minuit une, à la maison

J'aurais dû me douter que c'était trop beau pour être vrai. Mon anniversaire, je veux dire. Tout se passait trop bien. D'accord, je n'étais toujours pas invitée au gala de l'école et il était toujours question que je passe l'été entier à Genovia, mais toutes les personnes que j'aime (enfin, presque toutes) étaient là, autour de la même table, et se parlaient comme des êtres civilisés. J'avais eu tout ce que je voulais (enfin, presque), Michael m'avait écrit une chanson, offert une chaîne avec un flocon de neige et j'avais un téléphone portable.

Mais j'oubliais le principal. On est en train de parler de MOI en ce moment. Et à quinze ans, il est grand temps que j'admette une bonne fois pour toutes ce que je subodore depuis un moment : je ne suis tout simplement pas destinée à avoir une vie normale. Ni une famille normale et certainement pas un anniversaire normal.

D'accord, celui-ci aurait pu faire exception, si Grand-Mère n'avait pas été là. Grand-Mère ET Rommel.

Parce que je vous le demande : qui a amené un CHIEN AU RESTAURANT, hein ? Je me fiche de savoir que ça se fait en France. NE PAS SE RASER SOUS LES BRAS QUAND ON EST UNE FILLE, ÇA SE FAIT AUSSI EN FRANCE. C'est vous dire ! Il ne faudrait tout de même pas oublier qu'en France, on mange des ESCARGOTS ! J'ai bien dit des ESCARGOTS ! Et qui estime que ce qui est normal en France est socialement acceptable, ici, aux États-Unis ?

Je vais vous répondre : ma grand-mère.

Oui. Ma grand-mère. Elle ne comprend pas pourquoi j'en fais tout un plat. « Bien sûr que je suis venue avec Rommel », m'a-t-elle dit.

Aux Trois Marches. Pour le dîner en l'honneur de mon anniversaire. Ma grand-mère est venue au RESTAURANT AVEC SON CHIEN.

Il paraît que lorsqu'elle le laisse seul, il se lèche jusqu'à ce que tous ses poils tombent. D'après le véto de Genovia, Rommel est atteint d'un trouble obsessionnel-compulsif. Il lui a prescrit toutes sortes de médicaments pour l'aider à surmonter ce moment difficile de sa vie.

Oui, vous avez bien deviné : le chien de ma grand-mère est sous Prozac.

Si vous voulez mon avis, ça m'étonnerait que le trouble obsessionnel-compulsif, ce soit le problème de Rommel. Le problème de Rommel, c'est qu'il vit avec Grand-Mère. Si *je* vivais avec elle, moi aussi je me lécherais jusqu'à ce que tous mes poils tombent. Dans la mesure où ma langue serait assez longue.

En attendant, ce n'est pas parce que son chien souffre d'un trouble obsessionnel-compulsif que Grand-Mère peut l'amener à MON ANNIVERSAIRE. Dans un sac Hermès. Dont la boucle ne ferme pas, en plus.

Car qu'est-ce qui s'est passé pendant que j'étais aux toilettes ? Rommel est sorti du sac de Grand-Mère. Et il s'est mis à errer dans le restaurant à la recherche d'un moyen d'échapper à son emprisonnement – qui pourrait le lui reprocher, quand on sait qu'il vit sous le joug tyrannique de ma grand-mère ?

Je ne peux qu'imaginer la réaction des clients des Trois Marches quand ils ont vu un caniche miniature de quatre kilos surgir de dessous les tables. En fait, je sais ce qu'ils ont pensé. Michael me l'a dit après. Ils ont pensé que Rommel était un rat géant.

Et c'est vrai que, sans poils, Rommel a tout d'un rongeur.

Cela dit, je ne pense pas que grimper sur les chaises en hurlant soit nécessairement la meilleure chose à faire. Michael m'a raconté aussi que plusieurs touristes se sont empressés de sortir leur appareil photo pour conserver un souvenir de la scène. Je parie qu'on pourra lire à la une de certains journaux japonais qu'un restaurant quatre étoiles de Manhattan est envahi par une nouvelle espèce de rats géants.

Michael m'a raconté que ce qui s'est passé après lui a fait penser à un film de Baz Luhrman, sans Nicole Kidman : l'aide-serveur[1], qui n'avait apparemment rien remarqué du tapage, est arrivé avec un énorme plateau sur lequel étaient posées plusieurs assiettes remplies de soupe. Au même moment, Rommel s'est élancé vers lui, et dix secondes plus tard, il y avait de la bisque de homard partout.

Heureusement, il y en a surtout eu sur Grand-Mère. De la bisque de homard, je veux dire. Tant pis pour son tailleur Chanel. Ça lui apprendra à amener son CHIEN À MON ANNIVERSAIRE.

Qu'est-ce que je regrette de ne pas avoir assisté à la scène! Personne n'a voulu l'admettre – même maman –, mais je suis sûre que Grand-Mère devait avoir l'air drôle, avec de la soupe partout sur elle.

---

1. Aux États-Unis, on distingue les serveurs qui servent les convives à table, des aides-serveurs qui dressent le couvert, apportent les plats, débarrassent les tables.

Vous savez quoi ? Si ça ne s'était pas passé le jour de mon anniversaire, j'aurais adoré.

Le temps que je sorte des toilettes, le maître d'hôtel avait soigneusement essuyé Grand-Mère. Elle avait juste de grosses taches orange sur son chemisier et sa veste. Ce qui fait que j'ai complètement raté l'aspect comique de la situation (comme d'habitude), puisque je suis arrivée au moment où le maître d'hôtel annonçait au pauvre aide-serveur qu'il était renvoyé.

RENVOYÉ ! Quand ce n'était même pas sa faute !

J'ai bien cru que Jangbu – c'est le nom de l'aide-serveur – allait éclater en sanglots. Il n'arrêtait pas de s'excuser. Mais ça n'a servi à rien. Parce que si vous renversez de la soupe sur une princesse douairière à New York, vous pouvez faire une croix sur votre carrière dans la restauration. C'est comme si on surprenait un grand chef mangeant chez McDonald's à Paris. Ou le rappeur P. Diddy en train d'acheter des sous-vêtements chez Wal-Mart. Ou les très sexy sœurs Hilton en train de regarder *National Geographic Explorer* un samedi soir, en jogging au lieu d'aller à une soirée privée. Ça ne se FAIT pas.

Une fois que Michael m'a raconté ce qui s'était passé, j'ai essayé de prendre la défense de Jangbu, mais le maître d'hôtel n'a rien voulu entendre. Je lui ai expliqué que Grand-Mère ne pouvait pas tenir le restaurant responsable de ce que SON chien avait fait.

Un chien qu'elle n'était même pas censée amener en premier lieu. Mais ça n'a servi à rien.

La dernière fois que j'ai vu Jangbu, il retournait tristement vers les cuisines.

Du coup, j'ai tenté ma chance du côté de Grand-Mère. Je l'ai suppliée d'intervenir auprès du maître d'hôtel pour qu'il reprenne Jangbu. Mais elle est restée insensible à mes prières. Même quand je lui ai dit que la majorité des aides-serveurs étaient des immigrés qui venaient d'arriver en Amérique et qu'ils devaient subvenir aux besoins de leur famille restée au pays, ça l'a laissée indifférente.

« Grand-Mère ! ai-je hurlé de désespoir. Quelle différence y a-t-il entre Jangbu et Johanna, la petite orpheline africaine que je parraine grâce à toi ? Ils essaient tous les deux de survivre sur cette planète qu'on appelle Terre.

— La différence entre Johanna et Jangbu, m'a informée Grand-Mère en tenant Rommel contre elle (il a fallu que Michael, papa, Mr. G. et Lars se mettent ensemble pour l'attraper juste avant qu'il ne sorte par la porte à tambour et s'enfuie vers la 5e Avenue et la liberté), c'est que Johanna n'a pas RENVERSÉ DE SOUPE SUR MOI ! »

Qu'est-ce que cette femme peut être mesquine, parfois.

Bref, je suis à la maison en ce moment, et je me dis qu'à l'instant même où j'écris, il y a dans cette ville – à Queens[1], très certainement –, un jeune homme dont la famille va probablement mourir de faim, et tout ça à cause de MON ANNIVERSAIRE. Oui, tout à fait. Jangbu a perdu son emploi parce que JE SUIS NÉE. Il doit maudire le jour de ma naissance.

Et je ne peux pas lui en vouloir.

Vendredi 2 mai, 1 heure du matin, à la maison

La chaîne que Michael m'a offerte est super jolie. Je ne l'enlèverai jamais.

Vendredi 2 mai, 1 h 05, à la maison

Sauf pour aller à la piscine. Je risquerais de la perdre.

Vendredi 2 mai, 1 h 10, à la maison

Dire qu'il m'aime...

---

1. Quartier populaire de New York.

Vendredi 2 mai, en maths

Mon Dieu. Toute la ville en parle. De ce qui s'est passé hier aux Trois Marches. À mon avis, il ne devait y avoir aucune nouvelle intéressante aujourd'hui, parce que même *The Post* l'a repris. Et à sa une, en plus. Je l'ai lu à la devanture d'un kiosque à journaux.

Pagaille royale, dénonce *The Post*.

La princesse au petit pois (servi en soupe), titre *The Daily News*, même s'il ne s'agissait pas de soupe de pois, mais de bisque de homard.

Le *Times* aussi en parle ! On aurait pu s'attendre à ce que le *Times* ne s'abaisse pas à rapporter ce genre d'information. Eh bien, non. C'était dans la rubrique « People ».

« Ta grand-mère a franchi les bornes », a déclaré Lilly quand je suis passée les prendre, elle et son frère, pour aller au lycée.

Comme si je ne le savais pas ! Comme si je ne culpabilisais pas déjà à l'idée d'être responsable, même de façon indirecte, du statut de chômeur de Jangbu !

Cela dit, je dois avouer que ce matin, j'avais un peu de mal à compatir au sort de Jangbu tellement Michael était sexy. En fait, tous les matins, quand il monte dans la limousine, je trouve qu'il est sexy. C'est parce qu'il vient de se raser. Sa peau est toute lisse et soyeuse. Michael n'est pas particulièrement poilu, mais c'est vrai qu'à la fin de la journée, ses poils ont eu le temps de repousser et ses joues piquent un peu. Je le sais, parce que généralement, c'est le moment où on s'embrasse ; vu qu'on est assez timides l'un et l'autre, on préfère le faire à la faveur de l'obscurité. En fait, je suis sûre que ce serait beaucoup plus agréable de s'embrasser le matin, quand la peau de Michael est toute douce. Son cou aussi doit être très doux. Mais embrasser son petit ami dans le cou, ce serait bizarre, non ?

En parlant de cou de garçons, celui de Michael est plutôt bien. Parfois, lors des rares occasions où on est seuls suffisamment longtemps, je fourre mon nez contre son cou et je le renifle. Je sais, ça peut paraître curieux, mais le cou de Michael sent tellement bon ! Il sent le savon et quelque chose d'autre. Quelque chose qui me fait penser que rien d'horrible ne peut m'arriver.

SI SEULEMENT MICHAEL M'INVITAIT À LA SOIRÉE DE GALA !!!!!! Je pourrais passer toute la NUIT à sentir son cou, et comme on danserait, personne ne remarquerait rien, pas même lui.

Une minute. De quoi je parlais avant de me mettre à divaguer sur l'odeur du cou de mon petit ami ?

Ah oui. Grand-Mère. Grand-Mère et Jangbu.

Quoi qu'il en soit, dans aucun des articles on ne mentionne le rôle de Rommel. On ne laisse même pas entendre que Grand-Mère pourrait être la seule et unique responsable de l'incident.

Mais Lilly, elle, sait que c'est à cause de Grand-Mère, parce que Michael lui a tout raconté. Et apparemment, elle a son mot à dire.

« Tu sais quoi ? On va faire signer une pétition quand on sera en étude dirigée, m'a-t-elle annoncé. Et on ira l'apporter après les cours.

— L'apporter où ? ai-je demandé en contemplant le cou de Michael.

— Aux Trois Marches ! s'est exclamée Lilly. Avant la manifestation.

— Quelle manifestation ? »

Tout ce à quoi j'arrivais à penser, c'était « est-ce que mon cou sent aussi bon que celui de Michael ? » À vrai dire, je ne me souviens pas quand Michael aurait pu le sentir. Dans la mesure où il me dépasse d'au moins une tête, c'est facile pour moi de poser mon nez contre son cou et de le sentir. Mais pour que lui sente le mien, il faudrait qu'il se penche, et il pourrait se faire mal au dos.

« La manifestation contre le renvoi injuste de Jangbu Pinasa ! » a hurlé Lilly.

Super. Maintenant, je sais ce que je vais faire après l'école. Comme si je n'étais pas déjà suffisamment occupée à :

a) suivre mes leçons de princesse avec Grand-Mère ;

b) faire mes devoirs ;

c) me ronger les sangs pour la soirée que maman organise samedi pour mon anniversaire où, à tous les coups, personne ne viendra, et où, si mes invités viennent, il est fort probable que maman et Mr. G. me fassent honte en ne pouvant pas s'empêcher de dire ou de faire quelque chose, comme se plaindre de certains « dérèglements » ou se mettre à jouer de la batterie ;

d) rédiger le menu du lycée pour *L'Atome* ;

e) me ronger également les sangs parce que mon père s'attend vraiment à ce que je passe soixante-deux jours avec lui à Genovia, cet été ;

f) et me ronger les sangs, bien sûr, parce que Michael ne m'a toujours pas invitée au gala de l'école.

Mais voyons, tout ça n'est rien. Oublions ces menus soucis pour ne penser qu'à Jangbu.

Attention, comprenez-moi bien. Je ne suis pas en train de dire que je me fiche totalement de Jangbu. Mais j'aimerais bien qu'on pense AUSSI à mes problèmes. Par exemple, au fait que Mr. G. a écrit à côté de ma note au dernier contrôle (j'ai eu C –) : *Je voudrais te parler.*

Hé ho, Mr. G., comme si on ne s'était pas parlé ce matin AU PETIT DÉJEUNER. Pourquoi ne pas l'avoir fait À CE MOMENT-LÀ ?

Lana vient de se retourner et a déposé un exemplaire de *New York Newsday* sur ma table. On y voit une photo de Grand-Mère aux Trois Marches, avec

Rommel sur les genoux, et des taches de bisque de homard sur son chemisier.

« Pourquoi il n'y a que des dégénérés dans ta famille ? » m'a demandé Lana.

Tu sais quoi, Lana ? C'est une très bonne question.

Vendredi 2 mai, en bio

Je n'en reviens pas de ce que m'a dit Mr. G. Quel toupet, quand j'y pense. Il a osé me dire que ma relation avec Michael me PERTURBAIT dans mon travail scolaire ! Comme si Michael ne m'avait jamais aidée à faire mes exos. Incroyable !

Bon d'accord, Michael passe me voir tous les matins avant le cours de maths. Et alors ? Ça ne gêne personne. À part LANA, qui est folle de jalousie parce que JAMAIS Josh ne vient la voir avant les cours. C'est normal, il est trop occupé à admirer ses mèches dans la glace du vestiaire des garçons. Mais en quoi les petites visites de Michael pourraient me distraire de mon travail ?

Il va falloir que j'aie une discussion sérieuse avec ma mère. À mon avis, l'arrivée imminente du bébé est en train de transformer Mr. G. en misanthrope. Et alors, est-ce si grave que cela d'avoir eu C – à un contrôle de maths ? C'est un accident, ça peut arriver à tout le monde. Et ce n'est pas parce que j'ai eu C – que toutes mes notes vont baisser d'un seul coup. Comme ça ne signifie pas non plus que je voie trop Michael ou que je pense trop à sentir l'odeur de son cou.

Mais ce n'est pas tout. Mr. G. a laissé entendre que j'avais passé la moitié de son cours à écrire mon journal. N'importe quoi! Je l'ai écouté quand il a parlé de polynômes, du moins pendant les dix dernières minutes. ON SE CALME, S'IL VOUS PLAÎT!

Pareil pour le S.A.R. Michael Moscovitz Renaldo que j'ai écrit une vingtaine de fois en bas de ma feuille d'exercices.

C'était une PLAISANTERIE. Hé ho, Mr. G., où est votre sens de l'humour?

Vendredi 2 mai, en bio

Alors? Il t'en a parlé hier soir, au restaurant? S.

Non.

Mia! Le gala a lieu dans exactement neuf jours. Il va falloir que tu prennes les choses en main et que tu lui en parles la première.

SHAMEEKA! Tu sais bien que je ne peux pas faire ça!

Pourtant, le moment devient critique. S'il ne t'invite pas demain soir, à ta fête, tu ne pourras plus lui répondre OUI *quand il se décidera enfin à t'en parler. Les filles ont leur fierté, tout de même.*

C'est facile à dire pour toi, Shameeka. Tu es une pom-pom-girl.

Et toi une princesse!

Tu comprends de quoi je veux parler.

*Mia, tu ne peux pas le laisser t'ignorer de la sorte. Nous autres, les filles, on doit se débrouiller pour que les garçons restent vigilants... Peu importe le nombre de chansons qu'ils nous écrivent ou de flocons en papier argenté qu'ils nous offrent. On doit leur faire comprendre qu'*ON EXISTE.

Tu parles comme ma grand-mère.

Quoi ????????????

Vendredi 2 mai, en étude dirigée

Lilly est DÉCHAÎNÉE avec cette histoire de Jangbu. Que ce soit bien clair, je suis très embêtée pour ce pauvre garçon, mais il est hors de question que je viole sa vie privée en cherchant par tous les moyens à obtenir son numéro de téléphone – surtout si on doit pour ça utiliser un CERTAIN PORTABLE TOUT NEUF.

Je n'ai même pas encore passé un seul coup de fil, tandis que Lilly, elle, en est à son cinquième.

Cette histoire est en train de prendre des proportions délirantes. Leslie Cho, la rédactrice en chef de *L'Atome*, est venue me voir, tout à l'heure au réfectoire, pour que je lui fasse un article de fond sur l'incident, pour le numéro de lundi. Certes, cela signifie qu'elle me considère à présent comme une vraie journaliste, et non plus comme la fille qui s'occupe de la page « Menu ». Mais est-ce que Leslie estime que je suis vraiment la personne la plus appropriée pour traiter ce sujet ? N'a-t-elle pas peur que l'article soit biaisé ? Que je ne sois pas objective ? Je suis d'accord sur le fait que Grand-Mère a tort, mais il s'agit quand même de MA grand-mère !

Je ne suis pas sûre d'apprécier cette expérience dans le monde journalistique. Je crois que je préférerais travailler sur un roman plutôt qu'écrire pour *L'Atome.*

Comme on est vendredi et que Michael déjeunait à notre table, Tina a dû attendre qu'il aille me chercher une seconde entrée pour me demander : « Comment vas-tu réagir si Michael ne te parle toujours pas du gala ?

— Qu'est-ce que je peux faire ? ai-je gémi. Je vais devoir attendre comme Jane Eyre quand Mr. Rochester s'est mis à jouer au billard avec Blanche Ingram, comme si Jane n'existait pas.

— Tu as tort, Mia. À mon avis, c'est à toi de lui dire quelque chose. Pourquoi tu ne lui en parlerais pas demain soir, à ta fête ? »

Super. Moi qui me faisais une joie de recevoir mes amis à la maison pour mon anniversaire – même si je croise les doigts pour que ma mère n'accueille pas tout le monde à la porte avec un petit discours sur ses problèmes de vessie –, c'est fini. Parce que je sais que Tina ne va pas me quitter des yeux tant que je n'aurai pas parlé à Michael du gala de l'école. Génial. Merci. Merci beaucoup.

Lilly vient de me passer une banderole sur laquelle elle a écrit : « LE RESTAURANT LES TROIS MARCHES EST ANTIAMÉRICAIN ! »

Je lui ai fait remarquer que tout le monde le savait déjà, puisque Les Trois Marches est un restaurant français. Ce à quoi Lilly a rétorqué :

« Ce n'est pas parce que le propriétaire des Trois Marches est né en France qu'il n'a pas à se plier aux lois sociales de notre pays. »

Je lui ai alors rappelé que l'une des lois de notre pays autorisait justement les gens à embaucher et à renvoyer qui ils voulaient. Dans les limites de certaines conditions, évidemment.

« Quel est ton camp, Mia ? m'a demandé Lilly.

— Le tien, bien sûr. Je veux dire, celui de Jangbu », ai-je répondu.

Mais est-ce que Lilly ne voit pas que j'ai déjà suffisamment à faire avec mes propres problèmes pour ne pas assumer en plus ceux d'un aide-serveur saisonnier ? Il faut que je règle cette histoire d'été à Genovia, que je fasse des progrès en maths, et que je m'occupe d'une petite orpheline africaine qui compte sur moi pour manger. Franchement, on ne peut pas me demander en plus d'aider Jangbu à retrouver du travail. Je n'arrive même pas à faire que mon petit ami m'invite à la soirée de gala.

J'ai rendu sa banderole à Lilly et je lui ai expliqué que je ne pourrais pas participer à la manifestation après l'école à cause de ma leçon de princesse. Lilly m'a alors accusée de me préoccuper plus de moi que des trois enfants affamés de Jangbu. Quand je lui ai demandé d'où elle sortait que Jangbu avait trois enfants, vu que ce n'est mentionné nulle part dans les journaux, et qu'elle n'a toujours pas réussi à le contacter, elle m'a répondu que c'était à prendre au sens figuré et non littéral.

Je suis très embêtée pour Jangbu et ses trois enfants au sens figuré, c'est vrai. Mais le monde dans lequel on vit est une jungle, et pour l'instant, j'ai assez de problèmes comme ça. Je suis sûre que Jangbu comprendrait.

Pourtant j'ai promis à Lilly de demander à Grand-Mère de téléphoner au patron des Trois Marches pour qu'il réembauche Jangbu. C'est le moins que je puisse faire, étant donné que ma présence sur Terre est la raison pour laquelle la vie de ce pauvre garçon est fichue.

Devoirs

Maths : je ne sais pas
Anglais : je m'en fiche
Biologie : je m'en fiche aussi
Hygiène et sécurité : épargnez-nous, s'il vous plaît
Français : quelque chose sans doute, mais quoi ?
Éduc. civique : idem

Vendredi 2 mai, dans la limousine, de retour du Plaza, avant d'arriver à la maison

Grand-Mère a décidé de se comporter comme si rien ne s'était passé hier soir. Comme si elle n'était pas venue au restaurant avec son caniche et était responsable du renvoi d'un pauvre innocent. Comme si son portrait ne faisait pas la une de tous les journaux de Manhattan, y compris du *Times*. Pendant toute ma leçon, elle s'est étendue à n'en plus finir sur le fait qu'au Japon on n'enfonce pas ses baguettes dans son bol de riz quand on est bien élevé. Il paraît que c'est un manque de respect vis-à-vis des morts.

Qu'est-ce que j'en ai à faire ? Il n'est pas prévu que j'aille au Japon bientôt, que je sache. Je ne vais même pas au gala de mon école.

« Grand-Mère, ai-je dit au bout d'un moment. As-tu l'intention de parler de ce qui s'est passé hier soir ou non ? »

Grand-Mère a pris un air innocent et m'a répondu : « Je suis désolée, Amelia, mais je ne vois pas du tout à quoi tu fais allusion.

— Hier soir, ai-je répété. Quand on s'est tous retrouvés aux Trois Marches, pour mon anniversaire. Un aide-serveur a été renvoyé. C'était dans tous les journaux, ce matin.

— Oh, ça ? a fait Grand-Mère, en agitant les glaçons de son Sidecar.

— Alors ? ai-je demandé. Que comptes-tu faire ?

— Faire ? a dit Grand-Mère, sincèrement étonnée. Eh bien, rien. Que veux-tu que je fasse ? »

Je suppose que je n'aurais pas dû être choquée par sa réponse. Grand-Mère peut être très égoïste, parfois.

« Grand-Mère, un homme a perdu son emploi à cause de toi ! ai-je hurlé. Tu *dois* faire quelque chose ! Il va mourir de faim ! »

Grand-Mère a levé les yeux au ciel et a dit : « S'il te plaît, Amelia ! Je t'ai déjà trouvé une orpheline. Es-tu en train de me dire que tu veux parrainer cet aide-serveur aussi ?

— Non, mais Jangbu n'y est pour rien s'il a renversé de la soupe sur toi, ai-je répondu. C'était un accident. En revanche, ton chien y est pour quelque chose ! »

Grand-Mère a protégé les oreilles de Rommel.

« Moins fort, s'il te plaît, a-t-elle dit. Rommel est très sensible. Le vétérinaire...

— Je me fiche de ce que dit le vétérinaire ! me suis-je écriée. Grand-Mère, tu ne peux pas ne rien faire ! Tous mes amis sont en train de manifester devant le restaurant en ce moment ! »

Histoire d'enfoncer le clou, j'ai allumé la télé. Je ne n'attendais franchement pas à ce que sur New York One on parle de la manifestation de Lilly. Je pensais juste qu'il serait question d'un vague embouteillage, dû aux badauds intrigués par le spectacle auquel se livrait Lilly.

Imaginez donc ma surprise quand j'ai entendu le journaliste décrire l'« extraordinaire rassemblement devant Les Trois Marches, le célèbre restaurant français de la 57e Rue », avant qu'à l'image on ne voie Lilly défilant avec une énorme banderole sur laquelle on pouvait lire : « BOYCOTTEZ LES TROIS MARCHES ! » Mais ce qui m'a le plus étonnée, ce n'est pas le nombre important d'élèves d'Albert-Einstein. Je me doutais bien que Boris, par exemple, y serait, tout comme les membres du Club socialiste puisqu'ils participent à toutes les manifestations dont ils entendent parler.

Non, ce qui m'a le plus choquée, c'est le nombre d'hommes qui défilaient aux côtés de Lilly et que je ne connaissais pas.

Bientôt, le journaliste donnait une explication à leur présence.

« Des aides-serveurs des quatre coins de la ville se sont rassemblés devant Les Trois Marches en signe de solidarité avec Jangbu Pinasa, l'employé qui a été renvoyé hier soir du célèbre restaurant après l'incident mettant en cause la princesse douairière de Genovia. »

Grand-Mère n'a pas paru plus touchée que ça. Elle s'est contentée de regarder l'écran et de faire claquer sa langue.

« Bleu, a-t-elle déclaré. Bleu est vraiment la couleur qui sied le mieux à Lilly. Tu ne trouves pas, Mia ? »

Je ne sais franchement pas ce que je vais faire d'une femme pareille. Elle est IMPOSSIBLE.

Vendredi 2 mai, à la maison

On pourrait penser que chez moi, dans ma propre maison, j'aurais trouvé un peu de paix ? Eh bien, non. Je suis rentrée pour découvrir ma mère et Mr. G. en plein affrontement.

D'habitude, ils se disputent parce que ma mère veut accoucher à la maison avec une sage-femme et que Mr. G. veut que le bébé naisse à l'hôpital, entouré de toute une équipe médicale.

Mais cette fois, ils se disputaient parce que ma mère veut appeler le bébé Simone, si c'est une fille, en hommage à Simone de Beauvoir, et Sartre, si c'est un garçon, en hommage à Jean-Paul Sartre.

Mr. G., en revanche, penche pour Rose, si c'est une fille, en souvenir de sa grand-mère, et Rocky, si c'est un garçon, en hommage à... eh bien, Sylvester Stallone, je suppose. Ayant vu le film *Rocky*, je dois dire que ce n'est pas un mauvais choix car Rocky est plutôt mignon…

Mais ma mère a rétorqué qu'il était hors de question que son fils – si c'est un garçon – porte le nom d'un boxeur professionnel pratiquement illettré.

Si vous voulez mon avis, je préfère encore Rocky au dernier prénom auquel ils avaient songé : Granger. Heureusement que je suis allée voir dans le livre des prénoms que je leur ai offert. Parce que quand je leur ai dit que Granger venait du mot « grange » en français, ça les a aussitôt refroidis. Qui appellerait son fils Grange ?

Amelia n'a pas vraiment de sens en français. C'est un diminutif d'Emilie ou d'Emmeline, qui veut dire « industrieuse » en vieil allemand. Michael, qui est un ancien prénom hébreu, signifie « Celui qui est comme le Seigneur ». Je vous l'avais dit que Michael et moi, on était faits pour s'entendre. Je suis industrieuse et lui, il est comme le Seigneur, le plus industrieux de tous!

Pour en revenir à ma mère et à Mr. G., une fois qu'ils ont fini de se disputer sur Sartre contre Rocky, ils ont continué sur la préparation de ma fête d'anniversaire. Ma mère veut aller demain à Jersey City[1] acheter ce qui manque, mais Mr. G. a peur d'un attentat terroriste dans le tunnel de Holland. Il dit qu'ils pourraient se retrouver prisonniers à l'intérieur du tunnel comme Sylvester Stallone dans *Daylight*, et que maman pourrait accoucher prématurément au milieu des flots de l'Hudson River qui jailliraient de toutes parts.

Mr. G., lui, veut aller acheter des assiettes et des verres Reine Amidala chez Paper House, sur Broadway.

Hé ho, j'espère qu'ils savent que j'ai quinze ans et pas quinze mois, et que je comprends parfaitement tout ce qu'ils disent.

Enfin. J'ai mis mon casque et j'ai allumé mon ordinateur dans l'espoir de trouver un peu de réconfort loin des cris et des hurlements. Raté. Lilly venait tout juste de rentrer de sa manifestation parce qu'elle avait déjà envoyé un mail collectif à toutes les personnes de sa connaissance.

1. Ville du New Jersey, dans la banlieue de New York.

De : WomynRule

À tous les étudiants du lycée Albert-Einstein

L'Association des élèves contre le renvoi de Jangbu Pinasa (AERJP) a besoin de vous ! Venez nous retrouver demain (samedi 3 mai) à midi dans Central Park pour une manifestation qui partira de la 5e Avenue et rejoindra Les Trois Marches, sur la 57e Rue. Montrez que vous n'approuvez pas la façon dont les restaurateurs de New York traitent leurs employés ! N'écoutez pas ceux qui disent que la génération J, notre génération, est matérialiste ! Faites-vous entendre.

Lilly Moscovitz, présidente de l'AERJP.

Je ne savais pas que ma génération était matérialiste. Comment est-ce possible ? Je ne possède quasiment rien. Sauf un téléphone portable. Et encore, je ne l'ai que depuis un jour.

J'ai reçu cet autre message de Lilly juste après :

De : WomynRule

Mia, je ne t'ai pas vue tout à l'heure à la manif. Tu as raté quelque chose. C'était INIMAGINABLE ! Des aides-serveurs de Chinatown nous ont rejoints pour notre manifestation pacifique. Il y avait un tel sentiment de camaraderie et de solidarité parmi nous tous ! Mais le mieux, c'est que Jangbu Pinasa en personne était là ! Il était venu chercher son chèque de salaire. Je ne te raconte pas comme il a été étonné quand il nous a vus former un cordon devant Les Trois Marches. Au début, il était un peu intimidé et refusait de me parler. Du coup, je lui ai expliqué que, malgré mon éducation bourgeoise et des parents faisant partie de l'intelligentsia, j'appartenais au fond de moi à la classe ouvrière, comme lui, et que je ne cherchais qu'à défendre les intérêts du peuple. Bref, Jangbu sera demain à la manifestation ! Tu devrais venir aussi, ça va être génial !!!!!!!!

Lilly.

PS : Tu ne m'avais pas dit que Jangbu avait 18 ans. Est-ce que tu sais que c'est un Sherpa, aussi ? Je te jure. Il vient du Tibet. Il a fini ses études, là-bas. Il est arrivé ici dans l'espoir d'avoir une vie meilleure parce que l'agriculture chez lui est au point mort à cause de la politique de l'occupant chinois, et que les seules professions non agricoles possibles pour les jeunes Sherpas, c'est porteurs et guides dans l'Himalaya. Mais Jangbu a le vertige.

PPS : Tu ne m'avais pas dit non plus qu'il était super SEXY !!!! Il est entre Jackie Chan et Enrique Inglesias. Sans le grain de beauté sur la joue.

C'est franchement fatigant d'avoir pour meilleure amie et petit copain deux génies. J'avoue que j'ai du mal à suivre, parfois. Leur gymnastique mentale me dépasse.

Heureusement, j'avais un mail de Tina, dont les capacités intellectuelles se rapprochent plus des miennes.

De : Cœuraimant

Mia, j'ai réfléchi. Le meilleur moment pour que tu demandes à Michael si oui ou non il a l'intention de te proposer d'aller au gala de l'école, c'est demain soir, à ta fête. À mon avis, on devrait jouer à sept minutes au paradis (ta mère sera d'accord, n'est-ce pas ? Mr. G. et elle ne seront quand même pas LÀ *pendant la soirée ?). Bref, quand tu te retrouveras seule avec Michael dans le placard, et que... tu vois ce que je veux dire, tu lui poses la question de but en blanc. Crois-moi, aucun garçon ne peut refuser pendant sept minutes au paradis. Du moins, c'est ce qu'on raconte dans les livres.*

Ouah ! Qu'est-ce qu'il se passe avec mes amis ? J'ai l'impression qu'ils vivent sur une autre planète. Sept minutes au paradis ? Tina aurait-elle perdu la tête ? Moi, je veux une BELLE fête d'anniversaire, avec du Coca, des Freetos et peut-être un jeu de mime si Mr. G. accepte de m'aider à déplacer le futon. Je ne veux PAS d'une fête où les gens s'enferment dans les placards pour... vous me comprenez... Si je décide de le faire, ce sera dans ma chambre. Seulement, je n'ai pas le droit d'inviter Michael quand il n'y a personne à la maison, et, quand il est là, je dois laisser la porte entrouverte (merci, Mr. G., merci beaucoup. Croyez-moi, ça craint quand votre beau-père est aussi votre prof, parce qu'il n'y a pas mieux qu'un prof de votre lycée pour vous gâcher l'existence).

Je vous le jure, entre ma grand-mère et mes amis, je ne sais pas qui me donne le plus mal à la tête.

Heureusement, Michael m'avait laissé un gentil message :

De : LinuxRulz

Tu avais l'air plutôt éteinte pendant l'étude dirigée. Ça va ?

Au moins, je peux compter sur lui pour me soutenir. Sauf quand il oublie de m'inviter au gala de l'école.

J'ai décidé de ne pas répondre aux mails de Lilly et de Tina. En revanche, j'ai répondu à celui de Michael, et j'ai essayé de mettre en pratique le conseil de Grand-Mère, à savoir faire preuve de subtilité. Non que j'approuve ce que dit Grand-Mère en ce moment, mais je dois reconnaître qu'elle a eu plus de petits amis que moi.

De : FtLouie

Oui, ça va, merci ! J'ai juste l'impression d'avoir oublié quelque chose, mais je n'arrive pas à mettre le doigt dessus. Quelque chose qui se passe à ce moment précis de l'année. Mais quoi ? Impossible de savoir…

Et voilà ! Parfait. Subtile, mais directe. Et Michael étant un génie, il va comprendre à tous les coups.

C'est ce que je pensais jusqu'à ce que je lise sa réponse… que j'ai reçue immédiatement, vu qu'on était connectés.

De : LinuxRulz

D'après le C – que tu as eu au dernier contrôle de maths, je dirais que tu as oublié ce qu'on a vu ensemble en algèbre au cours des dernières semaines. Si tu veux, je peux passer chez toi dimanche pour t'aider à faire tes exos.

Mon Dieu. Est-ce qu'une fille est déjà sortie avec un garçon qui ne comprend rien à rien ? À part Lilly. En même temps, je suis quasiment sûre que Boris Pelkowski aurait compris, lui, où je voulais en venir.

Je suis tellement déprimée. Je crois que je vais aller me coucher.

Samedi 3 mai, jour de ma fête d'anniversaire

Ma mère est venue me voir ce matin aux aurores pour savoir si je voulais les accompagner, Mr. G. et elle, chez B.J.'s acheter ce qui manquait pour la fête. D'habitude, j'adore aller chez B.J.'s. C'est une véritable caverne d'Ali Baba. Tout y est gigantesque et on peut même goûter aux fromages et au pop-corn gratuitement. Sans parler du rayon boissons qui fonctionne en drive-in et par lequel Mr. G. passe systématiquement avant de rentrer à la maison. On n'a même pas besoin de descendre de la voiture. On commande ce qu'on veut à un guichet et ils vous remplissent votre coffre.

Je ne sais pas pourquoi, mais je me sentais trop déprimée ce matin pour avoir la force de me lever. Du coup, je suis restée sous ma couette et j'ai demandé à ma mère si ça ne l'embêtait pas d'y aller sans moi. J'ai prétexté un mal de gorge, et je lui ai dit qu'il valait mieux que je me repose jusqu'à l'arrivée de mes invités.

À mon avis, ma mère n'a pas du tout cru à cette histoire de mal de gorge. Quoi qu'il en soit, elle n'a pas relevé. Elle s'est contentée de dire : « Comme tu veux », et elle est partie avec Mr. G. Étant donné l'état d'esprit qui est le sien en ce moment, je trouve que je m'en tire à bon compte.

Je ne sais pas ce qui ne tourne pas rond, chez moi. Je suis tellement nulle ! Ma vie n'est qu'une suite de problèmes. Je rêve d'aller au gala de l'école mais je n'ose pas en parler à mon petit ami de peur de lui mettre la pression. Je ne veux pas passer tout l'été à Genovia mais j'ai signé un fichu contrat qui m'y oblige. Ma meilleure amie est en train d'œuvrer pour l'humanité et je n'ai pas le courage d'aller manifester à ses côtés, même si je suis indirectement responsable de tous les malheurs qui arrivent à la personne qu'elle cherche à aider. Et enfin, mes notes en maths recommencent à chuter, et ça m'est égal.

Franchement, étant donné ce fardeau qui repose sur mes épaules, il ne me reste plus qu'à allumer la télé et regarder la chaîne *Des femmes d'exception*. Qui sait ? Peut-être qu'en voyant un film sur une femme qui a dû surmonter des obstacles quasi infranchissables, je trouverai le courage d'affronter les miens ?

Et alors ? Ça peut marcher.

Samedi 3 mai, 19 h 30,
une demi-heure avant la début de la fête

Finalement, ce n'était pas une bonne idée de regarder la chaîne *Des femmes d'exception*. Je me sens encore moins à la hauteur. Qui peut regarder ce genre de films sans être déprimé après ? Je parle sérieusement. Voilà un échantillon de ce que certaines de ces femmes ont enduré :

Le détournement du vol 847 :
l'histoire d'Uli Derickson

Dans cette histoire vraie, qui s'est passée dans les années 80, Lindsay Wagner, « la femme bionique », sauve tous les passagers d'un avion détourné par des terroristes. Dans le film, Uli parvient à convaincre les pirates de l'air d'épargner la vie des passagers en leur chantant une chanson folklorique si émouvante qu'ils se mettent à pleurer.

Sauf que je ne connais aucune chanson folklorique, et les chansons populaires que je connais, comme *Je m'aime aujourd'hui* (ah ah) n'attendrirait personne, et certainement pas un pirate de l'air.

La rapt de Kari Swenson : une histoire vraie

Tracey Pollan, la femme de Michael J. Fox, interprète le rôle d'une biathlète olympique qui se fait enlever par des rustres qui veulent en faire leur promise. Comme si camper ne suffisait pas ! Imaginez alors ce que c'est que de camper avec des gens qui ne se lavent pas ! Mais Kari parvient à se sauver et remporte même la médaille d'or, tandis que les rustres sont arrêtés et jetés en prison où on les oblige à se raser et se brosser les dents tous les jours.

En ce qui me concerne, je ne suis pas biathlète. Je ne suis même pas une athlète tout court. Et si j'étais kidnappée par des rustres, je me mettrais à pleurer jusqu'à ce qu'ils me laissent partir, écœurés.

Un appel au secours : l'histoire de Tracey Thurman

Jo, de *Facts of Life*, est frappée par son mari en présence d'officiers de la police. Elle leur intente un procès pour ne pas l'avoir protégée, s'exprimant au nom de toutes les femmes battues de par le monde.

J'ai un garde du corps. Si je me fais attaquer, je peux compter sur Lars pour neutraliser mon agresseur avec son pistolet hypodermique.

Terreur soudaine : le détournement du car de ramassage scolaire

Après avoir joué Ambre dans *The Running Man*, Maria Conchita Alonso interprète le rôle de Marta Caldwell, une brave femme qui conduit un autocar de ramassage scolaire. Un jour, un type qui en veut au fisc détourne l'autocar. Grâce à son calme et à sa douceur, Marta parvient à le contrôler jusqu'à ce qu'un officier de police lui tire une balle dans la tête à travers la vitre de l'autocar, provoquant les cris et les hurlements des écoliers qui sont éclaboussés de son sang.

Étant donné que je vais au lycée en limousine, il est peu probable que ce genre d'histoire m'arrive.

Elle s'est réveillée enceinte

C'est l'histoire vraie d'une femme dont le dentiste abuse pendant qu'elle est sous anesthésie pour la pose d'une couronne. Le dentiste a ensuite le toupet d'affirmer que sa cliente et lui ont eu une aventure et qu'elle raconte cette histoire de viol pour faire passer le bébé auprès de son mari ! Heureusement, une femme policier se présente en civil chez le dentiste, avec une caméra cachée dans son tube de rouge à lèvres, et elle filme le dentiste en train de lui retirer son chemisier.

Jamais cela ne pourrait m'arriver, vu que je n'ai rien à la hauteur de la poitrine qui pourrait intéresser même un dentiste psychopathe.

Un atterrissage miracle

Connie Sellecca joue le rôle de l'officier Mimi Thompkins qui parvient à se poser au sol après que le toit de l'avion qu'elle pilote a été arraché en plein vol à cause de la vétusté du métal. Elle n'est cependant pas la seule à faire preuve de courage sur ce vol. L'une des hôtesses reste auprès des passagers assis à l'avant de l'avion, là où il n'y a plus de toit, et leur assure que Connie a la situation en main.

Je serais incapable de conduire un avion, et encore moins de certifier à des gens blessés à la tête que tout va bien, parce que je serais trop occupée à vomir.

Franchement, je ne vois pas qui pourrait avoir la force de sortir de son lit après.

Mais le pire, c'est *Nos amies les bêtes*. Je n'en ai vu que quelques minutes. Eh bien, ça m'a suffi pour comprendre que Fat Louie était plutôt en bas de l'échelle, question intelligence. Ils ont présenté un âne qui protégeait son maître de chiens sauvages ; un perroquet qui, lui, sauvait son propriétaire d'un incendie ; un chien qui empêchait sa maîtresse de mourir d'un choc insulinique[1] en la secouant jusqu'à ce qu'elle mange des boules de gomme, et un chat qui, après avoir remarqué que sa maîtresse s'était évanouie, s'asseyait juste sur les deux touches du téléphone qui composent le numéro de la police et miaulait jusqu'à leur arrivée.

Je suis désolée, mais Fat Louie ne se battrait pas contre des chiens sauvages, il se cacherait probablement si un incendie se déclarait, il ne ferait pas la différence entre une boule de gomme et un trou dans le mur, et ne saurait sûrement pas s'asseoir sur les deux touches du téléphone qui composent le numéro de la police si je m'évanouissais. En fait, si je m'évanouissais, Fat Louie s'assiérait sans doute à côté de sa gamelle et se mettrait à miauler jusqu'à ce que

---

1. Risque encouru par les diabétiques, qui doivent dans ce cas absorber d'urgence du sucre.

Ronnie, la voisine, craque et appelle le concierge pour qu'il ouvre la porte et fasse taire Fat Louie.

Même mon chat est nul.

Mais ce qui m'a achevée, c'est que maman et Mr. G. se sont amusés comme des fous chez B.J.'s. Ils ont acheté des tas d'articles en solde à l'effigie de la reine Amidala, dont des sous-vêtements (pour moi, pas pour mes invités, évidemment). Maman est passée me voir quand ils sont rentrés pour me les montrer, mais je n'ai pas réussi à être enthousiaste.

Pourtant, j'ai essayé.

C'est peut-être le syndrome prémenstruel.

À moins que ce ne soit le poids de ma toute nouvelle féminité, vu que j'ai quinze ans maintenant...

Pourtant, je devrais être heureuse. Mr. G. a accroché plein de serpentins de la reine Amidala dans l'appartement, il a installé une guirlande électrique autour du tuyau, le long du plafond, et il a mis un masque de la reine Amidala sur le buste que maman a fait d'Elvis. Il m'a même promis de ne pas jouer de batterie quand on mettra de la musique (Michael m'a fait une compilation de toutes mes chansons préférées, y compris celles de Destiny's Child et de Bree Sharp, même s'il ne les supporte pas).

QU'EST-CE QUE J'AI ALORS ????? Est-ce parce que mon petit ami ne m'a toujours pas invitée au gala de l'école ? Qu'est-ce que j'en ai à faire, de toute façon ?

Pourquoi ne puis-je pas être heureuse avec ce que j'ai déjà ? Avoir un petit copain, ça devrait me suffire, non ?

Finalement, cette fête était une très mauvaise idée. Je ne suis pas du tout d'humeur à la fête. À quoi je pensais, quand j'ai décidé d'en faire une pour mon anniversaire ? Aurais-je oublié que JE SUIS NULLE ET QU'EN GÉNÉRAL, LES GENS PRÉFÈRENT M'ÉVITER ? LES PRINCESSES NULLES QU'ON PRÉFÈRE ÉVITER NE DEVRAIENT PAS ORGANISER DE FÊTES POUR LEUR ANNIVERSAIRE !!!!!!!! PAS MÊME POUR LEURS AMIS NULS ET QU'ON PRÉFÈRE ÉVITER !!!!! Personne ne va venir. Personne ne va venir et je vais me retrouver TOUTE SEULE sous les guirlandes et les serpentins de cette stupide reine Amidala, avec des Freetos, du Coca et la cassette de Michael.

Au secours ! On vient de sonner. Qui ça peut être ? Je vous en prie, mon Dieu, donnez-moi la force de passer cette soirée. Faites que j'aie autant de courage qu'Uli, Kari, Tracey, Marta, la femme qui va chez le dentiste, Mimi et l'hôtesse de l'air. Je vous en prie, c'est tout ce que je vous demande. Merci.

Dimanche 4 mai, 2 heures du matin

Voilà. C'est fait. Ma vie est fichue.

J'aimerais remercier tous ceux qui m'ont soutenue pendant ces années difficiles – ma mère, avant de n'être plus qu'une masse gonflée d'hormones sans vessie de 72 kilos ; Mr. G. pour avoir tenté d'augmenter ma moyenne en maths et Fat Louie pour être Fat Louie, tout simplement, même s'il est totalement incompétent comparé aux animaux de *Nos amies les bêtes*.

Mais personne d'autre. Parce que toutes les autres personnes que je connais font manifestement partie d'un abominable complot pour me rendre folle, comme Bertha Rochester dans *Jane Eyre*.

Tina, par exemple. Tina qui est arrivée la première et qui m'a aussitôt entraînée dans ma chambre, où mes invités étaient censés poser leurs manteaux, et qui m'a dit : « On a tout arrangé, Ling Su et moi. Elle s'occupe de ta mère et de Mr. G. pendant que j'annonce que c'est le moment de jouer à sept minutes au paradis. Quand c'est ton tour, tu t'enfermes avec Michael dans le placard, tu l'embrasses et, dès que tu sens qu'il est sur le point de craquer, tu lui parles du gala.

— Tina ! » J'étais vraiment en colère. Pas seulement parce que je trouvais son plan complètement nul, mais parce qu'elle s'était mis des paillettes sur le corps. Je ne plaisante pas ! Elle en avait plein le décolleté. Comment se fait-il que je n'arrive jamais à en trouver dans les magasins ? De toute façon, même si j'en trouvais, je n'oserais pas en mettre. Pourquoi ? Parce que je suis nulle, voyons.

« On ne jouera pas à sept minutes au paradis, l'ai-je informée.

— Pourquoi ? a demandé Tina, l'air déçu.

— Parce que cette fête va être nulle ! Tu ne comprends pas, Tina ? On est tous nuls. On ne joue pas à sept minutes au paradis quand on est nuls. Ce sont des gens comme Lana et Josh qui y jouent, à leurs fêtes. Mais aux fêtes nulles, on joue aux devinettes, on fait des mimes. On peut jouer à un jeu de société, mais on ne joue pas à s'embrasser ! »

Tina m'a alors affirmé que les nuls aussi jouaient à s'embrasser.

« S'ils n'y jouaient pas, d'où viendraient les bébés nuls ? » m'a-t-elle fait remarquer.

J'ai rétorqué que les bébés nuls se faisaient dans l'intimité des maisons nulles après un mariage nul, mais Tina ne m'écoutait plus. Elle était sortie pour aller accueillir Boris. Il nous a expliqué que ça faisait une demi-heure qu'il attendait derrière la porte, mais qu'il avait préféré lire le menu que le livreur de chez Allô Suzie dépose sur notre paillasson plutôt que d'être le premier.

« Où est Lilly ? » lui ai-je demandé, persuadée qu'ils seraient arrivés ensemble. Après tout, ils sortent ensemble, non ?

Mais Boris n'avait pas vu Lilly depuis la manifestation de l'après-midi, devant Les Trois Marches.

« Elle était devant », m'a-t-il raconté en se dirigeant vers le buffet (en fait, c'est la table sur laquelle on mange) pour engouffrer plusieurs poignées de Freetos d'affilée. Résultat, il s'est retrouvé avec plein de miettes coincées dans son appareil dentaire. Je dois dire que le spectacle était assez impressionnant, si on aime les sensations fortes. « Elle lançait les slogans et les chants dans son mégaphone, a-t-il poursuivi. C'est la dernière fois que je l'ai vue. Comme j'avais faim, je me suis arrêté pour m'acheter un hot dog et, lorsque je suis revenu, ils n'étaient plus là. »

J'ai alors expliqué à Boris que c'était le propre d'un défilé, de marcher sans attendre ceux qui s'arrêtent pour s'acheter un hot dog. Boris a paru surpris, pas moi puisque je sais qu'il vivait en Russie avant, et qu'en Russie, il a été défendu de défiler pendant des années sauf lorsque c'était à la gloire de Lénine ou d'un autre de leurs leaders.

Michael est ensuite arrivé avec la compilation. À un moment, j'avais envisagé de lui demander de jouer avec son groupe dans la mesure où ils cherchent à se faire connaître, mais Mr. G. a refusé sous prétexte qu'il a déjà suffisamment d'ennuis comme ça avec Verl, notre voisin du dessous. Verl ne supporte pas la batterie. Alors, un groupe entier... Verl se couche tous les soirs à 9 heures afin de se lever avant l'aube pour noter les faits et gestes de nos voisins, qui habitent de l'autre côté de la rue. Il est persuadé qu'ils viennent d'une autre planète et préparent une guerre interplanétaire. Les gens d'en face ne sont pas du tout des *Aliens*. Ils sont juste allemands, ce qui en dit long sur Verl.

Michael, comme d'habitude, était hyper sexy. Comment se fait-il que je le trouve beau et sexy chaque fois que je le vois ? On pourrait penser que je me serais habituée à son physique. Je le vois quand même pratiquement tous les jours... parfois, deux fois par jour. Mais non, chaque fois, mon cœur se met à battre la chamade. Comme si Michael était un cadeau que j'allais déballer. À mon avis, ce n'est pas tout à fait normal...

Bref, Michael a mis la musique et mes invités ont commencé à arriver. Tout le monde tournait en rond et parlait de la manifestation – tout le monde sauf moi, puisque je n'y étais pas allée. À la place, je passais mon temps à débarrasser les gens de leurs manteaux (bien qu'on soit en mai, il faisait assez frais), et à prier pour que personne ne parte avant la fin ou ne doive supporter le discours de ma mère sur ses problèmes de vessie.

Et puis, la sonnette a retenti. Je suis allée ouvrir et je me suis retrouvée nez à nez avec Lilly. Sauf qu'elle tenait un garçon aux cheveux noirs et en blouson de cuir par la taille.

« Salut ! a-t-elle lancé d'un air tout excité. Je ne crois pas que vous vous connaissiez. Mia, je te présente Jangbu. Jangbu, la princesse Amelia de Genovia. Ou Mia, comme on l'appelle tous. »

J'ai regardé Jangbu, les yeux ronds. Non pas parce que Lilly l'avait amené sans me demander mon avis, mais parce qu'elle avait un bras autour de sa taille. Pire! Elle se cramponnait à lui. Et Boris était dans la pièce à côté!

« Eh bien, Mia, a repris Lilly en entrant. Tu ne dis pas bonjour?

— Oh, pardon. Bonjour. »

Jangbu m'a souri. Lilly avait raison. Jangbu est incroyablement beau. En fait, il est mille fois plus beau que ce pauvre Boris. Je déteste dire ça, mais c'est la vérité. En même temps, je n'ai jamais pensé que Lilly appréciait Boris pour son physique. Boris est un musicien de génie et, étant bien placée pour le savoir puisque moi-même je sors avec un génie, ce n'est pas facile à trouver.

Heureusement, Lilly avait lâché Jangbu quelques secondes afin qu'il retire son blouson quand j'ai proposé de le débarrasser. Ce qui fait que lorsque Boris a aperçu Lilly et s'est approché, il n'a rien remarqué de bizarre. J'ai pris les vêtements de Lilly et de Jangbu, et je me suis dirigée dans un état second vers ma chambre. En chemin, j'ai croisé Michael. Il m'a souri et m'a demandé si je m'amusais.

J'ai secoué la tête et j'ai répondu à la place : « Est-ce que tu as vu ta sœur et Jangbu? »

Michael s'est tourné vers eux.

« Et alors ? a-t-il fait.

— Rien », ai-je fini par lâcher, parce que je ne tenais pas à ce que Michael passe un savon à Lilly, comme Colin Hanks quand il surprend sa petite sœur Kirsten Dunst en train d'embrasser son meilleur ami dans le film *Get Over It*. Même si ça ne se devine pas au premier abord, Michael peut s'énerver assez rapidement. Je l'ai vu une fois foudroyer du regard des ouvriers sur un chantier de la 6e Avenue parce qu'ils nous avaient sifflées, Lilly et moi. Une bagarre à ma fête, c'était bien la dernière chose dont je rêvais.

Heureusement, Lilly s'est retenue de reprendre Jangbu par la taille pendant la demi-heure qui a suivi, ce qui fait que j'ai réussi à mettre de côté ma dépression et à aller danser avec les autres. Je dois dire qu'on a bien ri, surtout quand on a dansé la Macarena, que Michael s'était amusé à glisser dans sa compilation.

Quel dommage qu'il n'existe pas d'autres danses que tout le monde connaît ! C'est ce qui se passe dans *Elle est trop bien* et *Footloose*. Tout le monde se met à danser la même danse en même temps. Ce serait tellement cool si ça nous arrivait à nous aussi, dans le réfectoire du lycée. La principale Gupta se tiendrait sur l'estrade pour nous faire un discours, et tout à coup, quelqu'un mettrait un disque et tout le monde grimperait sur les tables et danserait.

Autrefois, les gens connaissaient les mêmes danses, comme le menuet ou le quadrille. J'aimerais tellement que la vie soit comme autrefois. Sauf pour les dents gâtées et la petite vérole, évidemment.

Bref, tout semblait se passer à merveille et je commençais à vraiment bien m'amuser quand Tina a brusquement crié :

« Mr. Gianini, il n'y a plus de Coca !

— Déjà ? a répondu Mr. G. J'en ai acheté dix bouteilles ce matin ! »

Mais Tina a insisté. J'ai su après qu'elle les avait cachées dans la future chambre du bébé. En attendant, Mr. G., qui croyait vraiment qu'on avait tout bu, a dit : « Je vais descendre en chercher à Grand Union. »

Dès qu'il est parti, Ling Su a demandé à ma mère si elle pouvait voir ses diapos. Étant elle-même artiste, Ling Su savait très bien quoi dire à ma mère qui, depuis qu'elle est enceinte, a dû renoncer à la peinture à l'huile pour ne travailler qu'à l'aquarelle.

À peine ma mère avait-elle entraîné Ling Su dans sa chambre pour lui montrer les diapos de ses dernières œuvres que Tina a coupé la musique et a annoncé qu'il était l'heure de jouer à sept minutes au paradis.

Tout le monde a paru étonné – voilà bien un jeu auquel on n'avait pas joué à la dernière fête où on s'était tous retrouvés, c'est-à-dire à l'anniversaire de Shameeka. Mr. Taylor, le père de Shameeka, n'est pas du genre à se faire avoir par des « On n'a plus de Coca » ou « Est-ce que je peux voir vos diapos ? » Il est bien trop strict. Il laisse tout le temps dans un coin de son entrée la batte de baseball qui lui a valu le titre de « Super batteur », pour montrer aux petits amis de sa fille de quoi il est capable s'il estime qu'ils vont trop loin avec elle.

Ce qui fait qu'on était tous très excités à l'idée de jouer à sept minutes au paradis. Tous, sauf Michael. Michael n'aime pas les démonstrations d'affection publiques et – je l'ai découvert après – encore moins être enfermé dans un placard avec sa petite amie. Non qu'il n'apprécie pas d'être seul avec moi dans un espace clos, m'a-t-il expliqué après que Tina eut refermé la porte derrière nous, et même si ledit espace contient les manteaux d'hiver de ma mère et de Mr. G., l'aspirateur, le chariot pour les commissions et ma valise. C'est juste que ça l'embête de savoir que de l'autre côté, les autres écoutent.

« Personne ne nous écoute, lui ai-je dit. La preuve, ils ont remis la musique. »

Ce qui était vrai.

En même temps, je ne pouvais pas ne pas donner raison à Michael. Sept minutes au paradis est un jeu stupide. Attention. Je ne suis pas en train de dire que je déteste être dans les bras de mon petit ami, mais être dans les bras de mon petit ami, enfermée dans un placard en sachant que de l'autre côté de la porte, tout le monde sait très bien ce que l'on fait, c'est autre chose. Il manque l'ambiance.

En plus, il faisait tellement noir dans le placard que je ne voyais même pas mes mains. Alors le visage de Michael… Et puis, il y avait une drôle d'odeur. Elle montait de l'aspirateur. Ça faisait des semaines qu'il n'avait pas servi puisque personne – je devrais dire « je », étant donné que ma mère n'y pense pas, et que Mr. G. n'a jamais compris comment il marchait – n'avait changé le sac, et qu'il était rempli de poils de Fat Louie et de petits graviers provenant de sa litière. Et comme c'est une litière parfum pin, ça sentait… le pin. Mais un pin bizarre.

« On va vraiment devoir rester enfermés pendant sept minutes ? a demandé Michael.

— Je crois, oui, ai-je répondu.

— Et si Mr. G. arrive et nous découvre ? a dit Michael.

— À mon avis, il te tue, ai-je répliqué.

— Dans ce cas, j'ai intérêt à te donner quelque chose pour que tu ne m'oublies pas. »

Et sur ces paroles, il m'a prise dans ses bras et m'a donné un baiser.

Je dois admettre qu'après, j'ai trouvé sept minutes au paradis nettement plus intéressant. En fait, j'appréciais même beaucoup ce jeu. C'était agréable d'être dans le noir, avec le corps de Michael contre le mien. Comme je ne voyais rien, je suppose que mon odorat devait être exacerbé parce que jamais je n'avais aussi bien senti Michael. Il sentait super bon – rien à voir avec le sac de l'aspirateur. C'était une odeur qui me donnait envie de me jeter sur lui. Je ne peux pas l'expliquer autrement. Mais j'avais franchement envie de le faire.

Pourtant au lieu de me jeter sur lui, ce que Michael n'aurait sans doute pas apprécié et qui aurait été, selon les convenances, inacceptable, sans parler des manteaux qui entravaient notre mobilité, j'ai écarté ma bouche de la sienne et sans même penser à Tina, à Uli Derickson ou même à ce que je faisais, mais juste dans le feu de l'action, j'ai dit : « Au fait, Michael, qu'est-ce que tu as décidé pour le gala ? On y va ou on n'y va pas ? »

Michael a effleuré mon cou avec ses lèvres (cela dit, ça m'étonnerait qu'il ait cherché à sentir mon cou) tout en me répondant avec un petit rire : « Le gala ? Tu es folle ? C'est encore plus stupide que ce jeu. »

Cette fois, je me suis franchement écartée de lui et j'ai reculé, pile dans la crosse de hockey de Mr. G. Mais je ne me suis pas rendu compte que je m'étais fait mal : j'étais trop sous le choc.

« Qu'est-ce que tu viens de dire ? » ai-je demandé.

S'il n'avait pas fait si sombre, j'aurais fouillé le regard de Michael, à la recherche d'un détail qui m'aurait permis de comprendre qu'il plaisantait. Du coup, je n'ai pu que tendre l'oreille.

« Mia », a répondu Michael en tentant de me reprendre dans ses bras. Pour quelqu'un qui trouvait que sept minutes au paradis était un jeu stupide, il semblait bien l'aimer pour l'instant. « Tu te moques de moi, a-t-il dit. Tu sais bien que je ne suis pas le genre de garçon à aller au gala de l'école. »

J'ai repoussé sa main. J'ai eu un peu de mal à la repérer dans le noir mais vu l'espace, c'était difficile de la rater. En face de moi, à part Michael, il n'y avait que des manteaux.

« Comment ça, tu n'es pas le genre à aller au gala de l'école ? Tu es en terminale. Tu as ton diplôme à la fin de l'année. Il faut que tu y ailles. Tout le monde y va en dernière année de lycée, ai-je rétorqué.

— Tout le monde fait des trucs idiots. Mais ce n'est pas pour autant que je vais y aller. Voyons, Mia. Le gala de l'école, c'est bon pour les types comme Josh Richter, a déclaré Michael.

— Ah oui ? » ai-je fait.

J'avais parlé sur un ton qui m'est apparu glacial, même à mes propres oreilles. Mais c'était sans doute parce que, ne voyant rien, elles étaient hyper fines. Mes oreilles, je veux dire, enfin mon ouïe.

« Et qu'est-ce que des types comme Michael Moscovitz font le soir du gala de leur école ? ai-je demandé.

— Je ne sais pas, a répondu Michael. On pourrait prolonger sept minutes au paradis, non ? »

Je n'ai même pas relevé.

« Michael, ai-je dit, de ma voix la plus princière. Je parle sérieusement. Si tu n'as pas l'intention d'aller au gala de l'école, qu'est-ce que tu veux faire à la place ?

— Je ne sais pas, a répété Michael, sincèrement déconcerté par ma question. Aller jouer au bowling ? »

AU BOWLING ?????? MON PETIT AMI PRÉFÈRE ALLER JOUER AU BOWLING QUE M'INVITER AU GALA DE L'ÉCOLE !!!!!!!

N'y avait-il pas une once de romantisme en lui ? Certainement que si, sinon il ne m'aurait jamais offert un flocon de neige en papier argenté. Je ne l'ai pas quitté depuis qu'il me l'a donné. Pas une seule fois. Comment un garçon qui offre un flocon argenté à sa petite amie peut-il préférer aller jouer au bowling le soir du gala de l'école ?

Michael a dû sentir que j'acceptais mal la nouvelle parce qu'il a dit : « Mia, tu ne peux pas ne pas le reconnaître. Il n'y a rien de plus débile que les galas d'école. Tu dépenses une fortune pour louer un costume de pingouin dans lequel tu n'es même pas à l'aise, ensuite tu dépenses encore de l'argent pour aller dîner dans un restaurant à la mode où ce qu'on te sert ne vaut même pas la moitié d'un plat de chez Allô Suzie, et enfin tu te retrouves dans une espèce de gymnase...

— Chez Maxim's, l'ai-je corrigé. Le gala a lieu chez Maxim's cette année.

— Peu importe, a déclaré Michael. Tu y manges des gâteaux au chocolat rance et tu danses sur de la mauvaise musique avec des gens que tu ne supportes pas et que tu ne reverras jamais...

— Comme moi ! ai-je hurlé, tellement j'étais blessée. Tu ne veux plus me revoir ? C'est ça ? Une fois ton diplôme en poche, tu vas partir pour l'université et m'oublier ?

— Mia, a fait Michael, doucement. Bien sûr que non. Je ne parlais pas de toi. Je parlais de gens comme... comme Josh, par exemple. Tu le sais très bien. Qu'est-ce que tu as ? »

J'étais incapable de lui dire ce que j'avais. Parce que mes yeux s'étaient emplis de larmes et que j'avais une boule dans la gorge. Je me demande même si mon nez ne s'était pas mis à couler. Bref, je venais de comprendre que mon petit ami n'avait nullement l'intention de m'inviter au gala de l'école. Non pas parce qu'il voulait y aller avec une autre fille plus séduisante, comme Andrew McCarthy dans *Rose bonbon*, mais parce que mon petit ami, Michael Moscovitz, l'être que j'aime le plus au monde (à l'exception de mon chat), le garçon à qui j'ai donné mon cœur pour l'éternité, n'avait absolument pas envie d'assister au GALA QUE L'ÉCOLE ORGANISAIT POUR LES ÉLÈVES DE SA PROMOTION !!!!!

Je ne sais franchement pas ce qui se serait passé après si Boris n'avait pas brusquement ouvert la porte du placard en criant : « C'est fini ! » Peut-être que Michael m'aurait entendue sangloter, peut-être qu'il aurait compris que je pleurais et m'aurait demandé pourquoi. Et peut-être, alors, m'aurait-il tendrement prise dans ses bras et que je lui aurais avoué, d'une voix brisée, tout en reposant ma tête contre sa poitrine virile, la raison de mon chagrin.

Il m'aurait sans doute embrassée doucement sur le front et aurait murmuré : « Pardon, ma chérie, je ne savais pas. » Puis il m'aurait juré qu'il était prêt à faire n'importe quoi pour voir de nouveau mes yeux de biche briller, et que si je désirais autant aller au gala de l'école, qu'à cela ne tienne, nous irions.

Mais malheureusement, ça ne s'est pas passé comme ça. Michael a été tellement ébloui par la lumière soudaine qu'il a mis sa main en visière devant ses yeux, et n'a donc pas vu que les miens étaient mouillés et que mon nez coulait… Ce qui n'était d'ailleurs pas très gracieux pour une princesse.

De toute façon, ce qui s'est passé juste après m'a tellement choquée que j'en ai oublié ma peine. On était à peine sortis du placard, Michael et moi, que Lilly a crié : « À mon tour ! À mon tour ! »

Sauf que la main qu'elle a attrapée – la main de l'homme qu'elle avait choisi pour jouer à sept minutes au paradis – n'était pas celle pâle et douce du violoniste virtuose avec lequel elle sort depuis huit mois. La main que Lilly a attrapée n'appartenait pas à Boris Pelkowski, qui respire par la bouche et rentre son sweat-shirt dans son pantalon. Non, la main que Lilly a attrapée appartenait à Jangbu Pinasa, l'aide-serveur sherpa sexy en diable.

Un silence de mort s'est abattu tandis que Lilly poussait un Jangbu étonné dans le placard et refermait la porte derrière elle. On est tous restés bouche bée, les bras ballants, ne sachant pas trop quoi faire.

Du moins, moi, je ne savais pas quoi faire. J'ai jeté un coup d'œil à Tina. Rien qu'à son expression, j'ai compris qu'elle non plus.

Michael, en revanche, n'a pas hésité. Il a posé la main sur l'épaule de Boris et a dit : « Dur, mon vieux », avant d'attraper une poignée de Freetos.

DUR, MON VIEUX??????? C'est tout ce qu'un garçon dit à un autre garçon quand il voit que le cœur de son ami est brisé en mille morceaux ?

Je n'arrivais pas à croire que Michael le prenne autant à la légère. Et Colin Hanks, alors ? Pourquoi n'arrachait-il pas la porte du placard pour sortir Jangbu Pinasa de là et le massacrer ? Lilly était quand même sa petite sœur ! Ne se sentait-il pas le devoir de la protéger ?

Faisant fi de mon désespoir provoqué par cette histoire de gala – le fait de voir l'empressement de Lilly à plaquer sa bouche contre celle d'un garçon qui n'était pas son petit ami avait complètement paralysé mes sens –, j'ai suivi Michael jusqu'au buffet et je lui ai dit : « C'est tout ? C'est tout ce que tu fais ? »

Michael m'a regardée d'un air interrogateur.

« De quoi tu parles ? a-t-il demandé.

— De ta sœur ! ai-je hurlé. Et de Jangbu.

— Qu'est-ce que tu veux que je fasse ? a dit Michael. L'obliger à sortir et le frapper ?

— Eh bien, oui, ai-je répondu.

— Mais pourquoi ? a fait Michael en buvant un verre de 7 Up puisqu'il n'y avait plus de Coca. Je me fiche pas mal de savoir avec qui ma sœur s'enferme dans un placard. Si c'était toi, je casserais la figure du type. Mais ce n'est pas toi, c'est Lilly. Et Lilly nous a amplement prouvé au fil des années qu'elle était tout à fait capable de se débrouiller toute seule. » Puis il m'a tendu un bol et a dit : « Tu veux des Freetos ? »

Des Freetos ? Comment pouvait-il penser à manger en un moment pareil ?

« Non, merci, ai-je répondu. Mais ne crains-tu pas que ta sœur se laisse... »

Je me suis tue, incapable de continuer. Michael a fini ma phrase à ma place.

« Emporter par le charme rustique d'un jeune Sherpa ? » a-t-il dit. Il a secoué la tête. « À mon avis, a-t-il poursuivi, si quelqu'un n'a pas compris ce qui lui arrivait, c'est Jangbu. Le pauvre garçon a l'air plutôt décontenancé.

— Mais... et Boris ? » ai-je bafouillé.

Michael a jeté un coup d'œil à Boris. Il était affalé sur le futon, la tête dans les mains. Tina était accourue à son secours et tentait de l'apaiser en lui disant que Lilly avait sans doute voulu montrer à Jangbu à quoi ressemblait l'intérieur d'un placard américain. Même moi, je ne la trouvais pas très convaincante, et pourtant, je suis quelqu'un de facile à convaincre.

« Boris s'en remettra », a déclaré Michael en plongeant une chip dans du guacamole.

Je ne comprends vraiment pas les garçons. Si c'était MA petite sœur qui se trouvait dans le placard avec Jangbu, j'aurais été folle de rage. Et si c'était MA soirée de gala, je me serais empressée d'aller acheter des billets d'entrée avant qu'il n'y en ait plus.

Mais apparemment, tout le monde n'est pas comme moi.

Bref, avant qu'aucun d'entre nous n'ait le temps d'intervenir, la porte s'est ouverte et Mr. G. est entré, plusieurs sacs remplis de canettes de Coca-Cola à la main.

« Et voilà le ravitaillement ! a-t-il annoncé en posant les sacs par terre. Je vous ai pris de la glace, aussi. Au cas où vous… »

Mr. G. s'est brusquement tu. Il venait d'ouvrir la porte du placard et de découvrir, au milieu des manteaux, Lilly et Jangbu, dans les bras l'un de l'autre.

Si Mr. G. n'est pas Mr. Taylor, il est quand même assez strict. Et comme il enseigne dans un lycée, il sait très bien en quoi consiste un jeu comme sept minutes au paradis. Aussi, toutes les excuses de Lilly, comme quoi Jangbu et elle avaient été accidentellement enfermés dans le placard, n'ont eu aucun effet sur lui. Il a tout simplement annoncé que la fête était finie. Hans, mon chauffeur, a raccompagné tout le monde et s'est assuré qu'après avoir déposé Lilly et Michael chez eux, Jangbu ne les suive pas, et que Lilly traverse bien le hall de l'immeuble, prenne l'ascenseur et ne redescende pas retrouver Jangbu au coin de la rue.

Et voilà.

Je suis allongée sur mon lit, le cœur brisé. Je n'ai que quinze ans et j'ai l'impression d'en avoir cent. Parce que je sais maintenant ce que c'est que de voir tous ses espoirs et tous ses rêves détruits, piétinés, bafoués. Je l'ai vu dans les yeux de Boris tandis qu'il regardait Lilly et Jangbu sortir du placard, les joues rouges et les cheveux en bataille, tandis que Lilly tirait *sur les pans de son chemisier* (je n'en reviens pas que Lilly soit allée aussi loin avec un garçon qu'elle ne connaissait pas vingt-quatre heures auparavant, et je n'en reviens pas qu'elle l'ait fait dans MON placard).

Mais les yeux de Boris n'étaient pas les seuls ce soir à exprimer le désespoir. Les miens ne brillent plus. Ils sont vides. Je l'ai remarqué en me brossant les dents. Ça ne m'a pas étonnée. Ils ont le regard hanté parce que je suis moi-même hantée... hantée par le spectre d'un gala auquel, je le sais, je n'assisterai pas. Jamais je ne porterai de robe noire fendue sur le côté, jamais je ne poserai ma tête contre l'épaule de Michael (en smoking) au gala de l'école. Jamais je ne goûterai les biscuits au chocolat rance dont il a parlé ni ne sourirai devant l'air ahuri de Lana Weinberger en découvrant qu'elle n'est pas la seule fille de seconde, à part Shameeka, à avoir été invitée au gala de l'école.

Mon rêve de gala est fini. Ma vie aussi, j'en ai bien peur.

Dimanche 4 mai, 9 heures du matin, à la maison

Ce n'est pas facile de s'envelopper dans le voile noir du désespoir quand votre mère et votre beau-père se lèvent aux aurores et mettent la radio à fond tout en préparant des beignets pour leur petit déjeuner. Pourquoi ne peuvent-ils pas aller en silence à l'église et écouter la parole du Seigneur, comme des parents normaux, et me laisser me complaire dans mon malheur ? Je pourrais émigrer à Genovia tellement je suis triste.

Sauf que là-bas, je serais obligée de me lever pour aller à l'église. Je suppose que je devrais remercier ma bonne étoile d'avoir fait que ma mère et son mari soient athées. Mais ils pourraient au moins BAISSER la radio.

Dimanche 4 mai, midi, à la maison

Mon programme était de rester toute la journée au lit, sous ma couette, jusqu'à lundi matin. C'est ce que font les gens qui voient leurs raisons de vivre anéanties : ils restent au lit le plus longtemps possible.

Sauf que mon programme a été injustement dérangé par ma mère, qui est entrée dans ma chambre et s'est assise au bord de mon lit en manquant presque d'écraser Fat Louie (il dormait sous la couette, à mes pieds). Après avoir hurlé parce que Fat Louie l'avait griffée à travers le duvet, ma mère s'est excusée de troubler ma solitude, mais a dit qu'il était temps – à son avis – d'avoir une PETITE DISCUSSION.

Ce n'est jamais bon signe quand ma mère pense qu'il est temps d'avoir une PETITE DISCUSSION. La dernière fois, j'ai dû l'écouter pendant des heures me parler de l'image de soi et de ma soi-disant difformité physique. Ma mère avait peur que j'envisage de dépenser l'argent que j'avais reçu à Noël pour me faire des implants mammaires, et elle voulait que je sache que c'était une très mauvaise idée. Les femmes, d'après elle, sont devenues tellement obsédées par leur physique qu'elles sont prêtes à faire n'importe quoi. En Corée, par exemple, trente pour cent des femmes entre vingt et trente ans ont eu recours à la chirurgie plastique afin de faire plus occidentales, tandis que trois pour cent des femmes américaines y ont recours, elles, juste pour des questions d'esthétique.

La bonne nouvelle ? L'Amérique n'est PAS le pays le plus obsédé par le physique. La mauvaise nouvelle ? Trop de femmes d'une autre culture que la nôtre se croient oligées de nous ressembler, tellement elles sont persuadées que les critères de la beauté occidentale sont plus importants que les leurs, parce que c'est ceux-là qu'on montre dans les rediffusions de vieilles séries comme *Alerte à Malibu* et *Friends*. Ce qui est absurde, totalement absurde. Les Nigérianes sont aussi belles que les femmes de Los Angeles ou de Manhattan. Mais dans un autre genre.

Si CETTE conversation m'avait paru bizarre (je n'envisageais pas du tout de dépenser mes étrennes en prothèses mammaires, je pensais juste m'acheter le coffret Shania Twain, mais comme je n'osais pas l'avouer, ma mère s'était évidemment dit que je voulais me refaire faire la poitrine), celle qu'on a eue aujourd'hui, ça a été le bouquet en ce qui concerne les conversations mère/fille.

Parce que, aujourd'hui, j'ai eu droit à LA conversation mère/fille. Non pas : « Chérie, ton corps change et bientôt, tu comprendras que les protections hygiéniques que tu trouves dans la salle de bains et avec lesquelles tu fabriques des lits pour tes figurines de *La Guerre des étoiles* ont une autre utilité. » Oh non ! Aujourd'hui, c'était : « Tu as quinze ans maintenant, tu as un petit copain et hier soir mon mari vous a surpris, tes amis et toi, à jouer à sept minutes au paradis. Aussi, je pense qu'il est temps que nous parlions de ce-que-tu-sais. »

J'ai noté notre conversation dans mon journal de sorte que, lorsque je serai moi-même la mère d'une fille de quinze ans, je ne lui dise JAMAIS ce que ma mère m'a dit tellement J'ÉTAIS MAL À L'AISE QUAND MA MÈRE M'A PARLÉ. Ma fille trouvera les réponses à ses questions en regardant la chaîne *Des femmes d'exception*, comme toutes les filles sur terre.

Ma mère : Mia, Frank vient de me dire que Lilly et son nouveau petit copain, Jambo...

Moi : *Jangbu*.

Ma mère : Peu importe. Que Lilly et son nouveau petit copain... s'embrassaient dans le placard de l'entrée. Apparemment, vous étiez en train de jouer à ce jeu qui consiste à se tripoter cinq minutes dans le placard...

Moi : *Sept minutes au paradis*.

Ma mère : Peu importe. Le problème, c'est que tu as quinze ans, Mia. Tu es presque une adulte et je sais que Michael et toi, vous êtes en couple. C'est tout à fait naturel de s'interroger sur l'amour physique… et de vouloir peut-être même le faire…

Moi : MAMAN !!!!! C'EST DÉGOÛTANT !!!!!

Ma mère : Il n'y a rien de dégoûtant quand deux personnes qui s'aiment font l'amour, Mia. Bien sûr, je préférerais que tu sois un peu plus âgée. Que tu sois à l'université, peut-être, ou que tu aies plus de trente ans ! En attendant, je crois que c'est important qu'une mère et sa fille puissent parler ouvertement de ce sujet. Ainsi, Mia, si tu sens que tu as besoin d'en savoir plus sur la contraception, je peux te prendre rendez-vous chez ma gynécologue, le Dr Brandreis...

Moi : MAMAN !!!!! IL EST HORS DE QUESTION QUE MICHAEL ET MOI, ON COUCHE ENSEMBLE !!!!!!

Ma mère : Je suis bien contente de l'apprendre, ma chérie, parce que je vous trouve un peu jeunes. Mais si vous décidez de le faire quand même, je voudrais être sûre que tu sois bien au courant de tout. Par exemple, est-ce que tes amis et toi savez que le sida peut se transmettre par...

Moi : OUI, MAMAN, ON SAIT TOUT ÇA ! JE TE RAPPELLE QU'ON A DES COURS D'HYGIÈNE ET SÉCURITÉ CE TRIMESTRE !!!!!!

Ma mère : Mia, il ne faut pas avoir honte de parler de relations sexuelles. Cela fait partie des besoins naturels, comme boire, manger, rencontrer des gens. Si tu décides d'être sexuellement active, il est important que tu te protèges.

Oh, tu veux dire, comme toi, maman, quand tu t'es retrouvée enceinte de Mr. Gianini ? Ou de papa ????

Bien sûr, je me suis abstenue de le lui rappeler. À quoi bon ? À la place, j'ai hoché la tête et j'ai répondu : « Très bien, maman. D'accord. Merci. Je ferai attention, ne t'inquiète pas », en espérant qu'elle allait renoncer et partir.

Sauf que ça n'a pas marché. Elle est restée, comme les petites sœurs de Tina, quand je suis chez elle, et qu'on veut consulter la collection de *Playboy* de Mr. Hakim Baba. On apprend beaucoup de choses dans *Playboy*. Par exemple, quelle meilleure stéréo installer dans sa Porsche ou comment savoir si son mari a une aventure avec sa secrétaire. Tina dit que c'est une bonne idée de connaître son ennemi, et que c'est pour ça qu'elle lit les *Playboy* de son père en cachette. Cela dit, d'après le contenu de *Playboy*, l'ennemi est très, très étrange.

Et il fait une fixation sur les voitures.

Pour en revenir à ma mère, elle s'est heureusement trouvée à court d'arguments. Elle est restée assise au bord de mon lit et a parcouru ma chambre du regard. Elle n'est pas trop sens dessus dessous. Ma chambre, je veux dire. En fait, je suis assez ordonnée, comme fille, essentiellement parce que j'ai besoin de ranger avant de faire mes devoirs. Peut-être pour y voir plus clair. Je ne sais pas. Ou peut-être tout simplement parce que ça me barbe tellement de faire mes devoirs que je suis prête à faire n'importe quoi pour repousser le moment de m'y mettre.

« Mia, a repris ma mère, après une longue pause. Pourquoi es-tu encore au lit, un dimanche à midi ?

Vous ne vous retrouvez pas d'habitude, ta bande d'amis et toi, pour aller déjeuner dans le quartier chinois ? »

J'ai haussé les épaules. Je ne voulais pas reconnaître devant ma mère qu'aller déjeuner dans le quartier chinois était la dernière de nos préoccupations, à Michael, Lilly, Boris, Tina, Shameeka et moi. De toute façon, on ne formait plus de bande, puisque Lilly et Boris avaient apparemment rompu.

« J'espère que tu n'en veux pas à Frank d'avoir mis tout le monde à la porte ? a dit tout à coup ma mère. Mais entre nous, Mia, tu ne penses pas que sept minutes au paradis, c'était un peu stupide comme jeu ? Pourquoi n'avez-vous pas organisé un grand Monopoly ? »

J'ai de nouveau haussé les épaules. Qu'est-ce que j'allais lui répondre ? Que la raison pour laquelle j'étais si déprimée n'avait rien à voir avec Mr. G., mais avec le fait que Michael ne voulait pas aller au gala de l'école. Lilly avait raison : les galas d'école, ce n'était rien qu'un rite païen. Qu'est-ce que j'en avais à faire, après tout ?

« Bon, a dit ma mère en se levant, si tu veux rester au lit toute la journée, ce n'est certainement pas moi qui vais t'en empêcher. Je dois admettre que c'est l'endroit que je préfère en ce moment. Mais je suis une vieille femme enceinte tandis que tu as quinze ans, je te le rappelle. »

Sur ces paroles, elle est enfin partie. OUF ! Je n'arrive pas à croire qu'elle ait voulu parler de sexualité avec moi. Au sujet de *Michael*. Est-ce qu'elle pense que je suis allée plus loin que le-baiser-sur-la-bouche-avec-la-langue avec Michael ? Je ne connais personne qui soit allé plus loin, à l'exception de Lana, bien sûr. Du moins, j'imagine, vu les graffitis dans les vestiaires. Et Lilly, maintenant, évidemment.

Dire que ma meilleure amie est allée plus loin que moi avec un garçon. Et je suis censée avoir trouvé mon âme sœur ! Tandis qu'elle, non.

La vie est tellement injuste.

Dimanche 4 mai, 7 heures du soir, à la maison

Je suppose que c'est le jour où l'on contrôle l'état de ma santé mentale : tout le monde appelle pour prendre de mes nouvelles. Je viens de parler avec mon père, au téléphone. Il voulait savoir comment s'était passée ma fête. J'en conclus que ni maman ni Mr. G. n'a mentionné les sept minutes au paradis. Tant mieux. En même temps, ça m'embête, parce que j'ai été obligée de lui mentir. C'est vrai que j'ai moins de mal à mentir à mon père qu'à ma mère. Mais ça met quand même mes nerfs à rude épreuve. Il ne faut pas oublier que mon père est un survivant du cancer. Ce n'est pas très chic finalement de mentir à quelqu'un qui est, si l'on y réfléchit bien, comme Lance Armstrong. Sauf qu'il ne fait pas de vélo et n'a pas gagné le Tour de France.

Bref, je lui ai dit que la fête s'était super bien passée et patati et patata.

Heureusement qu'il ne se trouvait pas dans la même pièce que moi. Il n'aurait pas pu ne pas remarquer mes narines, qui palpitent quand je mens.

À peine avais-je raccroché que le téléphone a sonné de nouveau. J'ai pensé – pourquoi pas ? – que c'était peut-être Michael. Après tout, il pouvait très bien m'appeler pour savoir comment j'allais. Savoir si je n'étais pas trop abattue, après ce qu'il m'avait annoncé pour le gala.

Mais apparemment, Michael ne se soucie pas du tout de ma santé mentale, parce que non seulement il ne m'a pas appelée, mais la personne au bout du fil n'avait rien à voir avec lui.

C'était Grand-Mère.

Voilà comment s'est déroulée notre conversation :

Grand-Mère : Amelia, c'est ta grand-mère. Je voudrais que tu me réserves ta soirée du mercredi 7. Je dîne au Cirque avec mon vieil ami le sultan du Bruneï, et j'aimerais que tu m'accompagnes. Je te préviens tout de suite : je ne veux pas t'entendre dire que le sultan doit renoncer à sa Rolls parce qu'elle contribue à la destruction de la couche d'ozone. Tu as besoin de te cultiver, un point c'est tout. Je suis fatiguée de t'entendre parler de *Nos amies les bêtes* ou de la chaîne de télévision destinée aux femmes au foyer. Il est temps que tu rencontres des gens intéressants, des gens qui n'ont rien à voir avec ceux qui passent dans ces émissions dont tu raffoles ou avec ces soi-disant artistes que ta mère ramène chez vous les soirs où elle joue au Bingo avec ses copines.

Moi : Très bien, Grand-Mère, comme tu veux, Grand-Mère.

Qu'est-ce qui n'allait pas dans ma réponse ? Je vous le demande. Franchement. Qu'est-ce qu'une personne NORMALE trouverait à redire à cette phrase : *Très bien, Grand-Mère, comme tu veux, Grand-Mère.* Oh, mais bien sûr, j'oublie que ma grand-mère n'est PAS normale. La preuve, elle s'est aussitôt exclamée :

Grand-Mère : Amelia. Que se passe-t-il ? Parle, dépêche-toi, je n'ai pas beaucoup de temps. Je suis censée dîner avec le duc di Bormazo.

Moi : Tout va bien, Grand-Mère. C'est juste que... je suis un peu déprimée, c'est tout. Je n'ai pas eu une très bonne note à mon dernier contrôle de maths et ça me mine un peu...

Grand-Mère : Pfuit ! Réponds-moi franchement, s'il te plaît. Et vite !

Moi : D'accord. C'est à cause de Michael. Tu te souviens, je t'avais parlé du gala de l'école. Eh bien, il ne veut pas y aller.

Grand-Mère : Je le savais. Il est encore amoureux de cette fille aux mouches, c'est ça ? Il y va avec elle ? Ce n'est pas grave. J'ai le numéro de portable du prince William quelque part. Je vais lui passer un petit coup de fil et il se fera une joie de prendre le Concorde pour t'emmener à ce bal. Cela montrera à cet ingrat…

Moi : Non, Grand-Mère. Michael n'y va avec personne d'autre. Il ne veut tout simplement pas y aller. Il trouve que les galas d'école, c'est idiot.

Grand-Mère : Oh, Seigneur ! Ne me dis pas qu'il est comme ça ?

Moi : Si, Grand-Mère, j'en ai bien peur.

Grand-Mère : Après tout, peu importe. Ton grand-père était pareil. Sais-tu que si je l'avais laissé faire, on se serait mariés à la mairie et on aurait déjeuné ensuite dans un café ? Ton grand-père n'entendait rien au romantisme ni, évidemment, à tout ce qui relève de l'apparat.

Moi : Oui. C'est pour ça que je suis un peu déprimée. Si ça ne t'embête pas, Grand-Mère, il faut que je te laisse maintenant. J'ai plein de devoirs, dont une dissertation, que je dois rendre demain matin…

Je n'ai pas précisé que c'était ELLE, le sujet. Enfin, plus ou moins, puisque je dois relater l'incident des Trois Marches. D'après le *Sunday Times*, la direction du restaurant refuse toujours de réembaucher Jangbu.

La manifestation que Lilly a organisée n'a servi à rien. Sauf à lui trouver un nouveau petit copain.

Grand-Mère : Oui, oui, c'est ça. Va travailler. Il faut que tu continues à avoir de bonnes notes, sinon ton père va encore me reprocher de t'empêcher de te concentrer sur la trigonométrie ou je ne sais quelle autre matière dans laquelle tu rencontres des difficultés. Quant à ce *garçon*, ne te fais pas trop de souci. Il finira par comprendre, comme ton grand-père. Il faut juste que tu lui trouves une bonne raison d'accepter. Au revoir.

Une bonne raison ? De quoi Grand-Mère parlait-elle ? Qu'est-ce qui ferait que Michael change d'avis ? Je ne voyais vraiment pas ce qui pouvait le pousser à ignorer sa profonde aversion pour les galas d'école.

Sauf, peut-être, si le gala se déroulait dans un cybercafé et qu'on y joue en réseau à *La Guerre des étoiles*, à *Star Trek* ou au *Seigneur des anneaux*.

Dimanche 4 mai, 9 heures du soir, à la maison

Je sais maintenant pourquoi Michael ne m'a pas appelée. C'est parce qu'il m'avait envoyé un mail. Je l'ai découvert quand j'ai allumé mon ordinateur pour écrire l'article pour *L'Atome*.

LinuxRulz : Mia - J'espère que ça n'a pas trop bardé pour toi à cause de cette histoire de placard. Mais comme Mr. G. est un type bien, j'ai du mal à croire que cela ait pu s'envenimer.

Ici, en revanche, l'ambiance est assez tendue depuis que Lilly a officiellement annoncé à Boris que c'était fini entre eux. J'essaie de rester en dehors, et je te recommande vivement d'en faire autant. C'est leur problème, PAS LE NÔTRE. *Je te connais, Mia, et c'est pour ça que je te dis et te répète de ne pas t'en mêler. Ça n'en vaut pas la peine.*

Je ne bouge pas de la journée, aussi, si tu veux m'appeler, n'hésite pas. Si tu es coincée chez toi, je peux passer pour t'aider à faire tes maths. Réponds-moi.

Je t'embrasse.

Michael.

D'après le ton de ce mail, j'en conclus que Michael n'a pas tellement de remords par rapport à cette histoire de gala. J'ai même l'impression qu'il ne sait pas à quel point il m'a brisé le cœur.

En même temps, comme je ne lui ai pas vraiment fait part de mes sentiments, c'est tout à fait possible. Qu'il ne sache pas, je veux dire.

Mais, comme dit Grand-Mère, l'ignorance n'est pas une excuse.

Je me permets de penser aussi, toujours d'après le ton de ce mail, que les Drs. Moscovitz n'ont pas eu de petite discussion avec leur fils sur la contraception et la richesse de l'expérience sexuelle chez les êtres humains. Oh, non. Ce genre de chose, ça retombe toujours sur les filles. Même si le garçon en question, comme Michael, est un fervent supporter des droits de la femme.

Mais bon, il m'a écrit. Ce qui n'est pas le cas de ma soi-disant meilleure amie. Elle aurait quand même pu s'excuser d'avoir gâché ma fête (quand on y réfléchit bien, c'est surtout la faute de Tina. Si elle n'avait pas proposé qu'on joue à sept minutes au paradis, ça ne serait pas arrivé! Mais dans les faits, c'est Lilly, la seule responsable. Quelle idée aussi de s'enfermer dans le placard avec un garçon qui n'est pas son petit ami en présence dudit petit ami!)

En parlant d'elle, elle ne m'a absolument pas fait signe, l'ingrate. Attention, loin de moi l'idée de jeter la pierre à qui sort avec un garçon tout en en aimant un autre... C'est ce que j'ai fait le trimestre dernier. Mais je ne me suis pas enfermée dans un placard avec Michael avant d'avoir rompu avec Kenny. J'ai eu au moins la décence d'attendre.

Cela dit, je ne peux pas vraiment en vouloir à Lilly de préférer Jangbu à Boris. Soyons réaliste. Jangbu est hyper sexy et Boris est… il est… il ne l'est pas.

Mais c'est vrai que ce n'était pas très sympa de sa part. Vivement qu'elle me raconte ce qu'elle lui a dit pour sa défense!

Apparemment, je ne suis pas la seule à griller d'impatience : depuis que je me suis connectée, je suis bombardée de messages. De tout le monde sauf de la coupable.

De Tina :

Cœuraimant : Mia, ça va ? J'étais tellement GÊNÉE *hier soir quand Mr. G. a découvert Lilly et Jangbu dans le placard. Est-ce qu'il était vraiment* TRÈS *en colère ? Je sais bien qu'il était en colère, mais est-ce qu'il avait envie de te tuer ? J'espère que tu es entière et qu'il ne t'a pas massacrée. Parce que ça* CRAINT *si tu es privée de sortie, avec le gala dans une semaine. Qu'est-ce qu'a dit Michael, au fait ? Quand vous étiez enfermés dans le placard ? En parlant de placard, est-ce que tu as des nouvelles de Lilly ? Ça m'a fait* BIZARRE *hier, de la voir avec Jangbu, et devant Boris, en plus. Le pauvre. Il pleurait presque, tu as remarqué ? Et tu as vu son chemisier quand elle est sortie du placard ?*

Tu sais ce qu'elle a fait ? Réponds-moi.

T.

De Shameeka :

Ellestmoi : Mia, ta fête, hier, était méga top !!!!! Si seulement j'avais pu m'enfermer dans le placard avec Jeff, je ne te raconte pas ce qu'on y aurait fait !!!!!!!! Je plaisante. LOL. *Tu as vu ça, entre Lilly et Jangbu ? Incroyable !!!!!! Est-ce que Mr. G. va en parler au père de Lilly ? Si mon père apprenait que je m'étais enfermée dans un placard avec un étudiant en première année de fac, c'est direct la pension !!!!!!! Avec n'importe quel garçon, d'ailleurs. Bref, est-ce que tu as des nouvelles ? Tiens-moi au courant !*

Shameeka.

PS : As-tu parlé à Michael du gala ? Qu'est-ce qu'il a dit ?????????????

De Ling Su :

Peintresse : Mia, ta mère est une artiste TELLEMENT *douée, ses diapos sont* EXTRAORDINAIRES. *Au fait, que s'est-il passé quand j'étais avec elle dans la chambre ? Shameeka dit que Mr. G. a surpris Lilly dans un placard avec ce garçon aide-serveur ? Elle devait sans doute parler de Boris ? À moins qu'ils aient cassé ?*

Ling Su.

PS : Tu crois que ta mère accepterait de me prêter ses pinceaux en poils de martre ? Juste une fois. Je n'ai jamais peint avec des brosses de qualité et je voudrais savoir si cela fait une vraie différence avant de mettre toutes mes économies dans leur achat.

PPS : Michael t'a-t-il invitée au gala ?

Mais tout cela n'était rien comparé au mail de Boris :

JosuahBell2 : Mia, je me demandais si tu avais eu des nouvelles de Lilly aujourd'hui. J'ai appelé chez elle toute la journée, mais Michael m'a dit qu'elle n'était pas là. Est-ce qu'elle serait chez toi, par hasard (j'espère)? J'ai tellement peur d'avoir fait quelque chose qui lui aurait déplu. Pourquoi, sinon, se serait-elle enfermée avec ce type dans le placard de chez toi ? C'est vrai, je me suis arrêté pendant la manif pour m'acheter un hot dog, mais il fallait que je mange. Lilly le sait, que je fais de l'hypoglycémie et que je dois manger toutes les heures et demie. Si tu as des nouvelles, je t'en prie, réponds-moi. Même si c'est pour me dire qu'elle est folle de rage contre moi. Je veux savoir si elle va bien.

Boris Pelkowski.

Comment Lilly peut-elle se comporter ainsi ? Je pourrais la tuer quand elle est comme ça ! C'est pire que la fois où elle s'est enfuie avec Hank. Au moins, il n'y avait pas de placard sur leur chemin.

Mon Dieu ! Ce n'est pas évident quand votre meilleure amie est un génie féministe, toujours prête à appeler à la manifestation et à défendre la cause des faibles et des opprimés.

Sérieux.

Lundi 5 mai, en perm

Je sais où était Lilly hier. Mr. G. me l'a montré ce matin, au petit déjeuner. C'était en première page du *New York Times*. Voilà l'article. Je l'ai découpé et collé dans mon journal, pour la postérité. Je vais m'en inspirer pour l'article que je dois écrire (Leslie tient vraiment à ce que je couvre l'affaire).

Grève des aides-serveurs

Manhattan – Les employés de plusieurs grands restaurants de la ville ont rendu leur tablier en signe de solidarité avec Jangbu Pinasa, qui a été renvoyé de la célèbre brasserie française Les Trois Marches, jeudi dernier, dans la soirée, après un incident impliquant la princesse douairière de Genovia.

Selon des témoins, Pinasa, âgé de 18 ans, traversait la salle du restaurant, un plateau dans les mains lorsqu'il a trébuché et a renversé par inadvertance de la soupe sur la princesse douairière. Pierre Jupe, le directeur des Trois Marches, a déclaré que Pinasa avait déjà reçu un avertissement verbal pour avoir renversé un autre plateau, un peu plus tôt dans la soirée. « Ce garçon est un empoté, un peu simple d'esprit », a rapporté Jupe, 42 ans, aux journalistes.

Les défenseurs de Pinasa ont une tout autre version de l'incident. Apparemment, le jeune aide-serveur n'a pas brusquement perdu l'équilibre : il aurait trébuché sur le chien d'un client. Les services d'hygiène de la ville de New York stipulent que seuls les chiens d'aveugle sont autorisés au sein des établissements où l'on sert de la nourriture. Si l'on prouve que Les Trois

Marches ont accepté qu'un de leurs clients vienne dîner accompagné de son chien, le restaurant serait sous le coup d'une amende et pourrait même se retrouver contraint de fermer.

« Il n'y avait aucun chien, a déclaré Jean Saint-Luc, le propriétaire. Ce n'est qu'une rumeur, rien d'autre qu'une rumeur. Jamais nos clients n'oseraient venir avec un chien. Ils sont trop bien élevés. »

Pourtant, la rumeur selon laquelle il y avait un chien – ou un gros rat – persiste. Plusieurs témoins affirment avoir aperçu une créature apparemment sans poils, de la taille d'un chat ou d'un gros rat, allant et venant dans la salle à manger. Certains d'entre eux pensent qu'il s'agissait de l'animal de compagnie de la princesse douairière, qui se trouvait au restaurant pour fêter le quinzième anniversaire de sa petite-fille, notre princesse new-yorkaise, la princesse Mia Thermopolis Renaldo de Genovia.

Quelle que soit la raison qui se cache derrière le renvoi de Pinasa, des aides-serveurs des quatre coins de la ville ont décidé de poursuivre la grève tant que le jeune Pinasa n'aura pas retrouvé son emploi. Alors que les restaurateurs affirment que leur établissement restera ouvert, il y a de quoi s'interroger. La plupart des serveurs et des serveuses, dont la fonction est de prendre les commandes et d'apporter les plats, et non de débarrasser, risquent de crouler sous le travail. Ils sont déjà plusieurs à envisager une grève de soutien aux aides-serveurs, pour la plupart des immigrés en situation illégale qui tra-

vaillent au noir, en général pour un salaire inférieur au salaire minimal, et qui ne bénéficient d'aucune protection accordée à n'importe quel salarié, tels les congés payés, les arrêts maladie, l'assurance santé et la retraite.

« On se moque des aides-serveurs depuis trop longtemps, a déclaré Lilly Moscovitz, 15 ans, l'organisatrice de la manifestation devant l'Hôtel de Ville, dimanche. Il est temps que le maire et tous les habitants de cette ville se réveillent et respirent l'odeur de l'eau de vaisselle. Sans les aides-serveurs, cette ville s'appellerait La Boue. »

Je n'arrive pas à y croire. Cette histoire dépasse les bornes. Et tout ça à cause de Rommel !!!!!! Et de Lilly, aussi, bien sûr.

J'ai cru rêver, ce matin, quand Hans s'est garé devant l'immeuble des Moscovitz, et que j'ai vu Lilly à côté de Michael, comme si de rien n'était. Ou plutôt, comme si elle était SUPER contente d'elle.

Je l'ai foudroyée du regard et j'ai dit : « Tu as parlé à Boris ? »

Je n'ai même pas salué Michael. Je tiens à rappeler que je lui en voulais encore à cause du gala. En même temps, c'est difficile de lui en vouloir, surtout le matin. Il est si beau, le matin, quand il est rasé de près. Et puis, comment en vouloir à son petit ami quand il vous a écrit une chanson et offert un flocon en papier argenté ? Même si je n'ai jamais rien entendu de plus absurde que cette histoire de gala. Depuis quand un élève en dernière année de lycée refuse-t-il d'assister au gala de son école? J'aurais compris si Michael n'avait pas eu de cavalière, mais il en a une. MOI !!!!!!! Ne voit-il pas qu'en ne me proposant pas d'y aller, il me prive de l'unique souvenir de mes études secondaires que je pourrais me rappeler sans honte? Un souvenir que je pourrais même chérir et, si des photos étaient faites, montrer à mes petits-enfants?

Non, Michael ne sait rien de tout cela parce que je ne lui ai rien dit. Mais s'il était vraiment mon âme sœur, il aurait deviné. Il aurait SU sans que je le lui dise. Il est de notoriété publique dans notre petite bande que j'ai vu *Rose bonbon* QUARANTE-SEPT FOIS. Est-ce qu'il pense que je l'ai vu seulement parce que je suis une fan de Jon Cryer, l'acteur qui joue Duckie?

Pour en revenir à Lilly, elle a totalement ignoré ma question sur Boris et a dit :

« Tu aurais dû venir, hier, Mia, à la manif devant l'Hôtel de Ville. On devait être au moins un millier. C'était super impressionnant. J'en avais les larmes aux yeux de voir qu'autant de gens soutenaient la "cause du peuple".

— Tu sais qui a eu aussi les larmes aux yeux quand il t'a vue t'enfermer dans le placard avec Jangbu? ai-je demandé d'un ton plein de sous-entendus. Ton petit ami. Tu te souviens de ton petit ami? BORIS? Tu t'en souviens, Lilly? »

Mais Lilly s'est contentée de regarder par la vitre les fleurs qui avaient poussé comme par magie en l'espace d'une nuit le long du terre-plein de Park Avenue (en fait, il n'y a rien de magique là-dedans : les employés des parcs et jardins de New York les plantent déjà en fleur). « Oh, regarde ! s'est exclamée Lilly d'un air innocent. Le printemps cst là. »

Vous savez quoi ? Je me demande parfois pourquoi je suis amie avec elle.

Lundi 5 mai, en bio

Alors ?

Alors quoi ?

Est-ce qu'il t'en a parlé, hier soir ????

Tu n'es pas au courant ?

Au courant de quoi ?

Michael est contre les galas d'école. Il trouve que c'est une tradition nulle.

NON !!!!!!!!!!!!!!!!!!

Si. Shameeka, qu'est-ce que je vais devenir ? Toute ma vie, j'ai rêvé d'aller à ce gala avec Michael. Enfin, pas vraiment toute ma vie, mais depuis qu'on sort ensemble. Tout le monde nous aurait regardés danser et aurait su une bonne fois pour toutes que j'appartiens à Michael Moscovitz. Même si je sais que c'est sexiste et que personne ne peut appartenir à un autre être humain. Et si, moi, je veux être la propriété de Michael Moscovitz ??????

Je comprends. Qu'est-ce que tu vas faire ?

Que veux-tu que je fasse ? Rien.

Tu pourrais essayer de lui en parler.

Ça va pas ?????? Michael m'a dit qu'il trouvait ça complètement NUL. Si je lui avoue que mon rêve de toujours, c'est d'aller à une soirée de gala avec le garçon que j'aime, qu'est-ce qu'il va penser ? Hé, ho ? Que je suis nulle.

Jamais Michael ne penserait cela de toi, Mia. Il t'aime. À mon avis, s'il savait vraiment ce que tu ressens, je suis sûre qu'il changerait d'avis.

Shameeka, excuse-moi, mais je crois que tu regardes trop *Sept à la maison*.

Ce n'est pas ma faute. C'est le seul feuilleton que mon père me laisse voir.

Lundi 5 mai, en étude dirigée

Je ne sais pas pendant combien de temps encore je vais pouvoir supporter ça. La tension est si palpable dans cette salle qu'on pourrait la couper aux ciseaux. Je regrette presque que Mrs. Hill ne soit pas là et ne nous crie pas dessus. Juste pour rompre CE SILENCE.

Oui, ce silence. Ça peut paraître bizarre de parler de silence quand on est en étude dirigée, étant donné que Boris Pelkowski est censé profiter de cette heure pour travailler son violon. Et généralement, il y met tant de vigueur qu'on a été obligés de l'enfermer dans le placard, histoire de ne pas devenir fous à force de l'entendre passer et repasser sur les cordes de son instrument avec son archet.

Mais non. Aujourd'hui, l'archet est au repos... Et il le restera à jamais, j'en ai bien peur. Brisé, anéanti, par le coup cruel que lui a porté une femme volage... une femme qui se trouve être ma meilleure amie : Lilly.

Lilly est assise à côté de moi, et fait comme si elle ne sentait pas les ondes du chagrin silencieux qu'émet son petit ami assis, lui, au fond de la salle, près du globe, la tête entre les mains. Je suis sûre qu'elle fait semblant, parce que tout le monde les sent. Les ondes du chagrin qu'émet Boris, je veux dire. Du moins, je crois. Michael travaille à son clavier, comme si de rien n'était. Mais c'est vrai qu'il a mis ses écouteurs. Peut-être que les écouteurs vous protègent des ondes de chagrin ?

J'aurais peut-être dû demander des écouteurs pour mon anniversaire.

Et si j'allais dans la salle des profs pour dire à Mrs. Hill que Boris est malade. Franchement, je pense qu'il est malade. Malade du cœur, et de la tête aussi, peut-être. Comment Lilly peut-elle être aussi insensible ? On dirait qu'elle le punit pour un crime qu'il n'a pas commis. Pendant le déjeuner, il lui a proposé d'aller parler, rien que tous les deux, sur le palier du troisième étage, mais Lilly lui a répondu : « Je suis désolée, Boris, ça ne servira à rien. C'est fini entre nous. Il faut que tu l'acceptes et que tu fasses avec.

— Mais pourquoi ? a gémi Boris. (Fort, en plus. En tout cas, suffisamment fort pour qu'à la table des sportifs et des cheerleaders – les élèves les plus bruyants du réfectoire –, on se taise brusquement). Qu'est-ce que j'ai fait ?

— Tu n'as rien fait, Boris, a dit Lilly en lui donnant enfin un os à ronger. C'est juste que je ne suis plus amoureuse de toi. Notre relation a progressé jusqu'à atteindre son pic naturel, et si je chéris toujours le souvenir de ce que nous avons vécu ensemble, il est temps pour moi de passer à autre chose. Je t'ai aidé à t'autoréaliser, Boris. Tu n'as plus besoin de moi. Je dois accorder mon attention à une autre âme torturée. »

Je ne vois pas ce que Lilly veut dire quand elle parle d'avoir aidé Boris à s'autoréaliser. Il porte toujours son appareil dentaire et continue de rentrer son sweat-shirt dans son pantalon, sauf quand je lui rappelle que ça ne se fait pas ici. Je ne connais personne qui s'autoréalise aussi peu que Boris… À part moi, bien entendu.

Bref, Boris n'a pas très bien pris la chose. Il faut reconnaître que dans le genre « scène d'adieu », on a vu moins cruel. Pourtant, il connaît Lilly, il aurait dû le savoir, qu'à partir du moment où elle jette son dévolu sur quelqu'un ou quelque chose, rien ne peut l'arrêter. Elle travaille en ce moment sur le discours qu'elle veut que Jangbu fasse lors de la conférence de presse qu'elle lui a organisée au Chinatown Holiday Inn, ce soir.

Autant que Boris regarde la vérité en face : elle l'a complètement oublié.

Je me demande comment les Drs. Moscovitz vont réagir quand Lilly leur présentera Jangbu. Je suis pratiquement sûre et certaine que mon père ne me laisserait pas sortir avec un garçon qui n'est plus au lycée. À l'exception de Michael, bien sûr. Mais ça ne compte pas, parce que je connais Michael depuis toujours.

Oh oh. Il se passe quelque chose. Boris a relevé la tête. Il fixe Lilly... Ses yeux font penser à des charbons ardents... Bon d'accord, je n'ai jamais vu de charbons ardents puisqu'il est défendu de se chauffer au charbon dans l'enceinte de Manhattan (à cause de la pollution). Mais il la regarde fixement, avec le même air concentré que devant son modèle, le célèbre violoniste Joshua Bell. Il ouvre la bouche. POURQUOI SUIS-JE LA SEULE ICI À FAIRE ATTENTION À CE QUI SE PASSE ???????

Lundi 5 mai, à l'infirmerie

Mon Dieu, c'était affreux. Jamais je n'ai vu autant de sang de ma vie.

À mon avis, je suis faite pour travailler dans le milieu médical parce que pas un seul instant je n'ai eu peur de défaillir. En fait, à l'exception de Michael et de Lars, je crois que je suis la seule dans la salle à ne pas avoir paniqué. C'est dans doute dû au fait que, étant écrivain, j'observe naturellement toutes les interactions humaines, et donc j'ai vu ce qui allait se passer avant tout le monde… et peut-être même avant Boris. L'infirmière dit que, si je n'étais pas intervenue aussi vite, Boris aurait pu perdre encore plus de sang. Ha ! Ce n'est pas digne d'une princesse, ça ? Hein Grand-Mère, qu'est-ce que tu en dis ? J'ai sauvé la vie d'un type !

Bon d'accord, peut-être pas sa vie, mais Boris aurait pu perdre connaissance si je n'avais pas été là. Je ne comprends pas ce qui l'a fait craquer à ce point-là. Enfin, si, bien sûr, je comprends. Le silence qui régnait dans la salle d'étude dirigée était si pesant que Boris a perdu la tête. Je parle sérieusement.

En fait, je comprends tout à fait. Moi-même, je ne me sentais pas très bien.

Voilà comment ça s'est passé : on était tous assis à nos tables en train de travailler – sauf moi, évidemment, puisque j'observais Boris –, quand tout à coup, il s'est levé et a crié : « Lilly ! Je n'en peux plus ! Tu n'as pas le droit de me faire ça ! Tu dois me laisser te prouver une dernière fois mon amour pour toi ! »

Ou quelque chose dans le genre. Ce n'est pas facile de se rappeler exactement les paroles vu ce qui est arrivé après.

En revanche, je me souviens très bien de la réponse de Lilly. Elle était particulièrement bienveillante. À mon avis, elle devait se sentir légèrement coupable, parce qu'elle a dit d'une voix très douce : « Je suis désolée, Boris, crois-moi. Et je suis particulièrement désolée de la façon dont ça s'est passé. Mais quand un amour comme celui que j'éprouve pour Jangbu vous tombe dessus, rien ni personne ne peut l'arrêter. On ne peut contenir les supporters new-yorkais quand les Yankees remportent le World Series. On ne peut contenir les New-Yorkais le premier jour des soldes. On ne peut contenir les eaux de la crue quand elles se déversent dans les tunnels du métro. De la même manière, on ne peut contenir mon amour pour Jangbu. Je suis vraiment désolée, mais je ne peux rien y faire. Je l'aime. »

Ces paroles, que Lilly a prononcées vraiment gentiment – même moi, qui suis pourtant l'une des plus critiques à son égard, à l'exception peut-être de son frère, je reconnais qu'elle lui a parlé gentiment –, ont semblé avoir l'effet d'un coup de poing sur Boris. Il s'est mis à trembler de tous ses membres, puis il a attrapé le globe qui se trouvait près de lui – ce qui pourrait être considéré comme un exploit en athlétisme dans la mesure où il pèse une tonne. En fait, il se trouve dans la salle d'étude dirigée à cause de son poids, justement. Il est tellement lourd que c'est impossible de le faire tourner. Du coup, au lieu de s'en débarrasser, l'administration a décidé de le mettre dans la salle des originaux du lycée… en se disant qu'ils en feraient quelque chose, vu que c'étaient des originaux.

Bref, Boris qui a, je vous le rappelle, des problèmes d'asthme, la cloison nasale de travers, qui fait de l'hypoglycémie et est sujet à diverses allergies a soulevé cet énorme globe au-dessus de sa tête, comme Atlas soutenant la voûte du ciel, et il a dit d'une voix étrange, pas du tout sa voix habituelle – je devrais peut-être préciser à ce point de mon récit que tout le monde, alors, le regardait ; Michael avait retiré son casque et ne le quittait pas des yeux, et le garçon qui ne dit jamais rien, celui qui cherche à inventer une colle qui collerait les objets mais pas la peau (ce qui serait pratique quand on veut recoller la semelle de ses chaussures sans se retrouver avec les doigts collés) faisait attention pour une fois à ce qui se passait autour de lui – : « Si tu ne me reprends pas, je lâche ce globe sur moi. »

On a tous retenu notre respiration en même temps. À mon avis, cela ne faisait pas l'ombre d'un doute dans l'esprit de chacun que Boris parlait sérieusement. Il allait VRAIMENT lâcher ce globe sur SA tête, un globe qui doit peser dans les vingt-deux kilos au moins. Ce genre de phrase peut faire sourire – franchement, QUI peut faire une chose pareille ? QUI menace de lâcher un globe sur sa tête ?

QUI, je vous le demande, à part les élèves d'étude dirigée ? Ce sont des génies, et les génies font TOUJOURS des trucs bizarres, comme lâcher des globes sur leur tête. Je suis sûre qu'il y a plein de génies de par le monde qui se sont lâché des trucs encore plus bizarres sur la tête, comme du parpaing, des chats ou que sais-je encore. Juste pour voir ce que ça faisait.

N'oubliez pas, ce sont des génies.

Bref, étant donné que Boris est un génie et Lilly aussi, elle a réagi à sa menace comme un génie réagirait. Une fille comme moi, c'est-à-dire une fille normale, aurait dit : « Non, Boris ! Repose ce globe tout de suite ! Il vaut mieux parler, Boris ! »

Mais Lilly étant un génie, et ayant la curiosité des génies sur ce qui se passerait si Boris lâchait ce globe sur sa tête – et peut-être aussi parce qu'elle voulait savoir si elle avait suffisamment de pouvoir sur lui pour l'obliger à le faire – a répondu d'un air dégoûté : « Eh bien, qu'est-ce que tu attends ? Vas-y. Comme ça, tu seras fixé sur mes sentiments. »

Boris a dû y réfléchir à deux fois, et l'idée a sans doute traversé son esprit embrumé que lâcher un globe de vingt-deux kilos sur sa tête n'était probablement pas une bonne idée. Sauf qu'au moment où il s'apprêtait à le reposer, le globe lui a échappé des mains. Peut-être accidentellement. Peut-être à dessein. C'est ce que les Drs. Moscovitz appellent une prédiction qui se réalise, comme quand vous dites :

« Oh, je ne veux pas que *cela* arrive », mais justement parce que vous l'avez dit et que vous y pensez, vous faites en sorte que cela arrive à dessein MAIS accidentellement ! Bref, Boris a lâché le globe sur sa tête.

Un bruit sourd a retenti au moment où le globe a heurté sa tête – ça m'a rappelé le bruit de l'aubergine que j'avais lancée par la fenêtre de la chambre de Lilly –, avant qu'il rebondisse et s'écrase au sol.

Boris a alors porté ses deux mains à sa tête et s'est mis à tituber de droite et de gauche, au grand affolement de l'inventeur de colle qui craignait, apparemment, qu'il ne tombe sur sa table et ne renverse toutes ses notes.

C'était assez intéressant d'observer la réaction de chacun et de chacune. Lilly est restée paralysée. Michael a juré entre ses dents puis il s'est précipité au secours de Boris. Lars est sorti de la salle en courant pour appeler Mrs. Hill.

Quant à moi – il faut que je précise une chose : je ne me rendais pas vraiment compte de mes actes –, je me suis levée, j'ai retiré mon gilet en quatrième vitesse et j'ai crié à Boris : « Assieds-toi ! », vu qu'il courait dans tous les sens comme un poulet à qui on aurait tranché la tête. Non que j'aie déjà vu un poulet sans tête, et j'espère que je n'en verrai jamais. Mais vous voyez ce que je veux dire.

Bref, à ma grande surprise, Boris m'a écoutée. Il s'est écroulé sur la première chaise venue en tremblant, exactement comme Rommel quand il y a de l'orage. Puis, de la même voix autoritaire, j'ai dit : « Enlève tes mains ! »

Et encore une fois, Boris m'a écoutée. Il a retiré ses mains. À l'aide de mon gilet, j'ai alors tamponné le trou qu'il avait sur le sommet du crâne pour stopper l'hémorragie, comme j'avais vu un véto le faire dans *Nos amies les bêtes*, lorsque l'officier Anne-Marie Lucas lui apporte un pitbull qui a reçu une balle.

Après, ça a été une pagaille monstre.

Lilly a éclaté en sanglots, ce que je ne l'avais pas vue faire depuis la primaire quand, un jour où on glaçait des gâteaux d'anniversaire pour l'école, j'avais accidentellement fait exprès de lui lancer une spatule en bois à la figure parce qu'elle n'arrêtait pas de tremper ses doigts dans le glaçage.

Le garçon qui cherche à inventer une nouvelle colle s'est sauvé de la classe en courant.

Mrs. Hill est arrivée en courant, elle aussi, suivie de Lars et de la moitié du corps enseignant du lycée, qui traînait, comme à son habitude, dans la salle des profs.

Michael s'est penché au-dessus de Boris et d'une voix calme et apaisante, apprise sans doute auprès de ses parents – souvent, en plein milieu de la nuit, les Drs. Moscovitz reçoivent des appels de leurs patients qui, pour une raison ou pour une autre, ont arrêté de prendre leurs médicaments et menacent d'arpenter la

5e Avenue en costume de clown (ou pire encore) –, il a dit : « Ça va aller, Boris, ne t'inquiète pas, ça va aller. Respire doucement. C'est bien. Encore une fois. Très bien. Allez encore. Doucement. C'est très bien, Boris. Ça va aller. C'est fini. »

Pendant que je continuais à presser mon gilet contre le sommet du crâne de Boris, le globe a roulé tranquillement par terre et a fini par s'arrêter, avec l'Équateur bien en vue.

Dès que l'infirmière est arrivée – l'un des profs était allé la chercher –, elle m'a fait enlever mon gilet pour examiner la plaie de Boris et me l'a fait remettre aussitôt. Puis, de la même voix calme et apaisante que Michael, elle a dit à Boris : « Bien, jeune homme. Vous allez me suivre. »

Sauf que Boris ne pouvait pas marcher tout seul. Quand il a essayé de se lever, ses jambes se sont dérobées sous lui, sans doute à cause de son hypoglycémie. Du coup, Lars et Michael ont dû le porter et je les ai suivis en tenant toujours mon gilet contre son front, puisque personne ne m'avait dit de l'enlever.

Au moment où on est passés devant Lilly, je l'ai regardée droit dans les yeux. Elle était livide – en fait, son visage avait la couleur de la neige à New York, une espèce de gris pâle teinté de jaune. Je me demande si elle n'avait pas envie de vomir. Bien fait pour elle.

On se trouve en ce moment dans le bureau de l'infirmière, Michael, Lars et moi. L'infirmière a appelé la mère de Boris pour qu'elle vienne chercher son fils et le conduise chez le médecin. La blessure n'est pas trop profonde. Apparemment, quelques points de suture suffiront, mais d'après l'infirmière, il est plus prudent de vérifier que Boris est à jour pour le vaccin antitétanique. Elle m'a félicitée plusieurs fois d'avoir agi aussi vite. « C'est toi, la princesse, n'est-ce pas ? » m'a-t-elle demandé, et j'ai répondu oui avec une modestie affectée.

Vous savez quoi ? Je suis super fière de moi.

Ce qui m'étonne le plus, c'est que ça ne m'a pas gênée du tout de voir le sang de Boris, tandis que je ne supporte pas d'en voir à la télé ou au cinéma. Quand je pense que je suis restée toute l'heure de bio sous la table le jour où la prof nous a passé un film sur l'acupuncture, et que tout à l'heure, je n'ai même pas tiqué.

Peut-être que ça me fera quelque chose plus tard. Genre une névrose traumatique d'effroi.

Cela dit, pour être franche, si toute cette histoire de princesse ne m'a pas provoqué de névrose traumatique d'effroi, je doute que le fait de voir l'ex-petit copain de ma meilleure amie lâcher un globe sur sa tête en provoque une.

Oh oh. Voilà la principale.

Lundi 5 mai, en français

C'est vrai, Mia, ce qui s'est passé avec Boris? Il a vraiment essayé de se tuer en se plantant un rapporteur dans la poitrine quand vous étiez en étude dirigée?

Mais non, Tina. Il a essayé de se tuer en lâchant un globe sur sa tête.

Mon Dieu!!!!!!! Il va bien????

Oui, grâce à Michael et à moi. On a agi super vite. Boris aura sans doute mal à la tête, demain. Le plus dur, en fait, c'est quand il a fallu s'expliquer devant la principale. Évidemment, elle a voulu savoir pourquoi Boris avait fait ça, et moi, j'ai voulu protéger Lilly. Attention, je ne dis pas que c'est sa faute… mais un peu quand même.

Bien sûr que c'est sa faute!!! Tu ne penses pas qu'elle aurait pu gérer un peu mieux la situation? Je te rappelle qu'elle a failli embrasser Jangbu sur la bouche devant Boris! Mais bon... Qu'est-ce que tu as dit à la principale?

Le truc habituel. Que Boris avait craqué à cause de la pression que les profs nous mettent. Sauf qu'elle n'a pas écouté puisque personne n'était mort.

Tu sais quoi? C'est l'histoire la plus romantique qu'on m'ait jamais racontée. Il n'y a que dans mes rêves les plus fous qu'un homme lâcherait un globe sur sa tête pour reconquérir mon cœur.

Oui. Si tu veux mon avis, ce qui s'est passé a fait réfléchir Lilly sur son histoire avec Jangbu. Enfin, j'espère. Je ne l'ai pas revue depuis.

Qui aurait pu deviner que sous le torse maigrichon de Boris battait le cœur d'un amoureux digne de Heathcliff ?

Comme tu as raison ! Je me demande si son esprit va rôder autour de la 75e Rue Est comme celui de Heathcliff à travers la lande. Tu sais, après la mort de Cathy.

En fait, j'ai toujours trouvé Boris mignon. Je sais bien que tu ne supportes pas les garçons qui respirent par la bouche, mais tu dois admettre qu'il a de très belles mains.

MAINS ? Qu'est-ce qu'on en a à faire, des MAINS d'un garçon ?????????

Eh bien, c'est avec elles, par exemple, qu'ils nous TOUCHENT.

Tu es sûre de ne pas avoir de fièvre, Tina ?

C'est ça, fais ton innocente...

Lundi 5 mai, dans la limousine, en route vers ma leçon de princesse

On ne parle plus que de moi, à l'école. Comme si cette histoire de princesse ne suffisait pas, maintenant tout le monde raconte que j'ai sauvé la vie de Boris. Avec Michael, bien entendu. Finalement, c'est un peu comme si on était les Dr Kovach et l'infirmière Abby du lycée Albert-Einstein !!!!!!!! Michael ressemble même au Dr Kovach, avec ses cheveux noirs et son torse puissant.

Je me demande pourquoi ma mère s'embête à faire appel aux services d'une sage-femme. Elle n'a qu'à me laisser l'accoucher. Je suis sûre de très bien me débrouiller. J'ai juste besoin d'une paire de ciseaux et d'un gant de baseball.

Il va falloir que je réfléchisse à nouveau à mon idée de devenir écrivain, plus tard. Qui sait si je n'aurais pas d'immenses talents dans un tout autre domaine ?

Lundi 5 mai, dans le hall du Plaza

Lars vient de me dire que, pour faire médecine, il fallait être bon en sciences et en maths. Autant je peux comprendre pour les sciences, mais LES MATHS ?????? Pourquoi le système américain me met-il systématiquement des bâtons dans les roues pour m'empêcher d'exercer la carrière de mon choix ?

Lundi 5 mai, dans la limousine, en chemin pour la maison

On peut faire confiance à Grand-Mère pour me faire redescendre sur terre. Je planais encore en pensant au miracle que j'avais accompli au lycée – oui, c'était un miracle que je ne tombe pas dans les pommes devant tout ce sang –, quand tout à coup, elle a dit : « Alors ? Quand puis-je prendre rendez-vous chez Chanel ? Je te rappelle que j'ai fait mettre une robe de côté pour ton bal. Si tu la veux à temps, il faut que tu l'essaies demain au plus tard au cas où il y aurait des retouches. »

Quand je lui ai alors expliqué qu'on n'allait pas au gala de l'école, Michael et moi, elle n'a pas réagi comme une grand-mère normale. Une grand-mère normale aurait compati, elle m'aurait tapoté la main et offert une part de gâteau au chocolat qu'elle aurait spécialement fait pour moi, ou elle m'aurait donné un billet d'un dollar.

Mais ma grand-mère n'est pas comme ça. Oh non. Ma grand-mère à moi a répondu : « J'en conclus que tu ne m'as pas écoutée.

— Que je t'ai pas quoi ? » ai-je laissé échapper, ce que Grand-Mère, elle, n'a pas laissé échapper puisqu'elle a aussitôt rétorqué : « Pardon ? Je n'ai pas bien compris ta question. Pourrais-tu me la poser correctement ?

— Que veux-tu dire par "Je ne t'ai pas écoutée ?", Grand-Mère ? ai-je donc demandé lentement et poliment, même si, au fond de moi, je n'avais pas spécialement envie d'être polie.

— Que tu ne m'as pas écoutée, a répété Grand-Mère. Si tu avais fait comme je te l'avais dit, à savoir trouver une bonne raison pour que Michael change d'avis, il n'aurait été que trop heureux de t'inviter à ce gala. Mais apparemment, tu préfères rester chez toi à bouder plutôt que de te bouger et faire ce qui est nécessaire. »

Je dois dire que la remarque de Grand-Mère m'a vexée.

« Excuse-moi, Grand-Mère ! ai-je explosé, mais j'ai fait tout ce qui était humainement possible pour convaincre Michael d'aller au gala ! Sauf, bien sûr, lui expliquer pourquoi c'était si important pour moi. Parce que même si je l'avais fait, je ne suis pas sûre qu'il aurait accepté. Pire, cela aurait été humiliant de mettre mon cœur à nu pour l'entendre me répondre que son désir de ne pas assister à un événement aussi nul que le gala de l'école est plus fort que son désir de voir mon rêve se réaliser.

— Tu te trompes », a déclaré Grand-Mère.

Elle a écrasé sa cigarette en soufflant un long panache de fumée grise par les narines. Quand je pense que le trône de Genovia repose sur mes frêles épaules et qu'elle ne se gêne pas pour fumer devant moi. Et mes poumons, alors ?

« Amelia, a repris Grand-Mère. Je t'ai déjà expliqué que dans ce genre de situation où les parties opposées s'efforcent de trouver un terrain d'entente et n'y parviennent pas, il est toujours dans ton intérêt de prendre du recul et de te demander ce que l'ennemi veut. »

J'ai cligné des yeux à cause de la fumée et j'ai demandé : « Tu veux dire que je suis censée trouver ce que veut Michael ?

— Exactement, a répondu Grand-Mère.

— Facile, ai-je fait en haussant les épaules. Il ne veut pas aller au gala de l'école parce qu'il trouve ça nul.

— Non. C'est ce que Michael ne veut pas. Qu'est-ce qu'il veut ? »

J'ai pris le temps de réfléchir à sa question puis, tandis que Rommel profitait d'un moment d'inattention de Grand-Mère pour se lécher les poils des pattes avant, j'ai répondu : « Eh bien… il veut jouer en public avec son groupe.

— Bien, a dit Grand-Mère. Quoi d'autre ?

— Je ne sais pas », ai-je répondu, incapable de penser à autre chose qu'à cette histoire de groupe. C'est aux secondes et aux premières que revient la tâche d'organiser le gala de l'école. J'avais le vague souvenir d'avoir lu dans *L'Atome* que le comité des fêtes avait engagé un DJ.

« Évidemment que tu sais ce que veut Michael, a affirmé Grand-Mère.

— Tu veux dire…, ai-je fait, abasourdie par la rapidité d'esprit de Grand-Mère. Tu veux dire que je devrais insister auprès du comité des fêtes pour que Michael joue avec son groupe le soir du gala ? »

Grand-Mère s'est brusquement mise à tousser pour une raison inconnue. « Par… pardon ? » a-t-elle demandé en portant une main à sa poitrine.

Je me suis calée dans mon fauteuil, bouche bée. Cela ne m'avait jamais traversé l'esprit, mais la solution de Grand-Mère à mon problème était excellente. Rien ne pouvait faire plus plaisir à Michael que d'être payé pour jouer avec son groupe au gala du lycée. Et rien ne pouvait me faire plus plaisir que d'y aller, non seulement avec l'homme de mes rêves, mais avec *l'un des membres du groupe*. Est-ce que vous connaissez quelque chose de plus cool au monde que d'aller à une soirée de gala avec un musicien du groupe qui anime ladite soirée ? Moi, non.

« Grand-Mère ! me suis-je exclamée. Tu es géniale ! »

Grand-Mère a vidé son Sidecar d'un trait et a dit : « Je ne vois pas du tout de quoi tu parles, Amelia. »

Mais je savais que pour la première fois de sa vie elle faisait preuve de modestie.

Comme je me suis rappelé ensuite que j'étais censée être en colère contre elle à cause de Jangbu, j'ai déclaré : « Grand-Mère. Parlons sérieusement. Tu te souviens de l'aide-serveur qui a été renvoyé des Trois Marches et de la manifestation devant le restaurant ? Il faut que tu fasses quelque chose pour lui. Après tout, c'est toi la fautive. »

Grand-Mère m'a observée du coin de l'œil à travers le nuage de fumée de la nouvelle cigarette qu'elle venait d'allumer et s'est écriée : « Quelle ingrate tu fais ! Je résous tes problèmes et c'est comme ça que tu me remercies ?

— Grand-Mère, je ne plaisante pas ! me suis-je exclamée à mon tour. Il faut que tu appelles Les Trois Marches et que tu leur parles de Rommel. Dis-leur que c'est ta faute si Jangbu a trébuché, et qu'ils doivent le réembaucher. Ce n'est pas juste, autrement. Le pauvre, il a perdu son travail !

— Il en trouvera un autre, a fait Grand-Mère sur un ton dédaigneux.

— Sans références, ça m'étonnerait, ai-je rétorqué.

— Dans ce cas, qu'il retourne chez lui, a dit Grand-Mère. Je suis sûre que ses parents seraient ravis de le revoir.

— Mais Grand-Mère, il vient du Tibet, un pays qui est opprimé par la Chine depuis des années. Il ne peut pas retourner là-bas. Il n'y a pas de travail. Il mourra de faim.

— Je n'ai plus envie de parler de cela, a déclaré Grand-Mère, hautaine. Énumère-moi plutôt les dix plats que l'on sert traditionnellement à un mariage royal à Genovia.

— Grand-Mère ! ai-je hurlé.

— Je t'écoute ! » a crié Grand-Mère.

Résultat, je n'ai pas pu faire autrement que lui réciter la liste des dix plats servis aux mariages à Genovia – assortiment d'olives, antipasti, pâtes, poisson, rôti, salade, entremets, fromage, fruits, dessert (note pour moi : quand on se mariera, Michael et moi, ne pas oublier de ne pas célébrer la cérémonie à Genovia, sauf si le chef accepte de préparer un repas végétarien).

Je ne comprends pas comment quelqu'un comme Grand-Mère, qui est manifestement passée du côté obscur de la force, a pu avoir l'idée brillante de proposer à Michael de jouer à la soirée de gala.

En même temps, je suppose que même Dark Vador a des qualités. Je n'en trouve pas pour l'instant, mais je suis sûre qu'il en a.

Lundi 5 mai, 9 heures du soir, à la maison

Mauvaise nouvelle : j'ai passé la soirée à fouiller dans mes vieux numéros de *L'Atome* pour retrouver le nom du président ou de la présidente du comité des fêtes afin de lui envoyer un mail et de lui suggérer d'engager *La Cage*, le groupe de Michael, pour animer le bal à la place du DJ prévu. Vous pouvez donc imaginer ma surprise et ma déception quand je suis enfin tombée sur l'article et que j'ai vu le nom de la personne qui m'intéressait : Lana Weinberger.

Lana WEINBERGER est la présidente du comité des fêtes, cette année.

En d'autres termes, je suis fichue. Avec Lana comme présidente, je peux faire une croix sur le bal. Soyons réaliste. Lana préférerait renoncer à être pompom-girl que faire appel au groupe de mon petit ami. Elle me déteste, ne l'oublions pas, et m'a toujours détestée.

Cela dit, c'est assez réciproque.

Mais qu'est-ce que je vais faire MAINTENANT ? Je ne peux PAS rater le gala de l'école. C'est tout simplement IMPENSABLE !!!!!!!!!

En même temps, je ne suis pas la personne la plus à plaindre sur cette terre. Il y en a qui vivent des choses pires. Comme Boris, par exemple. Je viens de recevoir un mail de lui.

JoshBell2 : Mia, je voulais te remercier pour ce que tu as fait aujourd'hui. Je ne sais pas pourquoi je me suis conduit aussi bêtement. Je suppose que j'ai succombé à l'émotion. Je l'aime tellement ! Mais, apparemment, nous ne sommes pas faits l'un pour l'autre, comme je l'ai longtemps pensé (à tort, je m'en rends compte enfin). Non, Lilly est tel un mustang sauvage, née pour aller librement son chemin. Aucun homme – du moins, aucun homme comme moi – ne pourra jamais espérer la dompter.

Chéris ce que tu vis avec Michael, Mia. C'est quelque chose de rare et de beau que d'aimer et d'être aimé en retour.

Boris Pelkowski.

PS : Ma mère a porté ton gilet au pressing, où on lui a assuré que le sang partirait sans laisser d'auréole. Je pourrai te le rendre à la fin de la semaine.

B.P.

Pauvre Boris ! Dire qu'il pense à Lilly comme à un mustang sauvage. Un *champignon sauvage*, peut-être. Mais un *mustang*? Bizarre.

Bref, le mail de Boris m'a fait penser que je ferais mieux de prendre des nouvelles de Lilly. La dernière fois que je l'ai vue, elle n'avait pas l'air très en forme. Du coup, je lui ai envoyé un mail amical, dans lequel je ne l'accusais de rien du tout et lui demandais seulement comment allait sa santé mentale après l'épreuve qu'elle avait vécue plus tôt dans la journée.

Aussi, vous pouvez imaginer comme j'ai été scandalisée quand j'ai lu sa réponse.

WomynRule : Salut PDG !

(Lilly m'appelle PDG depuis quelques semaines. PDG pour Princesse de Genovia. Je lui ai demandé d'arrêter, mais elle prend un malin plaisir à continuer, surtout depuis que je lui ai dit que ça m'embêtait.)

Quoi de neuf? Je ne t'ai pas vue ce soir à la conférence de presse de l'AERJP. J'ai comme l'impression que le syndicat hôtelier va nous soutenir. Si on arrive à ce qu'il se mette en grève en même temps que le syndicat de la restauration, on va faire plier la ville ! Enfin, les gens comprendront qu'on ne traite pas le personnel de l'industrie de service par-dessus la jambe sans conséquences ! L'homme du peuple mérite un salaire qui lui permette de vivre décemment !

C'est dingue, ce qu'a fait Boris, cet après-midi, tu ne trouves pas ? Ça m'a fichu une de ces trouilles. Je ne pensais pas qu'il était psychopathe à ce point. En même temps, c'est vrai que c'est un musicien. J'aurais dû m'en douter. En tout cas, la façon dont vous avez géré la situation, Michael et toi, c'était super cool. On aurait dit le Dr McCoy et l'infirmière Chappell. Je suis sûre que tu préférerais le Dr Kovach et l'infirmière Abby, ce que vous étiez un peu, finalement. Bon, faut que je te laisse. Ma mère m'appelle pour vider le lave-vaisselle.

Lil.

PS : Jangbu a fait un truc adorable après la conférence de presse : il m'a acheté une rose en soie dans une boutique de Canal Street. C'est tellement romantique. Jamais Boris n'aurait fait ça. L.

Je dois dire que j'ai été choquée. Choquée par le ton cavalier sur lequel Lilly a évoqué la souffrance de ce pauvre Boris. Choquée par son « Quoi de neuf ? » et son clin d'œil au tout premier *Star Trek*. Comment ose-t-elle nous comparer au Dr McCoy et à l'infirmière Chappell ? Ça fait une éternité qu'on n'entend plus parler d'eux. Mais ce qui m'a le plus choquée, c'est qu'elle laisse entendre que les musiciens sont tous des psychopathes. Hé ho ! Son frère Michael, c'est-à-dire MON PETIT AMI, est musicien ! OK, on a des problèmes, je ne le nie pas, mais ce n'est pas parce qu'il est psychopathe. Ce serait plutôt parce que, en tant que Capricorne, il a les pieds un peu trop sur terre tandis que moi, un Taureau en roue libre, je cherche à apporter une note de fantaisie à notre relation.

Du coup, j'ai répondu à Lilly sur-le-champ. J'étais tellement en colère que j'en tremblais. Même que ça m'a gênée pour taper sur mon clavier.

FtLouie : Lilly, cela t'intéressera peut-être de savoir que Boris a eu deux points de suture ET une piqûre contre le tétanos à cause de ce qui s'est passé en étude dirigée. Il est même possible qu'il ait subi une commotion cérébrale. Tu ne crois pas que tu pourrais momentanément renoncer aux démarches que tu mènes au nom de Jangbu, un garçon que TU CONNAIS DEPUIS TROIS JOURS, *pour passer un petit coup de fil à ton ex, avec qui tu es sortie pendant* HUIT MOIS.

M.

La réponse de Lilly n'a pas tardé.

WomynRule : Excuse-moi, PDG, mais je dois dire que je n'aime pas du tout ce ton condescendant que tu as pris. Je te prierais par conséquent de ne pas me la jouer « Son Altesse royale » s'adresse à son sujet. Je suis désolée si tu n'apprécies ni Jangbu ni les démarches que j'entreprends pour l'aider et aider les gens comme lui. Je refuse d'être l'otage des ruses puériles d'un narcissique parano comme Boris. Ce n'est pas moi qui l'ai obligé à prendre ce globe et à se le lâcher sur la tête. C'était sa décision. En tant que fan de la chaîne de télé Des femmes d'exception, *je pensais que tu aurais reconnu dans son comportement manipulateur celui d'un être atteint de troubles obsessionnels-compulsifs avec peut-être des tendances schizophrènes. Cela dit, si tu arrêtais de regarder autant la télé et vivais à la place, peut-être l'aurais-tu vu. Et peut-être écrirais-tu des choses un peu plus intéressantes que les menus de la cantine.*

Rien qu'à sa façon d'attaquer Boris, j'ai tout de suite senti que Lilly n'était pas très fière d'elle. Là-dessus, je pouvais passer l'éponge. Mais qu'elle m'attaque sur l'écriture, certainement pas ! Du coup, je ne me suis pas gênée pour répondre :

FtLouie : Oui, je reconnais, je regarde beaucoup la télé, mais au moins je ne passe pas mon temps derrière l'objectif d'une caméra. Je préfère VOIR des films que d'inventer des drames pour créer la matière d'un film. Par ailleurs, sache que Leslie Cho m'a commandé un papier d'information sérieuse pour le prochain numéro de L'Atome.

Voici la réponse qu'elle m'a envoyée :

WomynRule : C'est ça, oui, un papier d'information sérieuse ! Ma pauvre fille ! Tu es bien trop froussarde pour ça. À tous les coups, tu ne vas pas pouvoir t'empêcher de nous rebattre les oreilles avec le fait que tu doives passer l'été dans un palais à Genovia (ha ha ha) et que mon frère ne veut pas aller au gala de l'école avec toi. Heureusement qu'il existe des gens comme moi, mieux équipés intellectuellement, pour se charger des VRAIS *problèmes.*

C'est la goutte d'eau qui a fait déborder le vase. Lilly Moscovitz n'est plus ma meilleure amie. Elle est allée beaucoup trop loin. J'hésite à lui écrire pour lui annoncer que c'est fini entre nous. J'ai peur que ce soit puéril de ma part, et pas assez INTELLECTUEL.

Je vais demander à Tina si elle ne veut pas être ma meilleure amie.

Non, ça aussi, c'est puéril. On n'est plus en primaire ! On est pratiquement des femmes, comme dit ma mère. Et des femmes comme ma mère n'ont pas besoin de clamer haut et fort qui est leur meilleure amie. Elles le savent, c'est tout. Comment ? je l'ignore, mais elles le savent. Peut-être que ça a un rapport avec les œstrogènes.

Oh, mon Dieu, j'ai super mal à la tête.

Lundi 5 mai, 11 heures du soir

J'ai failli éclater en sanglots quand, avant d'aller me coucher, j'ai consulté mes mails une dernière fois. Voici ce que j'ai trouvé :

LinuxRulz : Mia, tu es sûre de ne pas être en colère contre moi ? Tu m'as à peine adressé la parole, aujourd'hui. Sauf quand on s'est occupés de Boris. Est-ce que j'ai fait quelque chose qui t'a déplu ?

Puis :

LinuxRulz : Laisse tomber le mail que je viens de t'envoyer. C'est idiot. Je sais que, si j'avais fait quelque chose qui t'avait déplu, tu me l'aurais dit. Parce que tu es comme ça, et c'est pour ça qu'on s'entend bien. Parce qu'on peut se parler.

Et ensuite :

LinuxRulz : Ça n'a rien à voir avec ce qui s'est passé à ta fête, dis-moi ? Quand j'ai refusé de me battre avec Jangbu parce qu'il s'était enfermé avec ma sœur dans le placard ? Se mêler des histoires d'amour de ma sœur, ce n'est pas vraiment une bonne idée, comme tu l'as sans doute remarqué.

Et enfin :

LinuxRulz : Oh, je ne sais plus quoi penser. Bonne nuit. Je t'aime.

Oh, Michael ! Mon doux protecteur !

POURQUOI NE M'INVITES-TU PAS AU GALA DE L'ÉCOLE ????????????

Mardi 6 mai, 3 heures du matin

Quand j'y repense, Lilly est gonflée de dire que je n'ai rien appris en regardant la télé. C'est faux ! J'ai appris PLEIN de choses.

Petits tuyaux non négligeables que moi, Mia Thermopolis, j'ai appris en regardant des films

Aspen Extreme

T.J. Burke s'installe à Aspen pour devenir moniteur de ski, tandis que son désir le plus profond est d'écrire. À la mort de son ami Dex, il rédige un hommage émouvant qu'il envoie par la poste à *Poudreuse*, un magazine de ski. Au même moment, un ballon gonflé à l'air chaud s'envole dans le ciel, suivi de deux cygnes. On voit ensuite le facteur déposer un exemplaire de *Poudreuse* dans la boîte aux lettres de T.J. Son article est annoncé en couverture. Bref, c'est *facile* de se faire publier !

Wonderboys

Il faut toujours faire une copie de sauvegarde.

Les Quatre Filles du Dr March

Idem.

Moulin Rouge

Quand on écrit une pièce, il ne faut surtout pas tomber amoureux de la personne qui tient le rôle principal. Surtout si elle a la tuberculose. Il faut également refuser toute boisson de couleur verte offerte par un nain.

La Cloche de détresse

Interdisez à votre mère de lire votre manuscrit avant sa publication (pour qu'elle ne puisse pas intervenir).

Adaptation

Il faut toujours se méfier de son jumeau.

Isn't She Great, the Jacqueline Suzann Story

Les éditeurs s'en fichent que vous rendiez votre manuscrit sur du papier à lettres rose. Autre chose : le sexe fait vendre.

Bref, comment Lilly ose-t-elle me dire que je perds mon temps à regarder la télé ?

Et si je décide finalement de travailler dans le milieu médical, je saurai déjà plein de choses puisque je n'ai pas raté un seul épisode d'*Urgences*.

Sans parler de *M*A*S*H**.

Mardi 6 mai, en étude dirigée

Une journée horrible jusqu'à présent, et dans tous les domaines :

1. On a eu un contrôle surprise en maths que j'ai raté vu que je n'ai pas pu travailler hier soir à cause de cette histoire entre Boris et Lilly et bien sûr, à cause du gala de l'école.

Personnellement, je trouve que mon beau-père pourrait me prévenir quand il a l'intention de nous donner un contrôle surprise. Mais apparemment, c'est contre le code de déontologie des professeurs.

Ben voyons. Et le code de déontologie des beaux-pères ? Quelqu'un y a pensé ?

2. On s'est fait prendre, Shameeka et moi, en train d'échanger des petits papiers. Résultat, on doit écrire un texte de deux mille mots sur les effets du réchauffement de la planète dans les écosystèmes de l'Amérique du Sud.

3. Je n'ai plus de partenaire pour l'exposé sur les maladies qu'on doit faire en hygiène et sécurité puisqu'on ne se parle plus, Lilly et moi. Elle fait tout pour m'éviter. Elle a même pris le métro ce matin pour aller

au lycée au lieu de s'y rendre en limousine avec Michael et moi. Cela dit, je m'en fiche un peu. Mais ce n'est pas tout. Quand on a tiré au sort les sujets d'exposé, je suis tombée sur le syndrome d'Asperger. Pourquoi est-ce que je n'ai pas eu une maladie facile à traiter, comme le virus Ebola ? Ce n'est pas juste.

4. À midi, j'ai mangé sans le faire exprès de la saucisse qui se trouvait par erreur dans la garniture de ma pizza soi-disant au fromage. Sinon, Boris a passé tout le repas à écrire le prénom de Lilly sur l'étui de son violon. Il a perdu son temps, vu que Lilly n'est même pas venue déjeuner. Avec un peu de chance, Jangbu et elle ont pris le premier avion pour le Tibet, ce qui fait qu'on aura la paix pendant un moment. Mais Michael en doute. Il pense plutôt que sa sœur était à une autre de ses conférences de presse.

5. Michael n'a toujours pas changé d'avis pour le gala. Non que je lui en aie reparlé, mais alors qu'on passait tous les deux à côté de la table où Lana et les autres membres du comité des fêtes vendaient des tickets pour la soirée, je l'ai entendu dire tout bas : « N'importe quoi », quand il a vu le garçon qui déteste le maïs dans le chili acheter des tickets pour sa petite amie et lui.

IV
Vie quotidienne

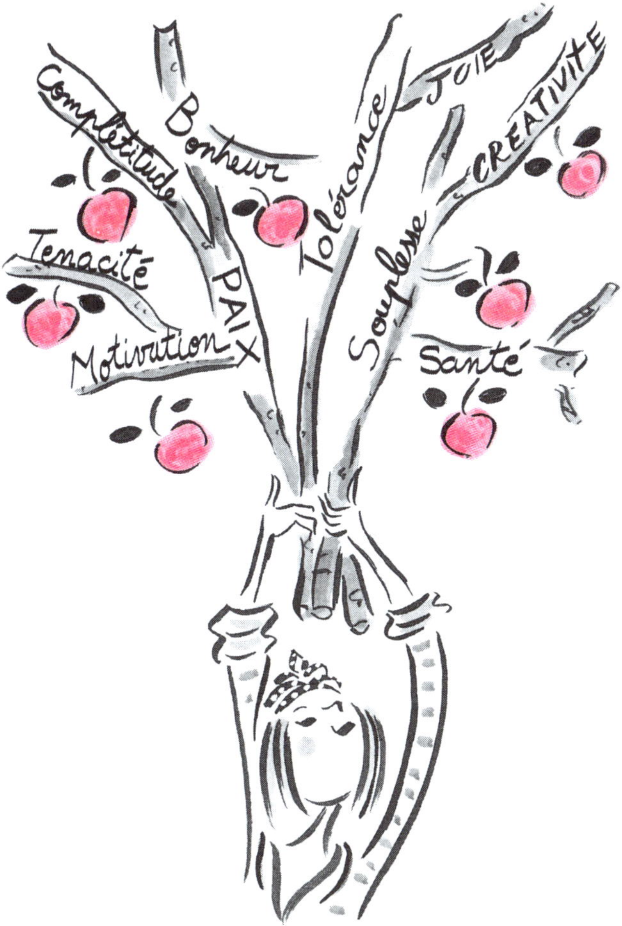

Une réflexion de Son Altesse Royale la princesse Mia

Vous êtes sans doute aussi surprise que je l'ai été quand j'ai découvert qu'une princesse ne doit pas se contenter d'être belle, bien élevée, bien sapée. Elle a plein d'autres obligations… Genre : se montrer généreuse envers ceux qui sont moins chanceux qu'elle, se tenir au courant des problèmes sociaux, etc. Ce type de comportement entre dans la rubrique : « vie quotidienne ».

Nul besoin d'être née dans une famille royale pour avoir bon caractère.

Je connais des tas de personnes qui n'ont rien – mais rien – de royal ! Elles sont pourtant bourrées de qualités carrément princières.

Entre autres, elles s'évertuent à s'autoréaliser à fond. En quoi ça consiste exactement, me direz-vous ? Eh bien, j'avoue que c'est un peu obscur pour moi aussi. Alors – pour m'orienter et vous orienter, au mieux, dans cette voie – j'ai recueilli des tuyaux auprès de quelques spécialistes.

Cinq consignes simples pour sauver la planète

par Son Altesse Royale la princesse Mia Thermopolis

Une princesse désire préserver durablement sa planète et les espèces qui y vivent.

En respectant les consignes simples ci-dessous, vous pouvez – à votre échelle – y contribuer :

Marchez ou roulez à vélo. Empruntez les transports en commun s'il en existe là où vous vivez. Ainsi vous économiserez les sources d'énergie.

Vous voyez ce truc en plastique autour des canettes de soda vendues par pack de six ? Fermez hermétiquement ses extrémités avant de le jeter à la poubelle. Parfois, ces bidules atterrissent dans l'océan. Si le rostre d'un dauphin s'introduit accidentellement dans les orifices, il s'y retrouve coincé. Bouche fermée, donc incapable de se nourrir, il meurt de faim.

Recyclez. Ce n'est pas sorcier. Les boîtes en métal,

dans un sac ; les journaux, ficelés ; et ainsi de suite…

Aux élections, supportez les candidats soucieux de protéger l'environnement. Même si vous n'avez pas l'âge de voter, soutenez bénévolement leur campagne. Ils se battent pour améliorer la qualité de l'air qu'on respire.

NE POLLUEZ PAS !!!

Mia Thermopolis et Lily Moscovitz dressent la liste des films dans lesquels les personnages pratiquent l'autoréalisation et/ou témoignent d'un savoir-vivre princier

Vision quest : Matthew Modine, bien que plaqué par Linda Fiorentino, reste fidèle à lui-même et gagne le tournoi (en même temps que le cœur de Daphné Zuniga) tout en portant un ravissant justaucorps.

Matrix : Keanu Reeves choisit de sauver l'humanité plutôt que de se prélasser en rêvant d'un steak.

Crazy Beautiful : Kirsten Dunst fait des concessions dans sa relation envers son père, sinon il l'enverra dans un camp pour ados perturbées où elle ne reverra plus jamais son mec super craquant.

La revanche d'une blonde : Petit à petit, Reese Witherspoon réalise que le savoir est plus important que les registres de mariage, sans pour autant cesser de rester fabuleuse.

American girl : Des pom-pom girls (dirigées par Kirsten Dunst) comprennent que gagner n'est pas tout : il est parfois plus important de se comporter correctement.

Save the last dance : Une danseuse de ballet (Julia Stiles) finit par admettre qu'elle n'est pas obligée de raccrocher ses ballerines sous prétexte que sa mère a trouvé la mort en venant assister à son audition.

Spiderman : Tobey Maguire démontre qu'avoir la faculté de maîtriser la terre entière ne signifie pas que vous devez le faire. Une leçon qui vaut pour tous les grands de ce monde !

Teste-toi avec TÉLÉ POCHE

Es-tu une vraie écolo ?

Pour te rendre à l'école, tu utilises plutôt :

Δ Tes jambes ! Rien de tel que la marche pour se mettre en forme !
◊ La voiture de tes parents. Ils te conduisent tous les matins au collège.
∞ Les transports en commun. Pratique, lorsque l'école est assez loin de la maison.

Tes parents t'autorisent à avoir un animal de compagnie. Où vas-tu l'adopter ?

∞ Dans un élevage à la campagne.
◊ Dans une animalerie pour pouvoir sélectionner ton chiot ou ton chaton idéal.
Δ Dans un refuge pour sauver un animal abandonné.

C'est le moment de faire un brin de toilette. Quelle option choisis-tu ?

∞ Tu prends une petite douche.
Δ Passage de gant, brossage de dents, et le tour est joué !
◊ Tu sautes dans un bain chaud.

Quel est ton dessin animé préféré ?

◊ « Yu-Gi-Oh »
∞ « Les Sauvetout »
Δ « La famille Delajungle »

Où jettes-tu tes déchets ?

Δ Dans des poubelles spécifiques, en fonction de leur matière (plastique, papier...) pour respecter le tri sélectif.
◊ À la poubelle tout simplement.
∞ Dans deux boîtes à ordures séparées : une pour le verre, une pour tout le reste.

Tu as fini de regarder la télé...

◊ Tu passes à une autre activité, en laissant la télé allumée.
Δ Tu éteins le poste en appuyant sur le bouton rouge en bas de l'écran.
∞ Tu presses le bouton « On/Off » de la télécommande.

À l'école, pour écrire sur tes cahiers, tu utilises :
∞ Un stylo-feutre à base d'eau.
Δ Un stylo plume.
◊ Un style à bille.

Tu souhaites rapporter un souvenir d'une promenade en foret :
Δ Tu pioches quelques feuilles tombées d'un arbre.
∞ Tu cueilles une fleur en t'assurant de laisser ses racines dans la terre.
◊ Tu ramasses un champignon au hasard.

Que signifie le sigle OGM ?
∞ Organisme Géologiquement Modifié
Δ Organisme Génétiquement Modifié.
◊ Organisation de Gestion des Malades.

Quelle est ta formule de vacances idéale ?
◊ Le club de vacances.
∞ Le camp de découverte.
Δ L'écovolontariat.

Tu totalises un maximum de Δ
Bravo ! Digne héritière de la philosophie de Nicolas Hulot, tu mets tout en œuvre pour protéger la nature au quotidien. Autant dire que les petits gestes écologiques n'ont plus de secret pour toi ! Des déchets aux animaux, en passant par l'économie d'énergie, tu te sens concernée par tout ce qui touche à l'environnement. Si seulement tout le monde pouvait te ressembler...

Tu totalises un maximum de ∞
Pas mal ! Si la protection de l'environnement n'est pas ton principal cheval de bataille, tu t'efforces d'oublier tes mauvaises habitudes et d'agir en citoyen du monde, en respectant les règles de base de l'écologie. C'est bien. Alors continue d'aller dans ce sens, et n'hésite pas à donner quelques conseils avisés à tes parents.

Tu totalises un maximum de ◊
Défendre la qualité de l'environnement, toi ? Jamais ! Bien plus préoccupée par tes nombreuses passions que par le monde qui t'entoure, tu te moques bien des problèmes écologiques. Mais si je te dis que chaque jour, des dizaines de dauphins meurent étouffés par des sacs plastiques jetés par les hommes en pleine mer, cela ne te fait-il pas réagir ?

Dire que même le garçon qui déteste le maïs dans le chili va au gala de l'école ! Tout le monde y va. Sauf moi.

Lilly n'est toujours pas revenue de là où elle est allée avant le déjeuner. Ce qui n'est pas plus mal. Ça m'étonnerait que Boris supporte de la voir en ce moment. Il a trouvé du Tipex dans la réserve et il s'en sert pour ajouter des fioritures autour du nom de Lilly sur l'étui de son violon. J'ai envie de le secouer et de lui dire : « Arrête ! Elle n'en vaut pas la peine ! »

Mais j'ai peur que ses points de suture ne lâchent.

Par ailleurs, Mrs. Hill, sans doute à cause des événements d'hier, est à son bureau et feuillette un catalogue de vente par correspondance tout en nous surveillant du coin de l'œil. Je suis sûre qu'elle s'est fait remonter les bretelles après l'épisode du globe. La principale est très stricte sur le sang versé dans l'enceinte de l'école.

Dans la mesure où je n'ai rien de mieux à faire, je vais composer un poème qui exprimera mes sentiments sur ce qui se passe en ce moment. J'ai l'intention de l'appeler *La Fièvre du printemps*. S'il est bon, je le soumettrai à *L'Atome*. De façon anonyme, évidemment. Si Leslie sait qu'il vient de moi, elle ne le passera jamais étant donné qu'en tant que jeune reporter, je n'ai toujours pas payé ma cotisation.

Mais si elle le trouve par hasard sous la porte des bureaux de *L'Atome*, j'ai peut-être une chance d'être publiée. De toute façon, je n'ai rien à perdre. Ma vie ne peut pas aller plus mal qu'en ce moment.

Mardi 6 mai, à l'hôpital Saint-Vincent

La situation est encore plus grave qu'hier. Beaucoup plus grave, même.

En plus, c'est probablement à cause de ce que j'ai écrit hier. Quand je disais que ma vie ne pouvait pas aller plus mal. En fait, je peux connaître pire que :

— Être nulle en maths.

— Me faire prendre par la prof de bio en train de passer un mot à Shameeka.

— Tomber sur le syndrome d'Asperger pour mon exposé en hygiène et sécurité.

— Être forcée par mon père de passer presque tout l'été à Genovia.

— Avoir un petit ami qui refuse d'aller au gala de l'école.

— Me faire traiter de froussarde par ma meilleure amie.

— Aider le petit copain de ladite meilleure amie qui a dû se faire faire des points de suture après avoir lâché un globe sur sa tête.

— Avoir une grand-mère qui m'oblige à dîner avec le sultan du Bruneï.

Ce qui est pire, c'est avoir une mère enceinte qui a un malaise au rayon surgelés de Grand Union.

Je parle sérieusement. Ma mère est tombée tête la première alors qu'elle se trouvait devant l'armoire Häagen Daz. Heureusement, elle a rebondi contre le bac Ben and Jerry's et s'est retrouvée sur le dos, sinon mon petit frère ou ma petite sœur potentiel aurait été écrasé(e) sous le poids de sa propre mère.

Il semble que le directeur de Grand Union n'ait pas été d'une grande utilité, car d'après un témoin, il courait partout dans le magasin en criant : « Une femme morte allée 4 ! Une femme morte allée 4 !… »

Je ne sais pas ce qui se serait passé si les pompiers de la brigade des pompiers de New York ne s'étaient pas trouvés par hasard sur les lieux. Je ne plaisante pas. La troisième brigade fait toutes ses courses pour la caserne dans ce Grand Union – je le sais parce qu'avec Lilly (à l'époque on était amies et on avait découvert que les pompiers sont hyper sexy), on venait tout le temps là pour les regarder pendant qu'ils faisaient leurs achats. Bref, plusieurs membres de la troisième brigade se chargeaient du ravitaillement de la caserne pour la semaine quand ma mère est tombée dans les pommes. Ils ont immédiatement vérifié son pouls et ont donc vu qu'elle n'était pas morte. Puis ils ont appelé une ambulance qui l'a conduite à Saint-Vincent, l'hôpital le plus proche.

Dommage que ma mère n'ait pas repris connaissance pendant le trajet. Elle aurait adoré voir tous ces hommes sexy autour d'elle. Sexy et forts. En tout cas, suffisamment forts pour la soulever et… étant donné son poids actuel, qui n'est pas léger léger…, c'est plutôt un exploit.

Imaginez donc ma surprise quand, alors que j'étais en français et que je m'ennuyais à mourir, mon portable s'est mis à sonner. J'ai carrément flippé. Non pas parce que c'était la première fois que quelqu'un m'appelait, ou parce que Mlle Klein confisque tous les portables sans exception qui sonnent pendant son cours, mais parce que les seules personnes qui sont autorisées à m'appeler sur mon portable sont ma mère et Mr. G., et seulement pour m'annoncer qu'il faut que je rentre immédiatement parce que mon petit frère ou ma petite sœur est né(e).

Sauf que quand j'ai fini par répondre – ça m'a pris une bonne minute avant de comprendre que c'était MON portable qui sonnait –, il s'est avéré que ce n'était ni ma mère ni Mr. G. C'était le capitaine des pompiers adjoint Pete Logan qui me demandait si je connaissais une certaine Helen Thermopolis, et dans l'affirmative, si je pouvais me rendre immédiatement à l'hôpital Saint-Vincent. Les pompiers avaient trouvé le portable de ma mère dans son sac et composé le seul numéro qui figurait dans son répertoire...

À savoir le mien.

Il va sans dire que j'ai failli faire un infarctus. J'ai poussé un cri, j'ai attrapé mon sac, j'ai fait signe à Lars de me suivre et on est sortis tous les deux sans un mot… comme si j'étais brusquement atteinte du syndrome d'Asperger. En sortant du bâtiment, on a longé la classe de Mr. G. Du coup, j'ai fait demi-tour, j'ai ouvert la porte et je lui ai hurlé que sa femme était à l'hôpital et qu'il ferait mieux de poser cette craie et de nous suivre.

Jamais je n'ai vu Mr. G. aussi paniqué. Même quand il a rencontré Grand-Mère la première fois.

On a couru tous les trois jusqu'à la station de métro de la 77e Rue – aucun taxi n'aurait pu nous conduire assez vite à l'hôpital à cause des embouteillages, et Hans est libre l'après-midi, et ne reprend son service qu'à ma sortie des cours.

Je suis sûre que c'était la première fois que le personnel de Saint-Vincent – qui est formidable, je tiens à le préciser – avait affaire à une princesse hystérique, son garde du corps et son beau-père. On a débarqué dans la salle d'attente des urgences en hurlant le nom de ma mère jusqu'à ce qu'une infirmière arrive et nous explique qu'Helen Thermopolis allait bien. « Elle se repose pour l'instant, a-t-elle dit. Elle s'est légèrement déshydratée et s'est évanouie.

— Déshydratée ? ai-je répété en manquant de faire un autre infarctus, mais cette fois pour une autre raison. Vous voulez dire qu'elle n'a pas bu ses huit verres d'eau par jour ? »

L'infirmière a souri et a répondu : « J'ai cru comprendre que le bébé pesait énormément sur sa vessie.

— Est-ce qu'elle va bien ? a demandé Mr. G.

— Est-ce que le BÉBÉ va bien ? ai-je demandé.

— Ils vont très bien tous les deux, nous a rassurés l'infirmière. Suivez-moi, je vais vous conduire jusqu'à elle. »

L'infirmière a ouvert une porte et on s'est retrouvés aux urgences de Saint-Vincent – les vraies urgences de l'hôpital Saint-Vincent où vont tous les gens de Greenwich Village qui se font tirer dessus ou à qui on a volé un rein !!!!!!!! J'ai vu des tas de gens malades. Il y avait un type avec toutes sortes de tubes qui lui sortaient de partout, un autre qui vomissait dans une cuvette. Il y avait une vieille dame qui souffrait de palpitations, un mannequin qui était tombée à cause de ses talons aiguilles, un ouvrier du bâtiment avec la main en sang et un coursier qui s'était fait renverser par un taxi.

Bref, avant que j'aie le temps de bien observer tous les patients – des patients comme ceux dont je m'occuperai un jour, si j'améliore mes résultats en maths et si je fais médecine –, l'infirmière a tiré un rideau derrière lequel se trouvait ma mère, l'air plutôt furibond.

Quand j'ai aperçu l'aiguille dans son bras, j'ai compris pourquoi elle était autant en rogne. Elle était coincée ici à cause d'une intraveineuse !!!!!!

« Mon Dieu !!! ai-je hurlé en me tournant vers l'infirmière, même si on n'est pas censé hurler aux urgences parce qu'il y a plein de gens malades. Si elle va BIEN, pourquoi lui avez-vous mis ÇA ?

— C'est juste un peu de glucose, a répondu l'infirmière. Votre mère va bien. Dites-lui que vous allez bien, madame Thermopolis.

— Mademoiselle », a grommelé ma mère.

À ce moment-là, j'ai su qu'elle allait bien.

Je me suis jetée à son cou et je lui ai fait le plus gros câlin que j'ai pu entre la perfusion et Mr. G. qui la serrait dans ses bras, lui aussi.

« Je vais bien, je vais bien, a répété ma mère en nous tapotant sur la tête. Croyez-moi, ce n'est pas la peine d'en faire toute une histoire.

— Comment ça, ce n'est pas la peine d'en faire toute une histoire ? ai-je hurlé en sentant les larmes me monter aux yeux. Un capitaine de pompiers adjoint m'appelle en plein cours de français pour m'annoncer que tu es à l'hôpital, et ce n'est pas la peine d'en faire toute une histoire ?

— Non, ce n'est pas la peine, a insisté ma mère. Je vais bien. Le bébé aussi. Dès que je serai débarrassée de cette perfusion, je rentre à la maison. N'est-ce pas ? a-t-elle dit en regardant l'infirmière dans les yeux.

— Bien sûr, madame, a répondu celle-ci avant de se retirer et de fermer le rideau pour nous laisser seuls, maman, Mr. G., Lars et moi.

— Il faut que tu fasses plus attention à toi, ai-je dit. Tu es épuisée.

— Je ne suis pas épuisée du tout, s'est défendue ma mère. Tout ça, c'est à cause de la soupe aux nouilles et au porc que j'ai mangée à midi.

— De chez Allô Suzie ? me suis-je écriée, horrifiée. Maman, dis-moi que ce n'est pas vrai ! Il y a au moins un kilo de sodium dedans ! Pas étonnant que tu tombes dans les pommes.

— J'ai une idée, Votre Altesse, a soufflé Lars à mon oreille. Si on allait acheter une bouteille de Nutri-Delight pour votre mère ? »

Lars garde toujours la tête froide dans les situations de crise. Je suis sûre que c'est grâce à l'entraînement intensif qu'il a suivi auprès de l'armée israélienne. C'est un tireur d'élite distingué et je crois qu'il est assez fort aussi au lance-flammes. C'est du moins ce qu'il m'a confié, un jour.

« Oui, bonne idée, ai-je répondu. Maman, on va aller t'acheter un bon petit Nutri-Delight, Lars et moi. On revient tout de suite.

— Merci », a murmuré faiblement ma mère qui, pour une raison ou une autre, regardait plus Lars que moi. Sans doute parce qu'elle avait encore du mal à accommoder à cause de son malaise.

Le problème, c'est qu'à notre retour l'infirmière ne nous a pas laissés entrer, sous prétexte qu'elle n'avait pas le droit de laisser entrer plus d'un visiteur par heure aux urgences, et que si elle avait passé outre au règlement, c'est parce qu'on avait l'air très inquiet et qu'elle voulait nous prouver que maman allait bien, et aussi parce que j'étais la princesse de Genovia.

Bref, elle a pris la bouteille de Nutri-Delight en nous promettant de la donner à maman et nous a priés de rester dans la salle d'attente des urgences le temps qu'elle soit autorisée à sortir.

C'est là où on est en ce moment, Lars et moi. J'ai appelé Grand-Mère pour annuler ma leçon de princesse. Une fois que je lui ai raconté ce qui était arrivé, elle n'a pas eu l'air très inquiète pour maman. À croire qu'elle connaît plein de gens qui tombent dans les pommes à Grand Union. Mon père, lui, n'a pas du tout réagi de la même façon. Il a complètement paniqué. Il voulait même prendre l'avion pour venir s'assurer que les battements de cœur du bébé étaient normaux et que la grossesse ne représentait pas un stress trop important pour ma mère, sachant qu'elle n'est plus toute jeune et que son organisme doit être un peu fatigué...

NON, CE N'EST PAS VRAI !!!!!! Vous ne devinerez jamais qui vient d'arriver aux urgences. Mon prince, Sa future Altesse Royale Michael Moscovitz Renaldo.

À plus.

Mardi 6 mai, à la maison

Michael est un amour !!!!!!!! Dès la fin des cours, il a filé à l'hôpital pour prendre des nouvelles de ma mère. Il a appris ce qui lui était arrivé par mon père. Vous imaginez ? Il était tellement inquiet quand Tina lui a raconté que j'avais dû quitter le cours de français précipitamment qu'il a appelé MON PÈRE après avoir vainement essayé de me joindre à la maison.

Combien de garçons appelleraient le père de leur petite amie, hein ? À ma connaissance, aucun. Surtout si le père de la petite amie est PRINCE, comme le mien. La plupart des garçons auraient trop peur d'appeler le père de leur petite amie en pareille circonstance.

Mais pas Michael.

Dommage qu'il persiste à penser que les galas d'école c'est nul. Enfin, passons.

Quand sa mère perd connaissance au rayon des produits surgelés de Grand Union, on voit la vie autrement.

Maintenant, je sais que ce n'est pas très grave de ne pas aller au gala de l'école, même si j'aurais adoré m'y rendre. Ce qui compte, c'est la famille, l'amour des siens, et surtout la santé car…

Quoi ? Qu'est-ce que je raconte ? BIEN SÛR que je veux toujours aller à la soirée de gala. BIEN SÛR que ça me met hors de moi que Michael refuse même d'envisager ne serait-ce que l'idée.

Je lui en ai carrément parlé quand on était dans la salle d'attente de l'hôpital. J'ai profité du fait que la télé était allumée et qu'il y avait justement un reportage sur les galas d'école et la tendance actuelle, dans de nombreux lycées de grandes villes, à organiser des galas où les élèves ne se mélangent pas, c'est-à-dire un gala pour les Blancs, qui dansent sur la musique d'Eminem, et un gala pour les Afro-Américains qui dansent, eux, sur la musique d'Ashanti.

Ce n'est pas le cas à Albert-Einstein. Il n'y a qu'un seul gala car Albert-Einstein est un lycée qui promeut la diversité culturelle, et passe Eminen et Ashanti.

Bref, comme en attendant que ma mère sorte, on regardait la télé et/ou les ambulanciers qui arrivaient régulièrement avec un blessé sur un brancard, j'ai dit à Michael : « C'est drôle, quand même, non ? »

Michael, qui regardait les ambulanciers et non la télé, m'a répondu : « Se faire poignarder dans le dos en plein 7e Avenue ? Non, pas vraiment.

— Je ne parlais pas de ça, ai-je corrigé. Mais du reportage à la télé. Sur les galas des écoles. »

Michael a levé les yeux et a observé pendant quelques secondes les étudiants qui dansaient en tenue de soirée. « Non, a-t-il dit.

— Je sais ce que tu penses, mais ça pourrait être sympa. On rigolerait et on se moquerait d'eux. »

Ce n'était pas vraiment l'idée que je me faisais d'une soirée de gala, mais c'était mieux que rien. « En plus, tu n'es pas obligé de porter un smoking, ai-je ajouté. Il suffit juste d'être en costume. Et encore, ce n'est même pas sûr. Tu pourrais y aller en jeans et avec l'un de ces tee-shirts qui tombent comme un smoking. »

Michael s'est tourné vers moi et a écarquillé les yeux comme si je venais de lâcher un globe sur ma tête.

« Tu sais ce qui serait plus drôle ? m'a-t-il dit. Le bowling. »

J'ai lâché un profond soupir. Ce n'était franchement pas évident d'avoir une conversation aussi intense, là, dans la salle d'attente de l'hôpital Saint-Vincent, non seulement parce que mon garde du corps était assis JUSTE À CÔTÉ DE MOI, mais parce qu'il y avait tous ces gens malades autour de nous, dont certains TOUSSAIENT super fort.

« Mais Michael, ai-je repris, on peut aller jouer au bowling n'importe quel autre soir. Tandis que le gala… Tu ne crois pas que ça pourrait être drôle de s'habiller et de danser toute la nuit…

— Tu veux aller danser ? m'a interrompue Michael. Pas de problème. Il suffit d'aller au Rainbow

Room. Mes parents y vont tous les ans pour leur anniversaire de mariage. Ils disent que c'est super. Il y a un orchestre qui joue de vieux standards de jazz, et…

— Oui, je suis sûre que le Rainbow Room, c'est super, l'ai-je interrompu à mon tour. Mais tu ne préférerais pas aller danser avec des GENS DE NOTRE ÂGE ?

— Comme ceux du lycée ? a fait Michael d'un air sceptique. Oui, peut-être. Si Trevor, Felix et Paul y allaient, je ne dis pas... »

Trevor, Felix et Paul sont les autres musiciens de *La Cage*.

« Mais tu sais bien qu'ils préféreraient mourir que se retrouver à une fête aussi nulle que le gala de l'école », a ajouté Michael.

Vous savez quoi ? C'est PÉNIBLE parfois de sortir avec un musicien.

Trevor, Felix et Paul sont sympa, là n'est pas la question, mais je ne vois toujours pas pourquoi Michael et eux méprisent autant les galas d'école. En plus, on procède à l'élection du roi et de la reine de la soirée. Vous en connaissez, vous, d'autres manifestations où l'on élit des monarques ?

Quoi qu'il en soit, ce n'est pas parce que Michael refuse de se comporter comme n'importe quel garçon de dix-sept ans que ma soirée va être gâchée. Je veux parler de ce soir, et du sentiment de bonne entente qui règne en ce moment à la maison. On a passé un moment très agréable, maman, Mr. G. et moi, devant *Nos amies les bêtes*. Aujourd'hui, l'émission portait sur une vieille dame qui avait eu une crise cardiaque. Eh bien, son cochon d'Inde a marché pendant TRENTE kilomètres pour la secourir.

Fat Louie n'irait même pas jusqu'au bout du couloir pour me secourir. Et si par hasard il le faisait, à tous les coups il s'arrêterait en chemin à cause d'un pigeon qu'il aurait vu. Et à tous les coups, il s'élancerait à sa poursuite et ne reviendrait pas, abandonnant mon cadavre à la putréfaction.

Le syndrome d'asperger
Dossier de Mia Thermopolis

Le syndrome d'Asperger se traduit par une altération sévère et prolongée de l'interaction sociale, et par le développement de modes de comportement restreints et répétitifs *(Une minute… mais c'est MOI, ça!)*

Autre nom : Trouble envahissant du comportement.

Causes, fréquence et facteurs de risque : En 1944, Hans Asperger décrit des troubles du comportement chez plusieurs enfants qu'il appelle « psychopathie autistique ». La cause est toujours inconnue. Un lien avec l'autisme est possible. Certains chercheurs pensent même que le syndrome d'Asperger est tout simplement une forme d'autisme atténuée.

L'enfant atteint du syndrome d'Asperger manifeste une communication non verbale en dessous de la moyenne *(mon Dieu, c'est encore MOI!!!!)*, il est incapable d'établir des relations avec ses pairs *(c'est moi aussi)*, de partager spontanément ses plaisirs avec les autres *(mais ça, c'est Lilly)* et manque de réciprocité émotionnelle *(et c'est MOI, là, encore!!!!!)*.

Le syndrome d'Asperger touche beaucoup plus les garçons *(OK, ça ne me concerne pas)*. Alors que les individus qui en sont atteints sont souvent socialement handicapés *(MOI)*, nombreux sont ceux qui ont une intelligence au-dessus de la moyenne *(OK, pas moi, mais Lilly, c'est sûr)* et excellent dans des domaines tels que la programmation informatique et les sciences *(Oh, non! Michael! Pas Michael! N'importe qui mais pas Michael!)*

Symptômes :

— Altération dans l'utilisation de comportements non verbaux, tels que le contact oculaire, la mimique faciale, les postures corporelles et les gestes *(c'est MOI! et c'est Boris, aussi!)*.

— Difficulté à établir des relations avec ses pairs *(c'est MOI tout craché. Et c'est Lilly, aussi)*.

— Très souvent, bouc émissaire des autres enfants, qui le perçoivent comme « étrange » et « bizarre » *(mais c'est horrible!!! Lana me traite de mutante presque tous les jours!!!)*.

— Absence de recherche spontanée à partager sa joie, ses centres d'intérêt ou ses succès avec les autres (je ne vois pas du tout ce que ça veut dire).

— Absence de manifestation de plaisir à voir les autres heureux *(LILLY !!!! Elle n'est JAMAIS contente pour les AUTRES !!!!!!)*.

— Manque de réciprocité sociale ou émotionnelle *(LILLY !!!!)*

— Adhésion apparemment inflexible à des habitudes ou à des rituels spécifiques *(GRAND-MÈRE !!!! mon père, aussi !!!! Lars. et MR. G.)*.

— Maniérismes moteurs stéréotypés et répétitifs, comme les battements ou les torsions des mains ou des doigts, mouvements complexes de tout le corps *(ça, c'est Boris. Il suffit de le voir jouer Bartok pour s'en rendre compte)*.

— Préoccupation circonscrite à un ou plusieurs centres d'intérêt stéréotypés et restreints, anormale soit dans l'intensité soit dans son orientation. Par exemple, une fascination pour les horaires de train, les annuaires, les collections de timbres *(les galas d'école, aussi ? Est-ce que le fait d'être obsédée par le gala de l'école compte ? Mon Dieu ! J'ai le syndrome d'Asperger !!! Mais une minute ! Si je l'ai, Lilly aussi l'a, vu qu'elle est obsédée par Jangbu Pinasa. Et Boris, lui, est obsédé par son violon. Et Tina, par les romans d'amour. Et Michael, par son groupe.)*

Mon Dieu !!!!!!! On a tous le syndrome d'Asperger !!!!

C'est horrible. Je me demande si la principale Gupta est au courant.

Mais… Et si le lycée Albert-Einstein était en fait une école spéciale pour les individus atteints du syndrome d'Asperger ? Et si personne ne le savait ?

Ne le savait jusqu'à maintenant. Parce que je vais le crier sur tous les toits ! Comme Woodward et Bernstein ! Mia Thermopolis, ouvre la voie à toutes les personnes qui souffrent du syndrome d'Asperger !

— Préoccupation persistante pour certaines parties des objets *(je ne comprends pas tout, mais ça me ressemble !!!!!).*

— Comportements répétitifs, dont certains peuvent mettre la vie du sujet en danger *(BORIS !!!!!! Il se lâche des globes sur la tête !!!! Bon d'accord, il ne l'a fait qu'une fois…).*

— Aucun retard général du langage *(Normal. On est tous super bons à l'oral).*

— Aucun retard significatif dans le développement cognitif ni dans le développement, en fonction de l'âge, des capacités d'autonomie et de la curiosité pour l'environnement *(Lilly est allée plus loin que le baiser-sur-la-bouche-avec-la-langue et elle n'a pas encore seize ans).*

Signes et tests :

On procède en général à des évaluations physiques, émotionnelles et mentales pour exclure d'autres causes *(Il faut qu'on passe les tests : Lilly,*

Michael, Boris, Tina et moi !!!!! Quand je pense qu'on est atteints du syndrome d'Asperger et qu'on ne le sait pas !!!! Je me demande si Mr. Wheeton le sait, et si c'est pour ça qu'il a choisi exprès ce sujet... Ça fait froid dans le dos !).

Mardi 6 mai, à la maison

Je sors de la chambre de ma mère (Mr. G. est allé acheter des glaces Häagen Daz chez Grand Union). Je voulais connaître la vérité sur mon état mental.

« Maman, ai-je dit, est-ce que je suis ou non atteinte du syndrome d'Asperger ? »

Ma mère regardait les épisodes de *Charmed* qu'elle a enregistrés. Elle trouve que *Charmed* est une série très féministe car elle présente des femmes qui luttent contre le mal sans l'aide des hommes. Cela dit, j'ai remarqué :

a) qu'elles portaient souvent des robes dos nu quand elles se battent ;

b) que ma mère aimait bien les épisodes où les hommes sont torse nu.

Mais passons. De toute évidence, je la dérangeais avec ma question.

« Oh non ! Mia ! s'est-elle exclamée. Ne me dis pas que tu as encore un dossier à faire pour ton cours d'hygiène et sécurité ?

— Si, ai-je répondu. Et c'est clair que tu as caché à tout le monde le fait que j'ai le syndrome d'Asperger, et que tu m'as envoyée dans une école spéciale pour enfants touchés par cette maladie. Tu ne crois pas qu'il est temps de me dire la vérité ?

— Tu parles sérieusement ? a demandé ma mère. Parce que permets-moi de te rappeler que le mois dernier tu étais persuadée que tu avais le syndrome de Tourette ! »

J'ai protesté que cela n'avait rien à voir. Le syndrome de Tourette est une affection neurologique caractérisée par plusieurs tics moteurs et vocaux qui se manifestent avant l'âge de dix-huit ans. Le mois dernier, quand on en avait parlé en cours, j'avais tout simplement remarqué que j'employais très souvent des expressions comme « par exemple » ou « sérieux », et, du coup, j'avais fait le lien avec la maladie.

« Bref, d'après toi, je n'ai pas le syndrome d'Asperger, ai-je déclaré.

— Mia, a dit ma mère, il n'y a rien qui cloche chez toi. Tu n'es absolument pas du tout concernée par le syndrome d'Asperger. »

J'ai eu du mal à la croire après tout ce que j'avais lu.

« Tu en es SÛRE ? ai-je insisté. Et Lilly ?

— Lilly ? a répété ma mère en grimaçant. Je ne dirais pas qu'elle est à cent pour cent normale, mais je doute fort qu'elle soit atteinte du syndrome d'Asperger. »

Zut ! J'aurais préféré qu'elle l'ait. Ça aurait été plus facile pour moi de lui pardonner. De m'avoir traitée de couarde, je veux dire. Mais puisqu'elle n'est pas malade, elle n'a aucune excuse.

En fait, je regrette presque de ne pas avoir le syndrome d'Asperger car ça signifie que mon obsession pour le gala de l'école n'est rien d'autre qu'une obsession, et que ce n'est pas le symptôme d'une maladie que je ne peux pas contrôler.

C'est bien ma veine.

Mercredi 7 mai, 3 heures du matin

Je sais ce que je dois faire. En fait, je le sais depuis longtemps, mais je refusais de me l'avouer. Ce qui n'est pas étonnant, étant donné que toutes les fibres de mon être s'y opposent.

Mais est-ce que j'ai le choix, franchement ? Michael lui-même l'a dit : il veut bien aller au gala si ses copains du groupe y vont.

Mon Dieu, je n'arrive pas à croire que j'en suis réduite à ça.

Jamais je ne vais réussir à me rendormir. Je le sais très bien. J'ai trop peur.

L'Atome
Journal officiel des élèves du lycée Albert-Einstein
Soyons fiers de nos Lions d'Albert-Einstein

Semaine du 12 mai
N° 28

Note à tous les élèves

Puisque nous allons très prochainement entrer en période d'examens, le personnel administratif du lycée Albert-Einstein aimerait rappeler à tous la mission et les principes qui sont les nôtres.

La mission du lycée Albert-Einstein est de mettre ses élèves en situation d'apprentissage, scientifiquement pertinent, intellectuellement stimulant, et ouvert sur le monde extérieur.

Ses principes sont :

1. D'assurer un programme scolaire d'études d'un niveau élevé.

2. De proposer plusieurs disciplines hors programme afin de permettre aux élèves d'explorer un champ d'activités plus vaste et de découvrir d'autres centres d'intérêt.

3. D'encourager les élèves à avoir un comportement responsable.

4. De faire preuve de tolérance à l'égard de toutes les cultures et de pousser chacun à faire entendre son point de vue.

5. De condamner la tricherie et le plagiat sous toutes ses formes, et d'exclure temporairement ou définitivement tout élève qui s'y adonnerait.

L'administration prévient les élèves qu'avec l'imminence des examens, le point n° 5 sera renforcé.

Incident aux Trois Marches
par Mia Thermopolis

Ayant reçu la commande d'un article sur ce qui s'est passé la semaine dernière aux Trois Marches, où votre humble servante se trouvait, il est à noter que la seule et unique responsable est la grand-mère de ladite humble servante, car elle avait amené clandestinement son chien au restaurant. C'est à cause de la fuite malencontreuse du canidé que l'aide-serveur Jangbu Pinasa a renversé un plateau sur lequel reposaient plusieurs assiettes de soupe sur la personne de la princière douairière de Genovia. Le renvoi immédiat de Jangbu Pinasa est injuste et peut-être même contraire à la Constitution, quoique je ne puisse en jurer, n'étant pas très experte en la matière. Cela dit, mon sentiment est que Mr. Pinasa devrait être réembauché.

Editorial

Bien que ce soit contraire à la politique de notre journal de publier des textes anonymes, le poème suivant résume tellement bien ce que nombre d'entre nous éprouvent en cette période de l'année que nous avons décidé de le passer.

La fièvre du printemps

S'éclipser pendant l'heure du déjeuner...
Salades, tacos, viande et vinaigrette,
Pourquoi nous font-ils ça ?
Rêver à Central Park...
Pelouses vertes et jonquilles
Qui poussent au milieu d'un tapis de mégots
et de canettes de sodas vides.
S'y précipiter...
Nous ont-ils vus ? Je ne crois pas.
Peut-on être exclu temporairement
pour un tel délit ?
Tout est possible, après tout.
Asseyons-nous sur un banc, au soleil.
Et découvrir, à notre grand désarroi...
Qu'on a oublié nos lunettes de soleil
Dans notre casier.

Note à tous les élèves

L'administration a pour principe d'exclure temporairement tout élève qui quitte l'enceinte du lycée pendant les heures de cours et ce, QUELLE QUE SOIT LA RAISON. La fièvre du printemps n'est pas une excuse acceptable pour enfreindre le règlement.

Un élève se blesse avec un globe par Melanie Greenbaum

Un élève du lycée Albert-Einstein s'est blessé hier avec un globe terrestre qui serait tombé ou aurait été lâché sur sa tête. Au cas où la seconde hypothèse serait la bonne, nous sommes en droit de nous demander où se trouvait l'adulte responsable au moment où ledit globe a été lâché. Si, en revanche, c'est la première hypothèse qu'il faut retenir, pourquoi l'administration de cet établissement autorise-t-elle la présence d'objets dangereux comme des globes dans des endroits où ils risquent de tomber et de blesser les élèves ? Une enquête approfondie nous paraît nécessaire.

Courrier au rédacteur en chef

À bon entendeur, salut :

Le mal-être des jeunes de cet établissement me fait honte et est un déshonneur pour notre génération.

Pendant que les élèves du lycée Albert-Einstein préparent leur soirée de gala et angoissent pour leurs examens, au Tibet, des gens MEURENT tous les jours. Oui, ils MEURENT. Les affrontements continus entre rebelles et militaires chinois empêchent un grand nombre de Tibétains de subvenir à leurs besoins.

Que fait notre gouvernement pour aider le peuple du Tibet ? Rien de plus que conseiller aux gens d'éviter cette région. C'est une erreur ! Les Tibétains gagnent leur vie grâce aux touristes qui viennent escalader l'Himalaya. Je vous en prie, ne prêtez pas attention aux avertissements de notre gouvernement qui nous incite à ne pas aller au Tibet. Poussez au contraire vos parents à vous laisser y aller cet été. Vous ne le regretterez pas.

Lilly Moscovitz

Menu de la semaine
par Mia Thermopolis

Lundi :	Poulet aux épices
	Boulettes de viande
	Pizza à la française
	Bâtonnets de poisson
Mardi :	Nachos Deluxe
	Pizza individuelle
	Feuilleté au poulet

Soupe et sandwichs
Pita au thon

Mercredi : Bœuf à l'italienne
Sandwich
Burrito
Salade et tacos
Hot dog

Jeudi : Bâtonnets de poisson
Salade de pâtes
Poulet rôti
Salade chinoise
Maïs grillé

Vendredi : Bretzel
Manchons de poulet
Pizza au fromage
Salade de haricots
Frites

Petites annonces :

Rédigez votre propre petite annonce à raison de 50 cents/ligne.

Personnel

De CF à GD : Oui !!!!!!!!!!

JR, si tu savais comme je suis excitée à l'idée d'aller au gala de l'école !!!!! On va s'éclater ! Je ne peux pas m'empêcher de penser à tous ceux qui n'y vont pas… Les pauvres. Dire qu'ils vont passer la soirée chez eux tandis qu'on va DANSER TOUTE LA NUIT !!!!! Je t'aime À LA FOLIE. LW.

LW – Tu l'as dit, poupée – JR.

Achetez vos fournitures scolaires chez Ho et venez profiter de la promotion de cette semaine sur les feuilles, les classeurs et le scotch.

Également : Cartes Yu-Gi-Oh
Slimfast à la fraise

À vendre

Une guitare basse Fender baby-blue, jamais utilisée. Avec ampli et cassette vidéo pour débutant. Prix à débattre. Casier n° 345.

Amour

Jeune fille aimant les histoires d'amour cherche garçon aimant les histoires d'amour également. Moins d'un mètre quatre-vingts, fumeur et fan de heavy metal s'abstenir.

Email : cœuraimantlyceealberteinstein.edu

Personnel

De BP à LM. Je regrette ce que j'ai fait et je veux que tu saches que je t'aime toujours. Retrouve-moi devant mon casier après les cours et laisse-moi t'exprimer l'amour sans bornes que j'éprouve pour toi. Lilly, tu es ma muse. Sans toi, la musique n'a plus de sens. JE T'EN PRIE, ne fais pas que notre amour meure.

Mercredi 7 mai, en maths

Voilà, je l'ai fait. Ça n'a pas vraiment servi à grand-chose – en fait, ça n'a servi à rien –, mais je l'ai fait. Maintenant, on ne pourra pas dire que je n'ai pas TOUT TENTÉ pour que Michael m'invite au gala de l'école.

Mais POURQUOI faut-il que LANA WEINBERGER soit la présidente du comité des fêtes, cette année ???? HEIN ? POURQUOI ????? Ça aurait pu être n'importe qui d'autre, même Melanie Greenbaum. Mais non. Il faut que ce soit Lana. Et j'ai dû ramper devant LANA WEINBERGER.

J'en ai encore la chair de poule.

De toute façon, elle n'a rien voulu savoir. À croire que je lui demandais de se déshabiller et de chanter l'hymne de l'école en plein milieu du réfectoire (Lana aurait probablement accepté).

Bref, je suis arrivée super tôt en cours parce que je sais que Lana aime bien être là avant la deuxième sonnerie afin de pouvoir passer quelques coups de fil de son portable. Et c'est ce qu'elle faisait, toute seule dans la classe.

Apparemment, la personne à l'autre bout du fil s'appelait Sandy, et Lana lui décrivait sa robe pour le gala – sa mère lui a bien acheté la robe noire de chez Nicole Miller, fendue sur le côté et avec juste une épaule dénudée (je hais Lana Weinberger). Je me suis dirigée vers elle – ce qui est TRÈS courageux de ma part étant donné que chaque fois que je me suis retrouvée dans la ligne de tir de Lana, elle m'a envoyé une remarque assassine sur mon physique –, tandis qu'elle geignait au téléphone, jusqu'à ce qu'elle comprenne que je n'avais pas l'intention de bouger. Du coup, elle a dit : « Excuse-moi, Sandy. Il y a… une personne qui veut quelque chose. » Puis elle a écarté le téléphone de son oreille, a levé ses grands yeux bleus vers moi et a lâché :

« QUOI ?

— Lana », ai-je dit.

J'ai déjà été assise à côté de l'impératrice du Japon, j'ai serré la main du prince William, je me suis même trouvée à côté d'Imelda Marcos alors que je faisais la queue pour aller aux toilettes des Producers. Eh bien, aucune de ces situations ne m'a autant angoissée qu'un simple regard de Lana Weinberger. Il faut dire que me torturer, c'est un peu son hobby. Et la peur qu'elle m'inspire est bien plus grande que celle de rencontrer des impératrices, des princes ou même des femmes de dictateurs.

« Lana, ai-je répété en m'efforçant de parler normalement, je voudrais te demander quelque chose.

— Non, a répondu Lana avant de rapprocher son portable de son oreille.

— Mais je ne t'ai encore rien dit ! me suis-je écriée.

— Eh bien, ma réponse, est quand même non ! a-t-elle lâché en me tournant le dos. Où en étais-je, Sandy, a-t-elle pousuivi. Ah oui. Je me suis acheté des paillettes et je pensais m'en mettre… Non, pas là, Sandy ! Tu es dégoûtante…

— C'est juste que… », ai-je insisté. Il fallait que je fasse vite parce que Michael risquait d'arriver d'un moment à l'autre. Presque tous les jours, il passe me voir avant d'aller en cours. « J'ai vu que tu étais la présidente du comité des fêtes, et je me disais que cette année les terminales méritaient d'avoir un groupe à la place d'un DJ pour animer leur soirée. C'est pourquoi j'ai pensé que tu pourrais demander aux musiciens de *La Cage* si ça les intéressait. »

Lana a de nouveau écarté son portable en disant : « Excuse-moi, Sandy. La *personne* dont je te parlais est toujours là. » Puis elle m'a regardée à travers ses cils lourds de mascara et a répété : « *La Cage* ? Tu veux parler de cette bande de dégénérés qui t'ont donné l'aubade le jour de ton anniversaire ? »

Je ne pouvais pas laisser passer ça.

« Excuse-moi, Lana, mais ce ne sont pas du tout des dégénérés. Au contraire, ils…

— Oui, c'est ça, m'a coupée Lana. Quoi qu'il en soit, ma réponse est toujours non. »

Et elle a repris sa conversation téléphonique.

Je suis restée devant elle, le cœur battant à tout rompre, les joues rouges et la respiration haletante. Cela dit, j'ai dû faire des progrès en ce qui concerne le self-control, parce que je ne me suis pas jetée sur son portable et je ne l'ai pas piétiné comme je l'ai fait une fois. Étant moi-même en possession d'un téléphone portable, je me rends compte maintenant à quel point c'est idiot de réagir comme ça. D'autant plus que ça m'a valu pas mal de problèmes.

Pour en revenir à Lana, je me demande si un jour je saurai quelle attitude adopter avec elle. Je ne comprends pas pourquoi elle me hait autant. Qu'est-ce que je lui ai fait, d'abord, hein ? Rien.

Enfin, rien si l'on omet la fois où j'ai écrasé son portable sous mes Doc Marten's, celle où je l'ai poignardée avec un Nutty Royal et celle où j'ai refermé mon livre de maths sur ses cheveux.

Mais à part ça, je ne vois franchement pas ce qu'elle a contre moi.

En attendant, je n'ai même pas pu me mettre à genoux devant Lana et la supplier d'accepter : la seconde sonnerie avait retenti et les élèves commençaient à entrer. Michael est arrivé avec une pile de documents sur les dangers de la déshydratation chez les femmes enceintes.

« C'est pour ta mère. J'ai trouvé ça sur Internet », m'a-t-il dit en m'embrassant sur la joue.

J'adore quand Michael m'embrasse. En plus, il l'a fait devant tout le monde. Et tac !

Pourtant, il est des ombres qui planent sur mon bonheur : le fait, par exemple, que j'ai échoué dans ma tentative pour que *La Cage* joue le soir du gala de l'école. Résultat, il est plus que probable que je ne vivrai jamais mon *Rose bonbon* à moi.

L'autre ombre au tableau : que ma meilleure amie ne m'adresse toujours pas la parole. Cela dit, je ne lui parle pas non plus. Ce qui me chagrine aussi, c'est que mon tout premier article publié dans *L'Atome* est, en fin de compte, assez mauvais. En même temps, ce n'est pas complètement ma faute. Si Leslie voulait quelque chose plus dans le style « futur prix Pulitzer[1] », elle n'avait qu'à me laisser plus de temps. Je ne suis ni Woodward ni Bernstein, ni Bly, ni Ida M. Tarbell. J'ai aussi des tonnes de devoirs à faire le soir.

Mais finalement, tout cela n'est rien comparé à l'angoisse qui me vient à l'idée que ma mère ait de nouveau un malaise, et que cette fois-là, Pete Logan, capitaine des pompiers, ou la troisième brigade de

---

1. Un des plus célèbres prix littéraires américains.

pompiers de New York, ne soient pas dans les parages. Sans parler, évidemment, de l'angoisse de devoir quitter ma chère ville et tous mes amis pour les côtes lointaines de Genovia.

En fait, quand on y réfléchit, ça fait vraiment beaucoup pour une fille de quinze ans. C'est même un miracle que je garde mon sang-froid, étant donné les circonstances.

Soit deux réels ka et kb, k étant une constante, lorsqu'on les additionne ou qu'on les soustrait entre eux, alors on peut l'écrire sous la forme : k (a+b).

Mercredi 7 mai, en étude dirigée

La GRÈVE a été votée!!!!!!!

Ils viennent de l'annoncer à la télé. Mrs. Hill a bien voulu qu'on suive les événements sur le poste qui se trouve dans la salle des profs.

C'est la première fois que j'y entrais. Ce n'est pas terrible, comme endroit. Il y a plein de taches bizarres sur le tapis.

Mais bon, passons. Le syndicat de l'hôtellerie a rejoint les aides-serveurs dans leur mouvement de protestation. Du coup, tout le monde s'attend à ce que le syndicat de la restauration suive. Ce qui signifie que plus personne ne travaillera dans les restaurants et les hôtels de la ville. Les stations de métro pourraient être fermées. La perte financière que cela représenterait pour le tourisme pourrait se compter en milliers de dollars.

Et tout ça à cause de Rommel.

Franchement. Qui aurait pu deviner qu'un tout petit chien sans poils pourrait être à l'origine d'autant de problèmes.

En fait, pour être juste, ce n'est pas la faute de Rommel. C'est la faute de Grand-Mère. Elle n'aurait jamais dû amener son chien au restaurant, même si ça se pratique en France.

Entre nous, ça m'a fait bizarre de voir Lilly à la télé. Non que je n'aie pas l'habitude de l'y voir, mais jamais sur une grande chaîne. Elle est quand même passée sur New York One. Bon d'accord, New York One n'est pas une chaîne nationale, mais son audimat est beaucoup plus important que celui de Manhattan Public Access, la chaîne qui diffuse l'émission de Lilly.

Attention. Je ne suis pas en train de dire que Lilly animait la conférence de presse. Non bien sûr, c'étaient les patrons des syndicats. Mais si on regardait à gauche du podium, on pouvait la voir assise à côté de Jangbu, une banderole à la main, sur laquelle était écrit : DES SALAIRES DÉCENTS POUR UNE VIE DÉCENTE.

Lilly s'est mise dans de beaux draps. Comme elle n'avait pas d'excuse pour son absence d'aujourd'hui, la principale Gupta va appeler les Moscovitz ce soir.

Quand il a vu sa sœur apparaître sur l'écran, Michael a secoué la tête d'un air dégoûté. Non pas parce qu'il ne soutient pas les aides-serveurs – ils devraient effectivement toucher un salaire décent –, mais à cause de Lilly. Il dit que son intérêt pour la cause des aides-serveurs a plus à voir avec l'intérêt qu'elle porte à Jangbu qu'aux conditions de vie difficiles des immigrés.

J'aurais préféré que Michael se taise. Boris était assis juste en face du poste de télé. Il fait tellement pitié avec sa tête couverte de bandages. Il n'arrêtait pas de lever la main, persuadé que personne ne le regardait, et de tracer délicatement les traits du visage de Lilly sur l'écran. C'était très émouvant. Franchement. À tel point que j'en ai eu les larmes aux yeux pendant quelques secondes.

Jusqu'à ce que je remarque que le poste de télé dans la salle des profs fait cent centimètres tandis que celui qui se trouve au foyer n'en fait que soixante-sept.

Mercredi 7 mai, au Plaza

C'est incroyable, vraiment incroyable. Quand je suis entrée aujourd'hui dans le hall de l'hôtel pour prendre ma leçon de princesse, je ne m'attendais pas à un tel chaos. La loi de la jungle règne désormais au Plaza.

Où était le portier aux épaulettes dorées qui m'ouvre habituellement la portière de la limousine quand j'arrive ?

Où était le groom qui empile super vite les bagages des clients sur des chariots en cuivre ?

Où était le gentil concierge à la réception ?

Et ne me parlez pas de la queue devant le Palm Court, le salon de thé de l'hôtel. Tout le monde doublait tout le monde.

Je n'en reviens pas. On a pratiquement dû se battre, Lars et moi, contre une famille d'au moins douze enfants. Je suis sûre qu'ils venaient de l'Iowa. Ils essayaient de s'entasser dans l'ascenseur avec un gorille en peluche grandeur nature qu'ils avaient acheté en face du Plaza, chez FAO Schwartz. Le père n'arrêtait pas de crier : « Il y a de la place, là ! Allez-y, les enfants ! Serrez-vous ! »

Lars a été obligé de lui montrer son arme pour l'empêcher de pousser. « Il n'y a pas de place, a-t-il lâché. Attendez le prochain ascenseur, s'il vous plaît. » Le type ne se l'est pas faire dire deux fois.

Cette scène n'aurait jamais eu lieu si le garçon d'ascenseur avait été à sa place. Mais cet après-midi, le syndicat des porteurs a annoncé qu'il soutenait la grève des travailleurs de l'hôtellerie et de la restauration, et qu'il avait voté un arrêt de travail.

Après autant de difficultés pour arriver à l'heure à ma leçon de princesse, je dois dire que je m'attendais à un accueil un peu plus chaleureux de la part de Grand-Mère. Mais non. Elle se tenait au milieu de son salon et hurlait au téléphone.

« Qu'est-ce que vous voulez dire par "la cuisine est fermée" ? criait-elle. Comment la cuisine peut-elle être fermée ? J'ai commandé à déjeuner il y a une heure au moins, et je n'ai encore rien vu venir. Je vous préviens : je ne raccrocherai pas tant que vous ne m'aurez pas passé la personne responsable du Room Service. Il sait qui je suis. »

Mon père était assis sur le canapé, l'air tendu, et regardait… New York One. Quand je me suis assise à côté de lui, il m'a jeté un coup d'œil et a dit, comme si ça l'étonnait de me voir là : « Oh, c'est toi, Mia. Comment va ta mère ?

— Bien », ai-je répondu parce que, même si je ne l'avais pas revue depuis le petit déjeuner, je savais qu'elle allait bien puisque je n'avais reçu aucun appel sur mon portable. « Où en est-on avec la grève ? » ai-je demandé.

Mon père a secoué la tête, découragé.

« Le maire reçoit les représentants des syndicats en ce moment. Ils espèrent négocier un compromis assez rapidement.

— Tu te rends compte que rien de tout cela ne serait arrivé si je n'étais pas née, ai-je fait observer. Parce qu'il n'y aurait pas eu de dîner d'anniversaire aux Trois Marches. »

Mon père m'a regardée et a dit : « J'espère que tu ne te reproches rien, Mia. »

J'ai failli répondre : « Bien sûr que non ! C'est la faute de Grand-Mère ! », et puis, quand j'ai vu que mon père parlait sérieusement, je me suis dit qu'il compatirait peut-être à mon triste sort, et j'ai déclaré : « Quel dommage que je doive passer tout l'été à Genovia. J'aurais tellement aimé offrir mes services à un organisme qui s'occupe d'aider ces malheureux aides-serveurs… »

Sauf que mon père n'est pas tombé dans le piège. Il m'a fait un clin d'œil et a lâché : « Pas mal comme tentative. »

Brrr !!!!! Entre mon père qui veut me kidnapper pour m'emmener à Genovia en juillet et août, et ma mère qui me propose de prendre rendez-vous chez le gynéco, je ne sais plus où j'en suis. C'est un miracle que je ne souffre pas de dédoublement de la personnalité. Ou que je ne sois pas atteinte du syndrome d'Asperger. À moins que je ne l'aie déjà !

Alors que je ruminais mon échec, Grand-Mère a fait claquer ses doigts plusieurs fois de suite dans ma direction tout en poursuivant sa conversation téléphonique. Puis elle m'a indiqué la porte de sa chambre. Voyant que je ne comprenais pas, elle a couvert le micro du combiné et a lancé : « Amelia ! Dans ma chambre ! Il y a quelque chose pour toi ! »

Un cadeau ? *Pour moi ?* Impossible d'imaginer quel genre de cadeau Grand-Mère pouvait m'offrir – d'autant plus qu'elle m'avait déjà offert d'être la marraine d'une petite orpheline. Mais je n'allais pas dire non à un cadeau… tant que ce n'était pas la fourrure d'un animal mort.

Je me suis donc dirigée vers la chambre de Grand-Mère et, au moment où je tournais la poignée de la porte, la personne à l'autre bout du fil a dû dire quelque chose qu'il ne fallait pas, car Grand-Mère a brusquement hurlé : « Ça fait DEUX HEURES que je vous ai commandé une salade de maïs ! Est-ce qu'il faut que je descende la préparer moi-même ? »

J'ai ouvert la porte de la chambre et je suis restée sur le seuil en la parcourant du regard et en prononçant tout bas cette petite prière : *Je vous en prie, faites que ce ne soit pas un manteau de vison. Je vous en prie, faites que ce ne soit pas un manteau de vison…* jusqu'à ce que mes yeux tombent sur une robe-bustier, posée en travers du lit. Elle était de la couleur de la bague de fiançailles que Ben Affleck a offerte à Jennifer Lopez – le plus doux des roses qui existe –, et était ornée de minuscules perles dorées.

J'ai tout de suite deviné pourquoi elle était là. Même si elle n'était ni noire ni fendue sur le côté, c'était la plus belle robe de gala que j'avais jamais vue. Elle était encore plus belle que celle de Rachael Leigh Cook dans *Elle est trop bien*. Ou de Drew Barrymore dans *College Attitude*. Et mille fois plus belle que celle de Molly Ringwald dans *Rose bonbon*. Elle était même encore plus belle que la robe qu'Annie Potts offre à Molly Ringwald, toujours dans *Rose bonbon*, avant que Molly ne craque et ne se mette à la découper avec des ciseaux à cranter.

En un mot, c'est la plus belle robe de gala qui ait jamais existé.

Et alors que je la contemplais, j'ai senti une énorme boule au fond de ma gorge. Parce que je ne la porterais pas au gala de l'école.

Du coup, j'ai refermé la porte et je suis retournée m'asseoir près de mon père, qui regardait toujours la télé.

Grand-Mère a raccroché et a dit : « Alors ?

— Elle est magnifique, Grand-Mère, ai-je répondu.

— Je sais qu'elle est magnifique ! s'est-elle exclamée. Ce que je veux savoir, c'est si tu as l'intention de l'essayer. »

Ma gorge s'est serrée et j'ai répondu, j'espère d'une voix qui ne tremblait pas trop : « Je ne peux pas. Je t'ai dit, je ne vais pas au gala de l'école, Grand-Mère.

— N'importe quoi ! a fait Grand-Mère. Le Sultan m'a appelée pour annuler notre dîner de ce soir. Le Cirque est fermé. Mais cette stupide grève sera terminée d'ici samedi et tu pourras aller à ton petit gala.

— Non, Grand-Mère, ai-je insisté. Parce que ce n'est pas à cause de la grève que je n'y vais pas. Je te l'ai déjà expliqué. C'est à cause de Michael.

— Que se passe-t-il avec Michael ? » a demandé mon père tout à coup.

Je ne voulais surtout rien dire de négatif sur Michael devant mon père. Les pères détestant toujours les petits amis de leur fille, cela lui aurait donné un prétexte pour le détester, justement.

Cela dit, mon père et Michael s'entendent plutôt bien, et comme je préférerais que cette situation continue, j'ai répondu : « Oh, rien de particulier. Mais tu sais comment sont les garçons. Les galas d'école, ce n'est pas trop leur truc. »

Mon père s'est contenté de hocher la tête plusieurs fois, puis il s'est remis à regarder la télé.

« Essaie-la quand même, a déclaré Grand-Mère. Comme ça, s'il y a des retouches à faire, je la renverrai.

— Mais Grand-Mère, ça ne servira à rien puisque… »

Je n'ai pas fini ma phrase. Grand-Mère me foudroyait du regard, de ce regard qu'elle peut avoir parfois et qui, si elle était l'ennemi public n° 1 et non une princesse douairière, annoncerait la mort imminente de quelqu'un.

Bref, je n'ai pas eu d'autre choix que me relever et retourner dans la chambre où j'ai essayé la robe. Évidemment, elle m'allait à merveille. Les couturiers de chez Chanel connaissent mes mensurations puisque la dernière robe que Grand-Mère m'a achetée vient de chez eux et que je n'ai vraisemblablement pas grandi. En tout cas, certainement pas de la poitrine.

Alors que je me regardais dans le miroir, je n'ai pas pu m'empêcher de penser que les robes-bustiers, ça pouvait être très pratique si Michael et moi, on envisageait d'aller plus loin que le baiser-sur-la-bouche-avec-la-langue.

Et puis, je me suis rappelé que de toute façon, on n'irait nulle part, puisque Michael avait mis son veto au gala de l'école. Du coup, j'ai retiré la robe, la mort dans l'âme, et je l'ai reposée sur le lit de Grand-Mère. Qui sait ? J'aurai peut-être une occasion de la porter cet été, à Genovia. Une cérémonie ou un bal quelconque où Michael se sera pas là. Comme d'habitude.

Je suis ressortie de la chambre juste à temps pour voir Lilly à la télé. Elle s'adressait à une foule de journalistes dans le hall de ce qui ressemblait au Chinatown Holiday Inn. « Je voudrais juste vous dire à tous que tout cela ne serait pas arrivé si la princesse douairière de Genovia reconnaissait publiquement sa responsabilité et son incapacité de contrôler son chien, et qu'elle admette par ailleurs avoir amené en cachette ledit chien aux Trois Marches. »

Grand-Mère en est restée comme deux ronds de flan. Quant à mon père, il a regardé fixement l'écran.

« Pour preuve de ce que j'avance, a continué Lilly en s'emparant d'un exemplaire de *L'Atome*, je vais vous lire l'article qu'a écrit la propre petite-fille de la princesse douairière. »

Et c'est horrifiée que j'ai écouté Lilly lire mon article d'une voix chantante. Je dois dire qu'en entendant mes propres mots me revenir ainsi, j'ai mesuré à quel point mon texte était nul.

Ho ho. Papa et Grand-Mère me regardent. Ils n'ont pas l'air contents. En fait, ils ont l'air assez…

Mercredi 7 mai, 10 heures du soir, à la maison

Je ne vois vraiment pas pourquoi ils sont si fâchés. C'est le devoir d'un journaliste de raconter la vérité. Qu'est-ce que j'ai fait d'autre ? S'ils trouvent la situation intenable, qu'ils s'en aillent. Après tout, c'est Grand-Mère qui a amené son chien au restaurant, et si Jangbu a trébuché, c'est seulement parce que Rommel est sorti précipitamment de dessous la table au moment où il passait à côté. Ils ne peuvent pas le nier. Ils peuvent regretter ce qui est arrivé et déplorer le fait que Leslie Cho m'ait commandé un article sur le sujet, mais ils ne peuvent pas m'en vouloir d'avoir exercé mes droits de journaliste.

Maintenant, je sais ce qu'ont éprouvé les grands reporters avant moi. Ernie Pyle, pour ses reportages sans complaisance pendant la Seconde Guerre mondiale. Ethel Payne, la première femme de la presse noire pendant la campagne pour les droits civils[1]. Margaret Higgins, la première femme à avoir gagné le prix Pulitzer pour ses reportages dans le monde entier. Lois Laine, pour ses efforts continuels en faveur de *Daily Planet*. Woodward et Bernstein, pour le Watergate.

Je sais maintenant exactement ce qu'ils ont dû vivre. La pression. Les menaces. Les coups de fil passés à leurs mères.

C'est ce qui m'a le plus blessée. Qu'ils dérangent ma pauvre mère déshydratée, qui souffre pour mettre au monde *une nouvelle vie*. Et ils osent l'embêter avec quelque chose d'aussi dérisoire ?

Sans compter que ma mère me soutient. À quoi pensait mon père en l'appelant ? Est-ce qu'il croyait vraiment que maman prendrait la défense de GRAND-MÈRE ?

Cela dit, ma mère m'a conseillé de m'excuser. Pour maintenir la paix au sein de la famille, a-t-elle précisé. Je ne vois pas pourquoi je m'excuserais. Quoi qu'il en soit, cette histoire m'a donné mal à la tête. Non seulement, elle est à l'origine de la rupture du couple qui a battu le record de longévité au lycée, mais elle a aussi provoqué une brouille peut-être défi-

1. Revendication des Noirs américains pour une égalité de droits avec les Blancs.

nitive avec ma meilleure amie. J'ai quand même perdu MA MEILLEURE AMIE.

C'est ce que j'ai fait observer à papa et à Grand-Mère avant que cette dernière n'ordonne à Lars de me raccompagner tant elle ne pouvait plus supporter ma vue. Heureusement, juste avant j'avais eu la présence d'esprit de fourrer la robe de gala dans mon sac à dos. Bon, d'accord, elle est un peu froissée. Mais un bon coup de fer, et on n'y verra que du feu.

Je ne peux pas m'empêcher de penser qu'ils auraient pu gérer un peu mieux la situation. Ils auraient pu, par exemple, donner une conférence de presse au cours de laquelle Grand-Mère aurait reconnu avoir amené son chien au restaurant, et le problème aurait été réglé.

Mais non. Et désormais, il est trop tard. Même si Grand-Mère reconnaît sa faute, ça m'étonnerait que les syndicats fassent machine arrière MAINTENANT.

Encore une fois, cela prouve que les adultes devraient prendre les jeunes un peu plus au sérieux. Ils vont le regretter.

Tant pis pour eux.

Jeudi 8 mai, en perm

C'EST INCROYABLEE !!!!!!! LE GALA DE L'ÉCOLE EST ANNULÉ !!!!!!!

L'Atome
Journal officiel des élèves du Lycée Albert-Einstein
Edition spéciale

Annulation du gala de l'école

Suite à l'ordre de grève lancé par les syndicats de l'hôtellerie, de la restauration et des portiers, le gala de l'école a été annulé. Le restaurant, Chez Maxim's, a prévenu l'administration du lycée qu'à cause de la grève, il serait fermé. Le chèque de 4000 dollars déposé par le comité des fêtes a été retourné. Les classes de terminale se retrouvent donc le bec dans l'eau et n'ont pas d'autre choix qu'organiser leur soirée dans la cafétéria du lycée. Après avoir envisagé une telle éventualité, les membres du comité des fêtes ont finalement préféré annuler.

« La soirée de gala, c'est quelque chose de spécial, a déclaré la présidente du comité des fêtes, Lana Weinberger. Ce n'est pas un simple bal. On ne peut pas l'organiser dans la cafétéria. On préfère ne pas avoir de gala du tout qu'un gala où on marcherait sur des frites froides qui n'auraient pas été balayées. »

Tout le monde, au lycée, ne partage pas l'avis du comité des fêtes, comme l'a fait remarquer Judith

Geshner, quand lui ont été rapportés les propos de Lana Weinberger. « On attend cette soirée depuis la seconde, a-t-elle dit. Qu'elle soit annulée pour une raison aussi futile qu'une frite qui traînerait par terre, ça nous paraît un peu mesquin. Je préférerais avoir des frites collées aux talons de mes chaussures, le soir du gala, que pas de gala du tout. »

Le comité des fêtes reste malgré tout sur ses positions en maintenant que le gala aura lieu hors de l'école ou n'aura pas lieu du tout.

« Ça ne rime à rien de s'habiller pour aller à la cafétéria, a déclaré Lana Weinberger. Si l'on doit se mettre sur son trente et un, autant que ce soit pour un endroit où on ne va pas tous les jours. »

La raison de la grève, qui nous a été exposée dans le numéro de *L'Atome* de la semaine dernière, semble être un incident qui se serait produit aux Trois Marches, où Mia Thermopolis, en seconde cette année au lycée Albert-Einstein, et par ailleurs princesse de Genovia, fêtait son anniversaire en compagnie de sa grand-mère. Au dire de Lilly Moscovitz, ancienne amie de la princesse et présidente de l'Association des élèves contre le renvoi de Jangbu Pinasa, « c'est la faute de Mia. Ou du moins de sa grand-mère. Tout ce qu'on demande, c'est que Jangbu retrouve son travail, et que Clarisse Renaldo lui présente ses excuses. Et bien sûr, que, désormais, tous les aides-serveurs bénéficient des congés payés, des indemnités de maladie et des prestations maladies ».

La princesse Mia n'a fait aucune déclaration étant, d'après sa mère Helen Thermopolis, sous la douche lorsque nous avons essayé de la joindre par téléphone.

La rédaction de *L'Atome* fera tout son possible pour vous tenir informé des progrès dans les négociations de la grève.

Oh, mon Dieu ! MERCI, MAMAN ! MERCI DE M'AVOIR DIT QUE LE JOURNAL DU LYCÉE AVAIT APPELÉ PENDANT QUE J'ÉTAIS SOUS LA DOUCHE.

Si vous aviez vu les regards assassins qu'on m'a lancés ce matin quand je suis arrivée à l'école. Heureusement que je ne me déplace pas sans garde du corps. J'ai même eu droit à des gestes EXTRÊMEMENT menaçants quand je suis sortie de la limousine, et en passant à côté de Joe, le lion qui se trouve à l'entrée du lycée, j'ai lu (écrit à la craie, mais quand même) : À BAS GENOVIA !

À BAS GENOVIA !!!!!!! La réputation de ma principauté est souillée, et tout ça à cause de l'annulation d'un stupide gala !

Bon d'accord. Le gala de l'école n'est pas stupide. C'est au contraire un événement hyper important dans l'expérience scolaire de n'importe quel élève américain, comme le prouve Molly Ringwald.

Mais à cause de moi, il n'aura pas lieu cette année ! À cause de moi, les élèves de terminale en seront privés.

IL FAUT que je fasse quelque chose. Mais quoi ???? QUOI ???????

Jeudi 8 mai, en maths

Je suis encore sous le choc de ce que m'a dit Lana.

Je vais noter notre conversation tellement elle est incroyable.

Lana (en se retournant sur sa chaise pour me fusiller du regard) : Tu l'as fait exprès, n'est-ce pas ? Provoquer cette grève pour que le gala soit annulé...

Moi : Quoi ? Pas du tout. De quoi tu parles ?

Lana : Reconnais-le. Tu l'as fait exprès parce que j'ai refusé que le groupe de ton copain anime la soirée. Allez, avoue.

Moi : Pas du tout ! Tu te trompes. Et ce n'est pas ma faute. C'est ma grand-mère la responsable.

Lana : C'est ça, oui. Vous autres, les Génoviens, vous êtes tous les mêmes.

Puis elle m'a tourné le dos avant que j'aie le temps de lui répondre.

Vous autres, les Génoviens ? Euh, si je ne m'abuse, je suis la seule Génovienne que Lana connaisse.

Elle est gonflée quand même…

Jeudi 8 mai, en bio

Ça va, Mia ?

Oui, Shameeka. C'était juste un trognon de pomme.

Quand même. Je trouve que ton garde du corps a super bien réagi quand il a remis ce garçon à sa place. Il a vraiment de bons réflexes.

Oui. C'est pour ça qu'il a obtenu le boulot. Mais comment se fait-il que tu m'adresses la parole ? Tu ne me détestes pas ? Après tout, vous deviez aller au gala de l'école, Jeff et toi, non ?

Ce n'est PAS ta faute si le gala a été annulé. De toute façon, je ne pense pas que je me serais vraiment amusée. Surtout avec LANA pour seule autre fille de mon âge !!!!!!!!!

Au fait, tu es au courant pour Tina ?

Non. Qu'est-ce qu'il se passe ?

Hier, quand Boris attendait Lilly près de son casier – tu sais, il avait fait passer une petite annonce pour lui donner rendez-vous après les cours. Il voulait parler avec elle, essayer de comprendre. Bref, Tina a décidé d'aller le retrouver. Elle voulait lui proposer de l'accompagner chez Serendipity pour manger une glace, histoire de lui remonter le moral. Je suppose qu'au bout d'un moment, Boris en a eu assez d'attendre Lilly, parce qu'il a accepté et ils sont partis tous les deux. Et ce matin –

tu ne me croiras pas – je les ai vus qui se tenaient par la main devant le laboratoire de langues.

UNE MINUTE. TU VIENS DE ME DIRE QUE TU AS VU TINA ET BORIS QUI SE TENAIENT PAR LA MAIN ? TINA ET BORIS; TINA ET BORIS PELKOWSKI ?????

Oui, je te dis !!!!!!!

Mon Dieu... Dans quel monde vivons-nous ?

Jeudi 8 mai, dans la cage d'escalier, au troisième étage

On a coincé Tina, Shameeka et moi, après le cours de bio et on l'a obligée à nous suivre jusqu'ici pour qu'elle nous confirme cette histoire de main-dans-la-main-avec-Boris. Du coup, j'ai séché le cours d'hygiène et sécurité. Mais après tout, qu'est-ce que j'en ai à faire ? Ça me permet au moins de ne pas avoir à supporter les regards hostiles de mes « camarades », dont ceux de mon ex-meilleure amie, Lilly Moscovitz, à qui je n'ai aucun désir de parler.

De toute façon, la date de mon exposé sur le syndrome d'Asperger a été repoussée. Tant mieux, je n'ai pas eu le temps de le finir.

Je n'arrive pas à croire aux balivernes que Tina est en train de nous débiter. Toute sa vie, dit-elle, ou du moins une grande partie, elle a rêvé de rencontrer un garçon qui l'aimerait comme aiment les héros des romans d'amour qu'elle dévore. Comme Mr. Rochester, Heathcliff, le colonel Brandon, Mr. Darcy, Spiderman, etc.

Et puis, elle nous a raconté que le désespoir de Boris après que Lilly l'a quitté pour Jangbu Pinasa lui a fait prendre conscience que, de tous les garçons qu'elle connaissait, il était le seul qui se rapproche de ce qu'elle considère être le petit ami parfait. Hormis, évidemment, son allure. Mais à part ça, il a tout ce que Tina cherche chez un garçon.

Il est loyal. (Cela va sans dire. À partir du moment où ils sont sortis ensemble, Boris n'a JAMAIS regardé une autre fille que Lilly.)

Il est passionné. (En effet, je suppose que l'histoire du globe prouve que Boris est passionné. Ou est atteint du syndrome d'Asperger.)

Il est intelligent. (Il a toujours eu A à peu près dans toutes les matières.)

Il est musicien. (Merci, je le savais déjà.)

Il ne néglige pas la culture populaire. (Il regarde *Buffy*.)

Il aime la cuisine chinoise. (Exact.)

Il ne s'intéresse pas du tout aux sports de compétition (Sauf le patinage artistique. Il n'est pas russe pour rien.)

Et puis, a ajouté Tina, il embrasse super bien, une fois qu'il enlève son appareil.

IL EMBRASSE SUPER BIEN, UNE FOIS QU'IL ENLÈVE SON APPAREIL. Vous savez ce que ça veut dire? ÇA VEUT DIRE QUE TINA ET BORIS SE SONT EMBRASSÉS! Comment pourrait-elle le savoir autrement?

Mon Dieu. J'en ai des haut-le-cœur. J'aime beaucoup Boris. Sérieux. Même si je pense qu'il est COMPLÈTEMENT FOU, je le trouve sympa. Il est sensible et drôle, et si l'on parvient à faire abstraction du fait qu'il respire par la bouche, qu'il nous bassine avec son violon et qu'il continue à rentrer son sweat-shirt dans son pantalon, on peut même considérer qu'il est PASSABLEMENT séduisant.

Au moins, il est plus grand que Tina.

MAIS DE LÀ À DIRE QUE BORIS PELKOWSKI, C'EST LE MR. ROCHESTER DE TINA. AH NON!!!!! CERTAINEMENT PAS!!!!!!

Mais comme Shameeka vient de me le faire remarquer (pendant que Tina consultait ses textos), Boris n'a pas nécessairement besoin d'être son Mr. Rochester pour l'éternité. Il peut l'être pour le moment. Jusqu'à ce qu'elle rencontre son vrai Mr. Rochester.

Je ne sais pas. On parle quand même de BORIS PELKOWSKI.

Mais Tina a raison au moins sur un point : il est passionné. La preuve : mon gilet taché de sang. Même s'il ne l'est plus, puisque Mrs. Pelkowski l'a porté au pressing et que toutes les taches sont parties.

Mais tout de même.
Tina et BORIS PELKOWSKI ????????????
AAAAAAAAAAHHHHHHHHH !!!!!!!!!!!!!!!!!!!!!!!!!!

Jeudi 8 mai, à la maison

Après avoir dû me protéger d'un autre projectile – cette fois, lancé avec une précision étonnante par l'un des lauréats de la fête de la Science –, Lars a appelé mon père et lui a demandé l'autorisation de me ramener à la maison pour des raisons de sécurité.

Mon père la lui a donnée, et c'est comme ça que je suis dispensée de cours jusqu'à la fin de la journée.

Enfin, pas vraiment puisque Mr. G. en profite pour reprendre avec moi tout ce qu'on a étudié depuis deux semaines. Il se sert de la porte du frigo comme tableau et il écrit avec les lettres de l'alphabet magnétique.

Hé, Mr. G. ? Vous ne voyez pas que j'ai autre chose à faire qu'améliorer ma moyenne en maths ? Je vous rappelle quand même que je ne peux plus mettre les pieds au lycée sans être bombardée de fruits pourris.

Tout ça me déprime. Entre la grève, Tina et Boris, et maintenant la haine que j'inspire aux élèves d'Albert-Einstein, je ne vois pas comment je vais m'en sortir pendant le restant de la semaine. J'ai appelé mon père pour lui dire de remercier Grand-Mère de ma part, car, grâce à elle, je suis en danger dans l'enceinte de mon propre établissement scolaire.

Je ne sais pas s'il le lui a dit. Je me demande même s'ils se parlent.

En tout cas, MOI, je sais que je ne parle plus à Grand-Mère. En fait, j'ai l'impression qu'il y a beaucoup de monde à qui je ne parle plus, en ce moment… Grand-Mère, Lilly, Lana Weinberger.

C'est vrai, je n'ai jamais beaucoup parlé à Lana Weinberger, mais vous voyez ce que je veux dire.

Et si je ne pouvais plus jamais retourner à l'école ? Si je devais finir ma scolarité en prenant des cours par correspondance ? Ce serait horrible ! Comment ferais-je pour me tenir au courant des derniers potins ? Et quand est-ce que je verrais Michael ? Seulement le week-end. Ça ne va pas du tout !!!!!! Le moment que je préfère dans la journée, c'est lorsque je l'aperçois qui m'attend en bas de son immeuble, avant d'aller au lycée. Même si je sais que dans quelques mois je ne passerai plus le prendre le matin, puisque Michael sera à l'université, je pensais profiter encore de ces instants jusqu'aux grandes vacances.

Du coup, ça me déprime encore plus. Je l'admets, je n'ai jamais vraiment aimé le lycée Albert-Einstein, mais comparé aux cours par correspondance ou, pire, à une école à Genovia, c'est un Shangri-la[1]. Où que se trouvent les Shangri-la.

Comment osent-ils essayer de m'en retirer ? Du lycée Albert-Einstein, je veux dire. COMMENT OSENT-ILS ???????

Oh oh. On sonne. Mon Dieu, faites que ce soit Michael qui m'apporte les devoirs. Non que j'aie hâte de faire mes devoirs, mais j'ai tellement besoin d'être réconfortée par l'odeur de son cou...

FAITES QUE CE SOIT LUI. FAITES QUE CE SOIT LUI. FAITES QUE CE SOIT LUI.

Jeudi 8 mai, plus tard, toujours à la maison

Ce n'était pas Michael. Mais je n'étais pas loin. C'était un Moscovitz.

Je trouve que Lilly est gonflée d'être venue ici après ce qu'elle m'a fait. Syndrome d'Asperger ou pas. Ma vie est devenue un enfer à cause d'elle et elle débarque ici en larmes et me supplie de lui pardonner.

Qu'est-ce que je pouvais faire ? Je n'allais tout de même pas lui claquer la porte au nez. Cela dit, pourquoi pas ? Sauf que ça n'aurait pas été tout à fait digne d'une princesse.

---

1. Chaîne d'hôtels de luxe.

Du coup, je lui ai proposé d'entrer, mais j'ai été glaciale. *Très* glaciale. C'est qui « la pauvre fille », hein ?

On est allées dans ma chambre. J'ai fermé la porte (j'ai le droit de m'enfermer dans ma chambre avec n'importe qui tant que ce n'est pas Michael).

Et Lilly a craqué.

Non pas, comme je l'espérais, parce qu'elle regrettait sincèrement ce qu'elle avait dit à la télé sur moi et ma famille.

Oh non ! Rien à voir avec ça. Lilly pleurait parce qu'elle a appris pour Tina et Boris. Eh oui. Elle pleurait parce qu'elle veut renouer avec Boris.

Sérieux ! Après ce qu'elle lui a fait !

Bref, je suis restée assise en face d'elle, et je l'ai écoutée. Elle divaguait complètement. Elle faisait les cent pas dans ma chambre, avec sa veste à col Mao et ses Birkenstock, et secouait la tête tandis que ses yeux, derrière le verre de ses lunettes (je suppose que les révolutionnaires ne portent pas de lentilles de contact), s'emplissaient de larmes.

« Comment peut-il me faire ça ? ne cessait-elle de gémir. Je tourne le dos pendant cinq minutes – cinq minutes ! – et il en profite pour sortir avec une autre ? À quoi pense-t-il quand il agit de la sorte ? »

Je n'ai pas pu m'empêcher de lui faire remarquer que Boris pensait peut-être justement à elle, Lilly, l'amour de sa vie, avec la langue d'un autre garçon dans sa bouche. Dans MON placard, qui plus est.

« Boris et moi, on ne s'est jamais juré d'être fidèles, a-t-elle précisé. Je lui ai dit que j'étais tel un petit oiseau… qui vole de branche en branche.

— Eh bien, peut-être qu'il préfère les oiseaux en cage, lui ai-je fait observer.

— Comme Tina, tu veux dire ? a-t-elle reniflé en s'essuyant les yeux. Je n'en reviens pas qu'elle m'ait fait un coup pareil. Est-ce qu'elle se rend compte qu'elle ne rendra jamais Boris heureux ? Boris est un génie, et il faut être un génie pour s'entendre avec un génie. »

À ce moment-là, je lui ai rappelé, assez sèchement, que je n'étais pas un génie moi-même, mais que je m'entendais plutôt bien avec son frère, qui a un QI de 179.

« Oh, je t'en prie, a ricané Lilly. Michael est complètement gaga de toi. Et puis, tu es en étude dirigée, tu peux observer des génies à l'action. Qu'est-ce que Tina sait des génies ? Je suis sûre qu'elle n'a jamais vu *Un homme d'exception* ! Sans doute parce que Russell Crowe ne retire pas assez souvent sa chemise dans le film… »

Ayant vu *Un homme d'exception*, je suis d'accord avec Lilly. Que Russell Crowe ne retire pas assez souvent sa chemise. Mais je ne pouvais pas laisser passer ce que Lilly venait de dire sur Tina. Du coup, j'ai répondu : « Tina est mon amie. Et elle a été une bien meilleure amie que toi, ces derniers temps. »

Lilly a eu la bonne grâce de baisser les yeux d'un air coupable.

« Je suis désolée, Mia, a-t-elle dit. Je te jure que je ne sais pas ce qui m'a pris. J'ai vu Jangbu et je… Je suppose que j'ai été l'esclave de mon propre désir. »

Franchement, ça m'a étonnée que Lilly dise ça. Parce que si Jangbu est – il le faut le reconnaître – super sexy, je ne pensais pas que le physique comptait autant pour Lilly. Après tout, elle est sortie avec Boris pendant… des lustres.

Lilly m'a ensuite confié que, de toute façon, entre Jangbu et elle, ce n'était que physique.

Que physique ? Je me demande jusqu'où ils sont allés. Est-ce que ce serait déplacé de lui poser la question ? Étant donné qu'on n'est plus meilleures amies, ça ne me regarde probablement pas. Mais si elle a été très loin avec ce type, je la tue.

« Bref, c'est fini entre Jangbu et moi, a-t-elle annoncé de façon hyper théâtrale. Je pensais qu'il avait le cœur d'un prolétaire, je pensais avoir enfin trouvé un homme qui partageait ma passion pour la cause du peuple. Hélas… je me suis trompée. Complètement trompée. Il est impensable que j'aie pour âme sœur un homme qui cherche à vendre l'histoire de sa vie à la presse. »

Et elle m'a expliqué que Jangbu avait été contacté par plusieurs magazines, dont *People* et *US Weekly*, pour obtenir les droits exclusifs du récit de sa rencontre inopinée avec la princesse douairière de Genovia, et son chien.

« C'est vrai ? me suis-je exclamée. Combien lui offrent-ils ?

— La dernière fois que je lui ai parlé, ça se chiffrait à plusieurs millions de dollars, a dit Lilly tout en s'essuyant les yeux sur l'un des foulards Chanel de Grand-Mère. Il n'a plus besoin de retrouver son travail aux Trois Marches, c'est sûr. Il envisage d'ouvrir son propre restaurant. Parfums du Tibet, il veut l'appeler comme ça. »

Je comprends Lilly. Je sais ce qu'on ressent quand on pense avoir rencontré l'âme sœur et qu'au bout du compte on découvre qu'on a affaire à quelqu'un de mercantile. Surtout quand ladite personne vous embrasse sur la bouche comme Josh – pardon, je veux dire, Jangbu.

Mais ce n'est pas parce que je compatis à la souffrance de Lilly que je vais lui pardonner. Je ne me suis peut-être pas autoréalisée, mais j'ai ma fierté.

« J'ai compris que je n'étais pas amoureuse de Jangbu bien avant le début de la grève, a repris Lilly. J'ai su que je n'avais jamais cessé d'aimer Boris quand il a soulevé ce globe et qu'il l'a lâché sur sa tête. Tu te rends compte, Mia, il voulait qu'on lui fasse des points de suture *pour moi*. Ce qui prouve son amour. Je ne connais pas d'autre garçon qui m'ait aimée au point de mettre sa vie en danger. Jangbu ne ferait certainement pas ça, en tout cas. Il est bien trop obsédé par son désir de devenir célèbre. Ce n'est pas comme Boris. Boris est mille fois plus doué que Jangbu, et ne court pas après la gloire, LUI. »

Je ne savais pas trop quoi répondre, et je suppose que Lilly a dû le deviner parce qu'elle a brusquement plissé les yeux et s'est exclamée : « Est-ce que tu veux bien cesser d'écrire dans ton journal pendant UNE MINUTE (c'était effectivement ce que je faisais) et me dire comment regagner le cœur de Boris ? »

Bien que ça me fasse de la peine, j'ai dû lui avouer qu'à mon avis elle avait peu de chance de reconquérir Boris. Voire aucune chance du tout.

« Tina est folle de lui, lui ai-je confié, et j'ai l'impression que c'est réciproque. Il lui a quand même donné sa photo de Joshua Bell dédicacée. »

En entendant ça, Lilly a porté la main à son cœur en signe d'une douleur existentielle. Ou peut-être pas existentielle parce que je ne sais pas très bien ce que ça veut dire. Quoi qu'il en soit, elle a porté la main à son cœur et s'est effondrée en travers de mon lit.

« La voleuse ! a-t-elle hurlé. Elle me poignarde dans le dos ! Je me vengerai ! Je lui ferai la peau ! »

J'ai alors dû me fâcher et dire à Lilly qu'il était hors de question qu'elle « fasse la peau » à qui que ce soit. Tina adorait Boris, et aimer et être aimé en retour avait toujours été le rêve de Boris. Un peu comme Ewan McGregor dans *Moulin Rouge*. Je lui ai fait ensuite remarquer que, si elle aimait vraiment Boris, comme elle le disait, elle pouvait peut-être le laisser vivre avec Tina ce qu'ils avaient à vivre jusqu'à la fin de l'année. Après tout, il ne restait que quelques semaines. Et puis, à l'automne, si elle souffrait encore, elle pourrait peut-être alors lui parler. Mais pas avant.

À mon avis, Lilly a été décontenancée par la sagesse de mon conseil – et aussi, par son côté direct –, parce qu'elle n'a rien dit pendant un petit moment. Elle est restée assise sur mon lit et a regardé fixement le portrait de la princesse Leia, sur l'écran de veille de mon ordinateur. Je suis sûre que ça doit faire un choc, pour une fille avec un ego aussi démesuré que celui de Lilly, de se dire que le garçon qui vous aimait autrefois en aime une autre. Pourtant, il va falloir qu'elle s'y fasse. Après ce qu'elle a fait vivre à Boris cette semaine, elle peut compter sur moi pour l'empêcher de lui tourner autour. Et s'il me faut sortir mon épée, comme Aragorn devant Frodo, je n'hésiterai pas. Non mais !

Lilly a sans doute deviné que j'étais déterminée à ne pas la laisser semer la zizanie entre Tina et Boris, car elle a fini par se lever et a dit en soupirant : « Bon. Très bien. Il faut que j'y aille. »

Si c'était fini entre Jangbu et elle, elle n'en reste pas moins la présidente de l'AERJP et, en tant que telle, elle avait des tas de choses à faire.

Comme me présenter ses excuses.

Une fois à la porte, elle s'est retournée et a dit : « Mia, je suis désolée de t'avoir traitée de pauvre fille l'autre jour. Tu n'es pas du tout une pauvre fille, et tu n'es pas froussarde non plus. En fait tu es… l'une des personnes les plus courageuses que je connaisse. »

Hé, mais c'est tellement vrai, ça! Je me suis battue contre des démons toute la journée. Les filles de *Charmed*, à côté, c'est de la rigolade! Franchement, je mériterais une médaille ou au moins les clés de la ville.

Malheureusement pour moi, juste au moment où je pensais que je n'aurais plus besoin de prouver ma bravoure – on était tombées dans les bras l'une de l'autre, Lilly et moi, et elle était partie, après avoir présenté ses excuses à ma mère et à Mr. G. pour s'être enfermée avec Jangbu dans le placard de l'entrée –, l'interphone a sonné À NOUVEAU. Cette fois, j'étais sûre que c'était Michael. Il m'avait promis de m'apporter les devoirs.

Aussi, imaginez ma stupéfaction - mon absolue révulsion – quand j'ai appuyé sur le bouton et que la voix que j'ai entendue n'était pas celle profonde, chaude et tant adorée de Michael… Mais le caquètement odieux de… GRAND-MÈRE !!!!!!!!!!!

Jeudi 8 mai, 1 heure du matin, sur le futon dans le salon

C'est un cauchemar. Je ne vois pas comment c'est possible autrement. Quelqu'un va me pincer et je vais me réveiller pour découvrir que je suis couchée dans mon lit et non pas sur ce futon – c'est fou ce que ce matelas est DUR –, en plein milieu du salon, au beau milieu de la nuit.

Sauf que ce n'est PAS un cauchemar. Je le sais, parce que pour faire un cauchemar, il faut DORMIR et je n'y arrive pas. Pour cause : GRAND-MÈRE RONFLE.

Exact. Ma grand-mère ronfle. En voilà un scoop pour le *Post*, hein ? Et si je les appelais et posais le téléphone contre la porte de ma chambre (on l'entend même la porte fermée) ? J'imagine d'ici le titre à la une :

La princesse douairière ronfle à en faire trembler les murs

Je n'en reviens pas encore de ce qui s'est passé. Comme si ma vie n'était pas assez compliquée. Comme si je n'avais pas assez de problèmes. Il faut en plus, que ma psychotique de grand-mère se soit installée ici. J'ai cru que j'allais défaillir quand j'ai ouvert la porte et que je l'ai vue, debout dans le hall, son chauffeur à ses côtés avec cinquante millions de valises Vuitton. Je l'ai dévisagée pendant une bonne minute jusqu'à ce qu'elle dise : « Eh bien, Amelia. Ne vas-tu pas me proposer d'entrer ? »

Et avant que j'aie eu le temps de répondre, elle m'a bousculée pour passer en se plaignant qu'on n'ait pas d'ascenseur et que c'était criminel de laisser une femme de son âge monter trois étages à pied (j'ai remarqué qu'elle n'a fait aucune allusion à son chauffeur qui, lui, a dû porter ses bagages en haut des trois étages susmentionnés).

Puis, elle a fait le tour du salon comme chaque fois qu'elle vient, soulevant au passage des objets d'un air désapprobateur avant de les reposer, comme la collection de squelettes Cinco de Mayo de maman ou les coupes de l'association sportive des étudiants de Mr. G.

Maman et Mr. G., justement, qui étaient sortis de leur chambre à cause du bruit, sont restés figés sur place en découvrant, horrifiés, le spectacle qui se déroulait sous leurs yeux. Je dois dire qu'il y avait de quoi donner la chair de poule… surtout qu'à ce moment-là, Rommel s'était glissé hors du sac à main de Grand-Mère et avançait en chancelant sur ses pattes toutes maigrichonnes. Il reniflait tout ce qui se trouvait sur son chemin avec une telle application qu'on aurait dit qu'il s'attendait à ce que ça explose à tout moment sous son nez (ce qui, quand il s'est approché de Fat Louie, a failli se produire).

« Heu… Clarisse, a dit ma mère (quel courage !). Auriez-vous l'amabilité de m'expliquer ce que vous faites ici ? Avec ce qui me semble être… votre garde-robe, qui plus est ?

— Il est impensable que je reste une minute de plus au Plaza », a répondu Grand-Mère, sans même accorder le moindre regard à ma mère dont la grossesse – « À son âge… », dit souvent Grand-Mère d'un air lourd de sous-entendus, même si maman est nettement plus jeune que la plupart des actrices qui attendent un bébé en ce moment – l'embarrasse énormément. « Plus personne ne travaille dans cet hôtel ! s'est-elle exclamée. C'est le chaos total ! Le room service ne répond plus, quant à trouver quelqu'un pour vous faire couler votre bain, ce n'est même pas la peine d'y penser. C'est pourquoi je suis venue ici. Pour vivre parmi les miens, a-t-elle ajouté en clignant des paupières, avec tout sauf de la tendresse dans la voix. En cas de besoin, la coutume veut que les membres d'une même famille se reçoivent les uns chez les autres, n'est-ce pas ? »

Ma mère ne s'est pas du tout laissé avoir par le côté « pauvre de moi » de Grand-Mère.

« Clarisse, a-t-elle déclaré en croisant les bras sur sa poitrine (ce qui est un exploit étant donné la taille de ses seins – pourvu que j'en ai d'aussi gros quand je serai enceinte). Le personnel hôtelier est en grève, c'est tout. Le Plaza n'est pas la cible de Scud. J'ai l'impression que vous avez perdu le sens des proportions et… »

Elle n'a pas pu finir sa phrase car le téléphone a sonné. Évidemment, comme j'ai pensé que c'était Michael, je me suis précipitée pour répondre. Malheureusement, ce n'était pas Michael. C'était mon père.

« Mia, a-t-il bredouillé, sur un ton paniqué. Est-ce que ta grand-mère est là ?

— Oui. Tu veux lui parler ? ai-je demandé.

— Grand Dieu, non, a grogné mon père. Passe-moi ta mère, plutôt. »

Ça allait être sa fête, c'est sûr, et il le savait. J'ai tendu le téléphone à ma mère, qui l'a pris avec l'air de martyre qu'elle affiche tout le temps en présence de Grand-Mère. Alors qu'elle portait le combiné à son oreille, Grand-Mère a dit à son chauffeur : « C'est bon, Gaston. Vous pouvez poser mes bagages dans la chambre d'Amelia et partir.

— Ne bougez pas, Gaston, a lâché ma mère.

— MA chambre ? Pourquoi dans MA chambre ? » me suis-je écriée en même temps.

Grand-Mère m'a lancé l'un de ses regards perfides et a déclaré : « Parce que, jeune fille, quand les temps sont durs, la tradition veut que le plus jeune membre de la famille sacrifie son confort au plus âgé. »

Je n'ai jamais entendu parler d'une tradition aussi farfelue.

« Philippe ! a hurlé ma mère dans le téléphone. Qu'est-ce que c'est que cette histoire ? »

Mr. G., qui cherchait sans doute à calmer le jeu, a demandé à Grand-Mère si elle désirait boire quelque chose de frais.

« Un Sidecar », a répondu Grand-Mère en regardant, non pas Mr. G., mais les problèmes d'algèbre sur la porte du frigo. « Avec pas trop de glace, a-t-elle ajouté.

— Philippe ! » répétait ma mère, avec insitance.

Mais en vain. Apparemment, mon père ne pouvait rien faire. S'il était prêt à vivre à la dure au Plaza, Grand-Mère ne l'était pas. Quand elle avait appris qu'on ne lui monterait pas sa camomille du soir, comme tous les soirs, elle était devenue totalement hystérique.

« Mais Philippe, a continué à gémir ma mère. Pourquoi ici ? »

Mon père lui a alors expliqué que Grand-Mère n'avait rien trouvé d'autre. La situation était catastrophique, si ce n'est pire, ailleurs. Aussi, avait-elle décidé de faire ses bagages et d'abandonner le navire… en se disant certainement que, dans la mesure où sa petite-fille vivait à dix minutes de là, elle pouvait peut-être profiter d'une main-d'œuvre non syndiquée.

Bref, on l'a sur les bras. J'ai même dû lui céder mon lit, parce qu'elle a refusé catégoriquement de dormir sur le futon. Elle s'est installée avec Rommel dans ma chambre – mon havre de paix, mon sanctuaire, ma forteresse de solitude, ma pièce de méditation, mon palais zen –, où elle s'est empressée de débrancher mon ordinateur parce qu'elle n'aime pas que la princesse Leia la « regarde ». Pauvre Fat Louie, il ne savait tellement plus où il en était qu'il s'est mis à miauler devant la porte des toilettes, histoire d'exprimer son désaccord avec la situation. Il se cache pour l'instant dans le placard de l'entrée – ce même placard où, quand on y réfléchit bien, tout a commencé –, au milieu des pièces de l'aspirateur et des parapluies à bon marché qui traînent là depuis des années.

Je dois avouer que le spectacle de Grand-Mère sortant de ma salle de bains avec des bigoudis sur la tête et une bonne couche de crème de nuit sur le visage avait de quoi en effrayer plus d'un. On aurait dit qu'elle sortait d'un conseil de Jedis dans *L'Attaque des clones*. J'ai failli lui demander si elle avait réussi à garer son vaisseau spatial.

Heureusement, Michael a fini par m'apporter les devoirs. Sauf qu'on n'a pas vraiment pu s'embrasser ou quoi que ce soit d'autre vu que Grand-Mère était assise à la table de la cuisine et nous regardait, comme une vieille chouette.

Résultat, je suis allongée sur ce futon défoncé et j'écoute les ronflements sonores de ma grand-mère.

Cette grève a intérêt à se terminer vite, si vous voulez mon avis.

Parce que ça fait déjà beaucoup, je trouve, de vivre avec un chat névrosé, un prof de maths qui joue de la batterie et une femme qui en est à son dernier mois de grossesse. Alors si, en plus, on rajoute la princesse douairière de Genovia, je suis désolée : mais vous pouvez me réserver dès maintenant une chambre au vingtième étage de l'hôpital psychiatrique de Bellevue !

C'est une maison de fous ici !!!!!

Vendredi 9 mai, en perm

J'ai décidé d'aller à l'école aujourd'hui parce que :

1. les terminales sont dispensés de cours pendant toute la journée, du coup la plupart des élèves qui souhaitent ma mort ne sont pas là, et...
2. ... c'est mieux que de rester à la maison.

Et je parle sérieusement. Ça va très mal au 1111 Thompson Street. Ce matin, quand Grand-Mère s'est réveillée, la première chose qu'elle a faite, c'est me demander de lui apporter une tasse d'eau chaude avec une rondelle de citron et un peu de miel. Je peux vous dire que mon « Prépare-le-toi toi-même » n'a pas été bien reçu. J'ai bien cru que Grand-Mère allait me frapper.

À la place, elle a lancé ma figurine de Fiesta Giles – celle où il porte un sombrero – contre le mur !!!! J'ai essayé de lui expliquer que c'était une pièce de collection et qu'elle valait deux fois le prix que je l'avais achetée, mais Grand-Mère n'a pas eu l'air de s'en soucier. « Va me chercher de l'eau chaude avec du citron et du miel tout de suite sinon je détruis tous tes personnages de *La Guerre des planètes*! » a-t-elle hurlé.

Elle ne sait même pas le nom exact de mon film préféré! J'aimerais bien voir sa tête si je me trompais quand elle me demande de lui réciter la déclaration des droits de Genovia.

Bref, après que je lui ai apporté sa fichue eau chaude avec son citron et son miel et qu'elle l'a bue, elle s'est enfermée dans ma salle de bains. Où elle est restée une demi-heure! Je ne plaisante pas. Une demi-heure! Ça nous a rendus dingues, Fat Louie et moi. Moi, parce que je voulais me brosser les dents et Fat Louie, parce que sa litière est derrière mon lavabo.

Mais bon, j'ai quand même fini par me brosser les dents et j'ai lancé un « À ce soir! » à la cantonade avant de courir jusqu'à la porte avec Mr. G.

Malheureusement pas assez vite. Ma mère nous a rattrapés avant qu'on se sauve et, d'une voix lourde de menaces, elle nous a dit : *« Vous me le paierez tous les deux de me laisser seule avec elle toute la journée. Je ne sais pas quand ni comment, mais vous me le paierez. »*

Ouah!

Au bahut, en revanche, la situation s'est considérablement calmée depuis hier. Peut-être parce que les terminales ne sont pas là. À l'exception de Michael.

Il est venu parce qu'il refuse de sécher les cours sous prétexte que Josh Richter a dit de le faire. Et aussi parce que la principale met dix avertissements d'un coup à tous les élèves qui n'ont pas de mot d'excuse pour leur absence d'aujourd'hui. Ce que Michael veut éviter à tout prix. Quand on a eu des avertissements, le bibliothécaire du lycée ne fait plus de réduction sur les livres d'occasion qu'il vend, et Michael a repéré une vieille collection des œuvres complètes d'Isaac Asimov.

Entre nous, je pense qu'il est venu pour la même raison que moi : échapper à l'ambiance familiale. Il m'a raconté que ses parents avaient fini par découvrir que Lilly avait séché l'école et qu'elle donnait des conférences de presse sans leur permission. Du coup, ils ne l'ont pas envoyée en cours, afin d'avoir une gentille petite conversation avec elle sur ses positions anti-establishment, et aussi sur la façon dont elle avait traité Boris.

Vendredi 9 mai, en maths

Mon Dieu, je n'arrive presque pas à écrire tellement mes mains tremblent. Il s'est passé quelque chose d'extraordinaire. J'ai du mal à y croire. C'est trop beau. Comment est-ce possible? JAMAIS il ne m'arrive de belles choses dans la vie. Enfin, à l'exception de Michael.

Mais ça...

C'est presque trop beau pour être vrai.

Voilà ce qui s'est passé : je suis entrée dans la salle où on a maths en ne m'attendant à rien de particulier, je me suis assise à ma place et j'ai commencé à sortir les exercices que j'avais faits hier – Mr. G. m'a aidée à les finir – quand, tout à coup, mon portable a sonné.

Persuadée que ma mère partait pour la maternité – ou s'était de nouveau évanouie au rayon des produits surgelés de Grand Union –, je me suis empressée de répondre.

Mais ce n'était pas ma mère. C'était Grand-Mère.

« Mia, a-t-elle dit. C'est bon. Tu n'as plus à te faire de souci. J'ai tout arrangé. »

Je ne voyais pas du tout de quoi elle parlait. Sérieux. Pas au début, en tout cas. « Tu as tout *arrangé* ? » ai-je répété en pensant qu'elle parlait peut-être du voisin qui se plaignait parce qu'il trouvait qu'on faisait trop de bruit. Peut-être qu'elle l'avait fait excécuter, qui sait ?

Connaissant Grand-Mère, c'était tout à fait possible.

Ce qui explique pourquoi j'ai failli tomber à la renverse quand elle a ajouté : « Ta soirée de gala. Je vous ai trouvé un endroit où l'organiser, grève ou pas grève. »

Je suis restée bouche bée, le téléphone à la main, quasi incapable de comprendre la signification de ses paroles.

« Attends, ai-je fait, au bout de quelques minutes. Tu as quoi ?

— Mais bon sang ! Tu es sourde ? Je vous ai trouvé un endroit où organiser votre soirée ! »

Et elle m'a expliqué où.

Quand j'ai raccroché, j'étais sur un petit nuage. Je n'arrivais pas à y croire. Je jure que je n'y arrivais pas.

Grand-Mère l'a fait.

Oh, elle n'a pas reconnu sa responsabilité dans l'une des plus importantes grèves de New York, financièrement parlant. Non. Elle a fait bien mieux.

Elle a sauvé le gala de l'école.

Grand-Mère a sauvé le gala du lycée Albert-Einstein.

J'ai regardé Lana. Elle était assise devant moi et tournait délibérément la tête pour ne pas avoir à me faire face étant donné que j'étais, dans son esprit, celle à cause de qui le gala était annulé.

Et c'est à ce moment-là que ça m'a traversé l'esprit : puisque Grand-Mère avait sauvé le gala du lycée Albert-Einstein, pourquoi je n'en profiterais pas pour retourner la situation à mon avantage ?

J'ai fait signe à Lana et je lui ai dit : « Tu as entendu ? »

Lana m'a toisée d'un air méprisant.

« Entendu quoi, mutante ? a-t-elle répondu.

— Ma grand-mère a trouvé une salle pour le gala de l'école. »

Et je lui ai raconté.

Lana n'en revenait pas. Elle n'en revenait tellement pas qu'elle aussi est restée bouche bée. J'avais réduit Lana Weinberger au silence!

« Il y a juste une condition », ai-je précisé.

Et je lui ai dit laquelle.

Évidemment, ce n'est pas Grand-Mère qui l'a posée. Non, c'est moi. Moi toute seule.

Mais après tout, j'ai été à bonne école.

« Alors ? » ai-je demandé en conclusion, sur un ton presque amical, comme si Lana et moi, on était de bonnes copines et non des ennemies à vie, comme Alyssa Milano et la Source du Mal. « C'est à prendre ou à laisser », ai-je ajouté.

Lana n'a pas hésité. Pas même une seconde.

« OK », a-t-elle dit.

Juste OK.

Et tout à coup, j'ai eu l'impression d'être dans la peau de Molly Ringwald.

Je ne m'explique pas ce que j'ai fait après. Je l'ai fait, c'est tout. C'était comme si, l'espace d'un moment, j'étais possédée par l'esprit d'une autre fille, une fille qui s'entendrait avec des Lana Weinberger. Bref, je me suis levée, j'ai pris sa tête entre mes mains et j'ai déposé un énorme baiser sur son front.

« Ça va pas ! s'est exclamée Lana en faisant un bond en arrière. Qu'est-ce qui te prend, mutante ? »

Ça m'était complètement égal qu'elle m'appelle « mutante ». Même qu'elle me l'ait dit deux fois de suite. Parce que mon cœur chantait comme les petits oiseaux qui volettent autour de Blanche Neige quand elle fait un vœu près du puits.

« Ne bouge pas de là ! » lui ai-je ordonné avant de m'élancer vers la porte à la grande surprise de… Mr. G. qui arrivait au même moment.

« Eh bien, Mia, a-t-il fait alors que je le bousculais pour passer. Où vas-tu ? La cloche vient de sonner.

— Je reviens tout de suite ! » ai-je répondu en dévalant le couloir jusqu'à la salle où Michael a cours d'anglais.

Je m'en fichais de passer pour une folle aux yeux des camarades de Michael. De toute façon, la plupart des terminales n'étaient pas venus, aujourd'hui.

J'ai déboulé dans la salle – c'était la première fois que je faisais ça. D'habitude, c'est Michael qui vient ME voir – et j'ai dit : « Excusez-moi, Mrs. Weinstein, est-ce que je peux dire juste un mot à Michael ? »

Mrs. Weinstein – qui avait manifestement prévu de ne pas trop travailler aujourd'hui, vu que le dernier numéro de *Cosmo* était posé sur son bureau – a levé les yeux de l'horoscope et a répondu : « Je t'en prie, Mia. »

J'ai bondi vers un Michael très surpris, je me suis assise à côté de lui et j'ai lancé d'une traite :

« Michael, tu te souviens, tu m'avais dit que tu irais au gala si ton groupe jouait ? »

Apparemment, Michael n'arrivait pas à croire que, pour une fois, ce soit MOI qui vienne le voir. « Qu'est-ce que tu fais ici ? m'a-t-il demandé. Mr. G. sait que tu es ici ? Tu ne vas pas t'attirer de nouveau des ennuis parce que…

— Laisse tomber ça, l'ai-je coupé, et réponds-moi plutôt : est-ce que tu parlais sérieusement quand tu m'as dit que tu irais au gala si ton groupe jouait.

— Il me semble, a dit Michael. Mais Mia, le gala est annulé, tu te souviens ?

— Et si je te disais, ai-je commencé, hyper désinvolte, comme si je lui parlais de la météo, que le gala a de nouveau lieu et que le comité des fêtes aimerait que vous animiez la soirée. »

Michael a écarquillé les yeux.

« Je te dirais… partons au bout du monde.

— Michael, je parle sérieusement, ai-je déclaré. Et je ne partirai pas d'ici. Oh, Michael, *je t'en prie*, dis oui. Si tu savais comme j'ai envie d'aller au gala.

— Quoi ? a-t-il fait, surpris. Mais c'est complètement nul.

— Je sais que c'est nul, ai-je répondu, non sans une certaine émotion, mais ça ne change rien au fait que j'ai toujours rêvé d'aller à un gala. Et à mon avis, j'arriverai à m'autoréaliser totalement si, demain soir, on allait ensemble, tous les deux, au gala de l'école… »

Michael ne semblait toujours pas croire à ce qui lui arrivait : que son groupe soit engagé pour animer une soirée, que cette soirée soit le gala de l'école, et que sa petite amie lui confesse que son ascension sur l'arbre jungien de l'autoréalisation pouvait être accélérée s'il l'invitait au gala du lycée.

« Eh bien, a-t-il dit, oui, pourquoi pas. Si tu y tiens autant que ça. »

J'étais tellement émue que j'ai pris sa tête entre mes mains et, comme avec Lana, j'ai déposé un énorme baiser… non pas sur son front, mais sur sa bouche.

Michael a paru très, très surpris par mon geste – surtout que je l'avais fait en présence de Mrs. Weinstein. Ce qui explique sans doute pourquoi il est devenu tout rouge quand je me suis écartée, et qu'il a murmuré, d'une drôle de voix : « *Mia…* » Mais je m'en fichais qu'il soit gêné. J'étais trop heureuse. Je me suis levée et, après avoir lancé un : « Au revoir, Mrs. Weinstein ! » sonore, je suis repartie avec l'impression d'être Molly, lorsque Andrew McCarthy s'approche d'elle au bal et lui avoue qu'il l'aime, même si elle porte une robe hideuse.

Je viens tout juste de réintégrer ma place, en maths. Avant de me rasseoir, j'ai annoncé à Lana que *La Cage* jouerait demain.

J'ai du mal à écrire, tellement je n'en reviens pas de la chance que j'ai : je vais au gala. Moi, Mia Thermopolis, certifie aller au gala du lycée Albert-Einstein. Et y aller avec mon petit ami et amour de ma vie, Michael Moscovitz.

Michael et moi, on va au gala de l'école.

MICHAEL ET MOI, ON VA AU GALA DE L'ÉCOLE !!!!!!!!!!

ON VA AU GALA DE L'ÉCOLE !!!!!!!!

Devoirs

Maths : Je m'en fiche, je vais au gala avec Michael !!!
Anglais : Je vais au gala de l'école !!!!
Bio : Oui, vous avez bien lu, au gala de l'école !!!
Hygiène et sécurité : Le gala, j'ai bien dit !!!!!
Français : La fille va au gala de son école
Éduc. civique : Un gala international !!!!!!
Demain, c'est LE GALA DE L'ÉCOLE !

Vendredi 9 mai, 7 heures du soir, à la maison

Je n'ai franchement pas de temps à perdre à écouter maman et Grand-Mère se chamailler. Est-ce qu'elles ne se rendent pas compte que j'ai des choses bien plus importantes à faire ? JE VAIS AU GALA DE L'ÉCOLE AVEC MON PETIT AMI. Je suis censée me reposer et enduire mon corps d'onguents précieux, et non pas faire l'arbitre entre une femme postménopausée et une autre dont le taux de progestérone atteint des sommets.

ELLES NE PEUVENT PAS SE TAIRE ????????

Si je ne me retenais pas, voilà ce que je leur hurlerais. Mais bien sûr, une princesse ne se conduit pas de la sorte.

Je vais mettre mes écouteurs et écouter la compilation que Michael m'a faite pour mon anniversaire. Comme ça, je ne les entendrai plus. Avec un peu de chance, les tonalités suaves des Flaming Lips apaiseront peut-être mes nerfs.

Vendredi 9 mai, 7 h 02

Même les Flaming Lips ne parviennent pas à atténuer les cris de Grand-Mère. Je vais mettre Kelly Osbourne.

Vendredi 9 mai, 7 h 04

Enfin ! Ça marche ! Je m'entends penser.

Michael vient de m'envoyer un mail pour me dire qu'ils allaient sans doute devoir répéter toute la nuit. Il s'agit quand même du premier grand concert de *La Cage*. Mais ce n'est pas grave s'il arrive demain soir avec des cernes sous les yeux (vous vous souvenez du type qui se retrouve au Time Zone avec Melissa

Joan Hart dans *Fais-moi craquer*?). C'est LA fille qui doit être fraîche comme une rose.

Il paraît que les autres musiciens du groupe ne sont pas très chauds à l'idée d'animer la soirée de gala. En fait, le bruit court que Trevor aurait dit : « Je préférerais me pendre que d'y aller. »

Mais Michael lui a répondu qu'un concert, c'était un concert, et que lorsqu'on n'avait rien d'autre, on ne pouvait pas se permettre de faire les difficiles.

Michael a terminé son mail par :

À demain soir. M.

Oui, à demain soir, mon amour. Demain soir, quand j'entrerai dans la salle de bal à ton bras et que je croiserai les regards jaloux de mes pairs. Bon d'accord, il n'y aura que Lana, vu que c'est la seule fille de seconde avec moi à aller au gala. Et Shameeka. Sauf que jamais Shameeka ne m'adresserait des regards jaloux, puisque que c'est mon amie.

Oh, et il y a aura Tina aussi. Comme Boris fait partie de *La Cage*, et que les musiciens ont le droit d'inviter quelqu'un, Boris a invité Tina qui est, nous a-t-il confié aujourd'hui, à table : « Ma nouvelle muse et ma seule raison de vivre. »

Tina était aux anges quand Boris a dit ça! J'ai même cru qu'elle allait s'évanouir. Elle l'a regardé, le visage rayonnant. Moi qui pensais ne jamais écrire ça un jour, je jure que c'est vrai : Boris était presque beau à ce moment-là.

Sérieux. Comme si sa mâchoire inférieure n'était plus aussi proéminente. Et que son torse était plus bombé.

À moins qu'il ne se soit mis à la muscu.

AHHHHHH ! Le téléphone ! Pourvu que ce soit papa qui nous annonce que la grève est finie et que Grand-Mère peut retourner au Plaza...

Vendredi 9 mai, 7 h 10

Ce n'était pas mon père. C'était Michael. Il voulait me demander si j'étais d'accord avec le choix des chansons que *La Cage* interprétera demain soir. En plus des classiques qu'on entend systématiquement aux galas d'école, comme *The Moldy Peaches, Who's got the Crack and Switchblade Kittens, All Cheerleaders Die*, ils envisagent de jouer *Mary Kay* de Jill Sobule et *Call the Doctor* de SleaterKinney. Et bien sûr, les deux titres originaux du groupe : *Rock Throwing Youths* et *La Princesse de mon cœur*.

Je me suis sentie obligée de lui suggérer de remplacer *Rock Throwing Youths* par un morceau moins controversé, comme *When it's over* de Sugar Ray ou *She Bangs* de Ricky Martin, mais Michael m'a répondu qu'il préférerait faire le tour de Times Square vêtu seulement d'un chapeau de cow-boy (j'aimerais bien !) que reprendre un tube de Ricky Martin.

« C'est quoi, ces cris que j'entends ? m'a-t-il demandé brusquement.

— Oh, ai-je répondu, sur un ton dégagé, c'est juste ma grand-mère et ma mère qui se disputent. Ma mère ne veut pas que ma grand-mère fume dans l'appartement. Elle dit que c'est mauvais pour moi et le bébé. Du coup, ma grand-mère accuse ma mère d'être fasciste. Elle lui a raconté que pendant la Seconde Guerre mondiale, lorsqu'elle avait reçu Hitler et Mussolini pour le thé, ni l'un ni l'autre ne l'avaient empêchée de fumer. Donc, si ça ne leur avait pas posé de problème, à eux, elle ne voyait pas pourquoi ça en posait un à ma mère.

— Dis-moi, Mia, a déclaré Michael, tu m'as bien dit que ta grand-mère venait d'avoir soixante-cinq ans ?

— Hum hum », ai-je fait en ne me rappelant que trop bien les soixante-cinq ans de Grand-Mère : elle voulait qu'on parte à Genovia pour fêter son anniversaire. Heureusement, j'étais en pleine période de contrôles, et ça n'a pas pu se faire. Mais elle m'en a parlé pendant des semaines !

« Je sais que les maths, ce n'est pas ton point fort, Mia, a repris Michael, mais si ta grand-mère a soixante-cinq ans, ça veut dire qu'elle avait cinq ans environ, au plus fort de la guerre. Tu me suis ? Donc, elle n'a pas pu inviter Hitler et Mussolini à venir prendre le thé au palais de Genovia, parce qu'elle ne pouvait pas y être, à moins bien sûr qu'elle n'ait épousé ton grand-père à l'âge de… quoi ? Quatre ans ? »

J'étais tellement abasourdie que je suis restée sans voix. Quand je pense que PENDANT TOUTE MA VIE, Grand-Mère m'a raconté des craques ! Et moi qui me disais quelle femme courageuse elle avait été, quelle merveilleuse diplomate, qui avait réussi à empêcher l'entrée des Allemands à Genovia grâce à une tasse de thé et à son sourire charmant (du moins, à l'époque).

ET MAINTENANT JE DÉCOUVRE QUE CE N'EST PAS VRAI ??????????

Vous savez quoi ? Elle est forte. Sacrément forte.

En même temps – si on m'avait dit qu'un jour j'écrirais ça, je n'y aurais pas cru –, c'est un peu difficile pour moi de lui en vouloir.

Parce que… eh bien…

Elle a sauvé le gala de l'école.

Vendredi 9 mai, 7 heures 30

Tina vient d'appeler. Elle est sur un petit nuage à l'idée d'aller à la soirée de gala. Elle dit que son rêve le plus cher s'est réalisé. Je lui ai répondu que je ne pouvais pas être plus d'accord avec elle. Elle n'en revient pas qu'on ait autant de chance. C'est parce qu'on est deux êtres au cœur pur et bon.

Vendredi 9 mai, 8 heures

Mon Dieu. Jamais je ne pensais qu'un jour j'aurais écrit ça : Pauvre Lilly.

Oui, pauvre Lilly.

Quand elle a appris que Boris avait invité Tina au gala de l'école (en fait, elle nous a entendus en parler, Michael et moi), elle m'a aussitôt appelée. Elle arrivait à peine à articuler, tellement elle pleurait.

« Mi… Mia, qu… qu'est-ce que j'ai… j'ai fait ? » sanglotait-elle.

C'est clair : elle a tout gâché.

Mais, bien sûr, je ne lui ai pas répondu ça. Je lui ai dit qu'elle rencontrerait un autre garçon, qu'elle aimerait de nouveau, et bla, bla, bla. En gros, ce qu'on avait dit à Tina quand elle s'était fait plaquer par Dave Farouq El-Abar.

Sauf que ce n'est pas Boris qui a plaqué Lilly : c'est ELLE qui l'a plaqué.

Mais ça non plus, je ne lui ai pas dit. Ça aurait été comme frapper quelqu'un déjà à terre.

En fait, j'ai eu un peu de mal à trouver la bonne attitude par rapport à la crise que traverse Lilly parce que :

1. Je suis super heureuse et
2. Grand-Mère et maman continuaient de se chamailler.

Au bout d'un moment, je me suis excusée auprès de Lilly, j'ai posé le téléphone et je suis allée dans le salon où j'ai hurlé : « Grand-Mère, est-ce que tu veux bien appeler Les Trois Marches pour leur demander de reprendre Jangbu ? Comme ça tu pourras retourner au Plaza et nous laisser EN PAIX ! »

Mr. Gianini, qui faisait mine de lire le journal, a dit : « À mon avis, Mia, il faudra plus que la promesse de réembaucher le jeune Pinasa pour mettre fin à la grève. »

Ça m'a complètement démoralisée. Depuis que Grand-Mère s'est installée dans ma chambre et y a flanqué tout son barda, je ne trouve plus rien. Par exemple, quand je cherche mes sous-vêtements de la reine Amidala dans le tiroir de ma commode, je tombe sur... ses petites culottes en dentelle noire ! Ma Grand-Mère a des dessous *plus sexy* que les miens. Si vous voulez mon avis, je suis bonne pour passer des années en analyse à cause de ça.

Bref, comme apparemment personne, dans cette maison, ne semblait se soucier de ma santé mentale, je suis retournée dans ma chambre et j'ai repris le téléphone. Lilly continuait de parler de Boris. À se demander si elle s'était rendu compte de mon absence...

« Il a fallu qu'il me quitte pour que j'apprécie ce que nous partagions », disait-elle.

Comme je ne savais pas quoi répondre, j'ai fait : « Hum hum.

— Et maintenant, il ne me reste plus qu'à vieillir et à mourir dans la solitude, a déclaré Lilly. Avec un chat peut-être pour seule compagnie. Ce n'est pas que ça me gêne. Après tout, je n'ai pas besoin d'un homme pour m'épanouir en tant qu'être humain, mais je m'étais toujours imaginée avec, au moins, un compagnon à mes côtés… »

J'ai refait : « Hum hum » en remarquant, à mon grand mécontentement, que Rommel dormait dans MON sac à dos et que Grand-Mère avait posé son masque pour dormir sur l'une de mes boules à neige Walt Disney, celle que je préfère en plus, car on y voit la Belle et la Bête enlacés.

« Je sais bien que je n'ai pas toujours été très gentille avec lui, et que j'ai toujours refusé qu'on aille plus loin que le baiser-sur-la-bouche-avec-la-langue, a continué Lilly. Mais franchement, il n'espère quand même pas le faire avec Tina ? Je suis sûre qu'elle est du genre à exiger une demande en mariage avant même qu'il regarde sous sa jupe… »

J'ai aussitôt tendu l'oreille : la conversation devenait intéressante.

« C'est vrai ? Boris et toi, vous n'êtes jamais allés au-delà du baiser, ai-je dit.

— En fait, on n'en a jamais vraiment eu l'occasion », a répondu Lilly, sur un ton assez mélancolique.

Du coup, je n'ai pas pu m'empêcher de lui demander :

« Et avec Jangbu ? »

Lilly n'a pas répondu. Mais son silence m'a eu tout l'air d'être un silence *coupable*.

Mais bon. Ça m'a rassurée de savoir que Boris et elle n'ont jamais joué à frotti-frotta. Il y en a une à qui ça a fait plaisir quand je le lui ai annoncé : Tina. Dès que j'ai raccroché avec Lilly.

Est-ce qu'on va se frotter l'un contre l'autre, Michael et moi, demain soir ? Après tout, je porterai ma première robe décolletée...

Et on sera au gala de l'école...

Samedi 10 mai, 7 heures du matin

Moi qui pensais qu'une PRINCESSE aurait dû pouvoir dormir en paix le matin de son premier GALA d'école...

Eh bien, JE ME SUIS TROMPÉE.

Au lieu d'être réveillée par le chant des oiseaux, comme les princesses dans les contes de fées, j'ai été réveillée par les cris de Rommel. Fat Louie s'était jeté sur lui parce qu'il avait fourré son museau dans sa gamelle.

Je dois dire que j'ai du mal à témoigner ne serait-ce qu'une once de sympathie à ce pauvre Rommel. Après tout, s'il s'était comporté correctement le soir de mon anniversaire, il n'en serait pas là maintenant. En même temps, c'est idiot de penser qu'il aurait pu se conduire autrement. Ce n'est pas LUI qui a demandé à venir. Et c'est clair, surtout après ces quelques jours à ses côtés, que si un être dans mon entourage est atteint du syndrome d'Asperger, c'est LUI.

Mon Dieu. J'entends la Gorgone qui se réveille…

Et si j'attrapais ma robe de gala et si je filais discrètement ? Je pourrais aller chez Tina et me préparer en toute sérénité pour MA soirée, dans l'intimité toute relative de chez les Hakim Baba ?

En voilà une bonne idée ! C'est *exactement* ce que je vais faire ! Pourquoi n'y ai-je pas pensé plus tôt ? J'avoue que je n'aime pas l'idée de laisser maman et Mr. G. de nouveau seuls avec Grand-Mère, mais est-ce que j'ai le choix ? Non. CE SOIR, C'EST LE GALA DE L'ÉCOLE !!!!!

S'il y a jamais eu un moment où il fallait agir vite, c'est maintenant.

Samedi 10 mai, 2 heures de l'après-midi

Voilà, je l'ai fait. Je me suis sauvée de la Maison de Fous.

Je suis avec Tina, dans sa chambre. On s'est fait un masque à l'argile, et juste avant, on est allées chez Miss Ongles (c'est à deux minutes d'ici). En fait, la manucure ne s'est pas vraiment occupée de mes ongles vu que je n'en ai pas. Elle a juste repoussé les petites peaux. Quant à la coiffeuse de Mrs. Hakim Baba, elle devrait arriver d'un instant à l'autre.

C'est comme ça qu'on doit passer la journée avant d'aller à un gala d'école : à se faire belle et non à écouter sa mère et sa grand-mère se chamailler parce qu'il n'y a plus de jus d'orange (c'est Grand-Mère qui l'a fini. Avec une goutte de vodka).

Bien sûr que je regrette de ne pas partager avec ma mère ce moment crucial de ma vie de future femme. Cela dit, c'est vrai qu'elle a des choses plus importantes à faire. Comme ses exercices de respiration et de relaxation, si elle ne veut pas finir par tuer Grand-Mère.

Apparemment, la grève n'est pas près d'être terminée. Les négociations sont longues et difficiles. La dernière fois qu'on a allumé la télé, le maire invitait tous les New-Yorkais à faire des réserves de pain et de lait, car dans peu de temps on ne pourra plus se rabattre sur les traiteurs chinois et les pizzerias pour manger.

Je me demande comment maman, Mr. G. et Grand-Mère vont faire si on ne peut plus compter sur Allô Suzie. J'espère qu'ils ont pensé à acheter des plats tout prêts chez Jefferson Market.

En même temps, ce n'est pas mon problème. Du moins, aujourd'hui. Car aujourd'hui, la seule chose qui m'intéresse, c'est être belle pour le gala de l'école. Aujourd'hui, je suis comme toutes les filles qui s'apprêtent à aller au gala de leur école.

Aujourd'hui, je veux être

LA REINE DU BAL !!!!!!

V

Beauté

Une réflexion de son Altesse Royale la Princesse Mia

Une vraie princesse s'efforce toujours de mettre son physique en valeur – mais… euh, mon physique est probablement très différent du vôtre. Il existe quantité de types de beauté. Prenez par exemple ces mannequins qu'on voit en couverture des magazines. Pour un tas de gens, elles constituent, disons, la quintessence de la perfection et tout ça. N'empêche que, dans certains pays, des aisselles velues constituent le comble du raffinement …

C'est dire à quel point le concept de beauté est relatif ! Chaque princesse, comme le commun des mortels, a des formes et une taille spécifiques. Aucun look ne saurait convenir à tout le monde. Un corps sain est mille fois plus précieux qu'une silhouette sublime, apte à se glisser dans un jean moulant taille basse. Et, bien sûr, un cœur d'or est – de loin – ce qui compte le plus. Au cours de l'histoire, nombre de princesses ont marqué leur époque. Qu'a-t-on retenu d'elles ? Qu'elles avaient la taille idéale pour s'exhiber en 501 ? Non ! On se souvient des bonnes actions accomplies tant qu'elles étaient sur le trône !

Il existe toutefois un conseil universel : l'assurance. Ayez confiance en vous et en votre physique : les autres verront aussi bien votre beauté extérieure qu'intérieure.

C'est du moins ce qu'on me rabâche sans cesse.

Des sourcils princiers

Les yeux sont la fenêtre de l'âme. Si c'est exact, les sourcils sont les rideaux de la fenêtre de l'âme. Et qui voudrait arborer des rideaux hideux récupérés dans une décharge ? Vous ? Non ! Voilà pourquoi l'entretien des sourcils est molto importante ! Nous, chez Paolo, recommandons l'usage de la pince à épiler. Voici, en quelques lignes, le guide pratique pour acquérir la bonne technique :

— Achetez une pince à épiler. On en trouve dans n'importe quel supermarché ou pharmacie, exact ?

— Dans une pièce bien éclairée, tenez-vous à bonne distance du miroir de façon à ce qu'il reflète votre visage entier.

— Voici un cas précis où en faire moins vaut mieux qu'en faire TROP. Surtout pas d'épilation drastique ! N'arrachez que les poils qui s'incrustent entre les coins internes de vos yeux et ceux qui s'échappent de la courbe naturelle de votre arcade sourcilière.

Procédez dans le sens nez-oreilles (autrement dit, dans le sens du poil) pour faciliter l'opération. Quoi ? Vous pleurez ? EXCELLENT ! La douleur prouve que ça marche...

Brossez vos sourcils vers le haut, toujours dans le sens du poil et cherchez l'erreur (le trou inévitable par exemple, vu que vous n'êtes pas Paolo…). Camouflez cette bavure avec un crayon à sourcils, assorti à leur couleur naturelle.

Voilà… Vous êtes bellissima ! Ne me remerciez pas : c'était un plaisir, foi de Paolo…

Devinette posée par Son Altesse Royale, la Princesse Mia Thermopolis :

Peut-on être princesse et porter un appareil dentaire ?

Pourquoi pas ? Même les princesses ont parfois une denture imparfaite. Bien que ce ne soit pas mon cas, j'ai quand même un truc en caoutchouc à me fourrer dans la bouche la nuit, vu que je grince des dents. (Suite au stress relatif à mes notes calamiteuses dans une certaine matière. Mais ceci est une autre histoire.)

Quoi qu'il en soit voici – selon Paolo – le secret d'un beau sourire quand on a des bagues plein la mâchoire :

- Se brosser les dents sans modération (rien de moins royal qu'un débris alimentaire coincé entre deux incisives)
- Ne pas lésiner sur le gloss ou le rouge à lèvres très clair (les couleurs sombres attirent l'attention sur la bouche)
- Mettre l'accent sur les yeux (en douceur : du mascara et un soupçon d'ombre à paupières irisée suffisent amplement).

Respectez ces trois règles et le tour est joué.
Votre sourire (orthodontique) est irrésistible !

Les conseils de votre parfumeur préféré

Marionnaud
PARFUMERIES

Un regard qui vaut le coup d'œil

Atout N° 1 de votre beauté, votre regard mérite tous les égards. Ça implique un minimum de doigté et d'audace discrète. Car trop, c'est trop : vous voulez charmer sans pour autant passer pour une allumeuse ou que sais-je encore. Certes, vous ne pouvez pas changer la couleur (ni la forme) de vos mirettes à moins d'utiliser des lentilles spéciales (un bon plan pour les grandes occasions). En revanche, sourcils, paupières, cils, se prêtent volontiers au jeu de la séduction.

1 – Sourcils au garde-à-vous

Mettez-les au pas en les brossant avec un pinceau à poils durs (ou une brosse à dents, s'ils sont épais et broussailleux) dans le sens du poil (de la naissance du nez vers les tempes) et légèrement vers le haut. Ils se rebellent ? Un peu de gel fixant sur la brosse saura leur inculquer l'obéissance ! Pour les souligner, maquillez-les avec un crayon spécial à la mine sèche et pointue (votre conseillère-beauté vous orientera dans le choix de la nuance qui vous convient). Tracez de petits traits parallèles et inclinés semblables aux hachures qui ombrent un dessin tout au long de l'arcade sourcilière. Puis, estompez à la brosse. Si vos sourcils sont très clairs, remplacez le crayon par du fard à paupière appliqué avec un pinceau fin taillé en biseau et procédez de la même manière.

2 – Paupières ombrées

Vous avez de petits yeux ? Trichez avec un fard à la texture crémeuse qui accroche la lumière et les fera briller de tous leurs feux. À appliquer du bout du doigt en étirant depuis l'extérieur vers l'intérieur. N'en mettez pas des tonnes : ça donne mauvais genre! D'ailleurs, il est plus facile d'en rajouter que de devoir tout démaquiller pour repartir de zéro !

Notez que c'est un mauvais plan d'assortir votre ombre à paupières à la couleur de votre iris. Ça « tue l'œil », comme disent les esthéticiennes en portant ombrage à l'éclat naturel de votre regard. Au quotidien, les nuances pastel – douces et subtiles – conviennent à toutes. Réservez les teintes sombres aux grands soirs pour jouer les femmes fatales car, à la lumière du jour, elles durcissent les traits et vous vieillissent.

3 – Des cils mis au pli

Bienheureux ceux qu'une bonne fée a dotés au berceau de cils longs, soyeux, recourbés ! On les envie à mort mais il faut bien faire avec ce qu'on a, hein?

Ce qu'on a en magasin : la panoplie de l'artifice, la parade du trompe-l'œil: pince recourbe-cils, mascara, eye-liner. Préférez les produits waterproof qui résistent aux fous rires, aux larmes, à l'eau de la piscine comme aux petits yeux fatigués qu'on frotte sans ménagement.

Chaque fois que vous trempez la brosse ronde de mascara dans son tube, ressortez-la doucement, en tournant, pour bien enlever l'excès. Partez de la racine et remontez vers la pointe. Le temps que le produit sèche, placez vos index sous les cils supérieurs : épousant l'arrondi du doigt, ils se recourbent.

Enfin, miracle de la recherche, les nouveaux mascaras allongent, étoffent, réalisent des miracles pour habiller vos yeux de biche et vous rendre irrésistible. Si, si, c'est possible ! Votre conseillère-beauté vous le confirmera.

Samedi 10 mai, 8 heures du soir, dans la limousine, en chemin pour le gala

Je suis tellement excitée que j'arrive à peine à me contenir. On est FABULEUSES, Tina et moi ! Quand les garçons vont nous voir – on les retrouve directement là-bas, vu qu'ils sont arrivés avant tout le monde pour installer leur matériel –, ils vont être baba.

Bon d'accord, ça craint un peu que Tina et moi, on soit affublées de nos deux gardes du corps. Franchement. Personne n'a pensé à ça, dans le numéro de *Jeune et jolie* qui est consacré aux soirées de gala. Il n'y a pas un seul article intitulé : « Comment accessoiriser votre garde du corps ». Si vous aviez entendu Lars et Wahim râler, quand ils ont dû enfiler leur smoking !

J'ai dû leur faire remarquer que Mlle Klein serait là, et qu'à ma connaissance elle porterait une robe longue, fendue sur le côté, pour que, tout à coup, ils acceptent de se laisser faire. Ils ne se sont même pas plaints quand Tina et moi, on leur a mis une fleur à la boutonnière.

Je reconnais que je ne leur ai pas précisé que Mr. Wheeton serait là aussi… puisqu'il escorte Mlle Klein. Je ne sais pas pourquoi, mais j'ai pensé que cette information serait mal reçue.

Oh, mon Dieu, je suis super nerveuse.

Je suis la fille la plus heureuse sur Terre.

Ça y est.

ON EST ARRIVÉS !!!!!!!!!

Samedi 10 mai, 9 heures, depuis l'observatoire de l'Empire State Building

Jamais je n'aurais pensé écrire ça, mais c'est Grand-Mère la meilleure.

Sérieux. Je suis tellement contente qu'elle ait amené Rommel aux Trois Marches, qu'il se soit échappé, que Jangbu Pinasa ait trébuché à cause de lui, que Les Trois Marches l'ait renvoyé et que Lilly ait défendu sa cause en provoquant la plus gigantesque grève qui a jamais sévi à New York dans la restauration et l'hôtellerie.

Parce que si tout ça n'était pas arrivé, le gala de l'école n'aurait pas été annulé, le comité des fêtes ne se serait pas posé la question d'aller ailleurs que chez Maxim's, au lieu de se retrouver obligé d'organiser la soirée à l'observatoire de l'Empire State Building – grâce à Grand-Mère, qui est comme cul et chemise avec le propriétaire –, Michael aurait persisté dans son refus, et donc, à la place d'être sous les étoiles en train d'écouter le GROUPE DE MON PETIT AMI, dans ma robe de gala genre tenue de fiançailles de Jennifer

Lopez, j'aurais été coincée à la maison où j'aurais passé la soirée à envoyer des mails désespérés à mes amis.

Bref, tout ce que je peux dire, c'est : merci, Grand-Mère. Merci d'être aussi infernale. Parce que, sans toi, mon rêve ne se serait jamais réalisé.

D'accord, c'est dommage qu'on ne puisse pas danser, Michael et moi, puisque Michael est sur scène et que si *La Cage* s'arrête de jouer, il n'y a plus de musique.

Mais quand, tout à l'heure, le groupe a fait une pause, Michael est venu me rejoindre avec un verre de punch (limonade rose avec du Sprite… Josh a essayé de le corser en y rajoutant de l'alcool, mais Wahim l'a pris entre quat'z'yeux et l'a menacé avec son coup de poing américain), et on s'est blottis dans les bras l'un de l'autre tout en regardant l'Hudson qui serpentait sous le clair de lune, et…

Je n'en suis pas tout à faire sûre, mais je crois qu'on est allés plus loin que le baiser-sur-la-bouche-avec-la-langue.

En fait, je n'en suis pas sûre parce que je ne sais pas si ça compte quand le garçon vous touche À TRAVERS le soutien-gorge...

Il faut que je demande à Tina, mais à mon avis, la main doit passer SOUS le soutien-gorge pour que ça compte.

Cela dit, il était impossible que Michael passe sa main sous MON soutien-gorge, étant donné que les soutiens-gorge bustier, comme celui que je porte, sont tellement serrés qu'on dirait un pansement.

Mais il a essayé. Ça, j'en suis sûre.

Bref, cela ne fait plus l'ombre d'un doute : je suis une femme. Dans tous les sens du terme.

Enfin, presque. Et si j'allais aux toilettes et enlevais ce fichu soutien-gorge au cas où Michael aurait envie de recommencer... Peut-être que je sentirais quelque chose...

Quoi ? J'entends un portable sonner ! Qui ose laisser sonner son portable. En plein *Rock Throwing Youths* en plus. Les gens pourraient respecter la musique et éteindre leur téléphone, non ?

Oh, mon Dieu ! Mais c'est MON portable qui sonne !!!!!!!!

Dimanche 11 mai, 1 heure du matin, à la maternité Saint-Vincent

Je n'arrive pas à y croire. Non seulement ce soir je suis devenue une femme (enfin, peut-être), mais je suis aussi devenue une grande sœur.

Eh oui. À minuit une, je suis devenue l'heureuse grande sœur de Rocky Thermopolis-Gianini.

Comme il est né six semaines en avance, il ne pèse que 2 kilos. Mais Rocky, comme son homonyme – maman devait être trop faible pour se battre et imposer le prénom de Sartre. Tant mieux. Sartre, ça craint un peu. Il se serait fait embêter toute sa vie s'il s'était appelé Sartre –, est un battant. Il va juste devoir passer quelque temps en couveuse pour prendre des forces. Sinon, la mère et l'oppresseur au chromosome Y vont bien.

Ce qui ne semble pas être le cas de Grand-Mère. Elle s'est écroulée à côté de moi tellement elle est fatiguée. En fait, je crois qu'elle s'est endormie (elle ronfle légèrement). Heureusement, il n'y a personne autour de nous pour l'entendre. Enfin, à l'exception de Mr. G., Lars, Hans, mon père, Ronnie, notre voisin du deuxième, Verl, Michael, Lilly et moi, bien sûr.

Mais je suppose que Grand-Mère a le droit d'être fatiguée. D'après le rapport plus que parcimonieux de maman, si Grand-Mère ne s'était pas trouvée à la maison, le petit Rocky serait né sur le carrelage de la salle de bains… et sans l'aide d'aucune sage-femme. Et vu qu'on a dû lui donner en plus un petit coup d'oxygène pour que ses poumons se mettent à marcher, ça aurait pu être une catastrophe !

Mais comme j'étais sur le toit de l'Empire State Building, et que Mr. G. était sorti pour aller acheter

« des billets de loterie chez le marchand de journaux » (traduction : il avait besoin de s'aérer car il ne supportait plus d'entendre maman et Grand-Mère se chamailler), il n'y avait que Grand-Mère dans les parages quand maman a brusquement perdu les eaux (heureusement dans sa salle de bains et non sur le futon. Où est-ce que j'aurais dormi, sinon ?????).

« Pas maintenant ! a hurlé maman. Oh non ! Pas maintenant ! C'est beaucoup trop tôt ! »

Pensant qu'elle parlait de la grève et qu'elle ne voulait pas qu'elle se termine tout de suite car cela l'aurait privée de la délicieuse compagnie de la princesse douairière de Genovia, Grand-Mère a couru jusqu'à la chambre de maman pour lui demander quelle chaîne elle regardait…

Et c'est à ce moment-là qu'elle s'est rendu compte que ma mère ne parlait pas du tout des infos. Grand-Mère nous a raconté qu'elle n'a pas réfléchi alors à ce qu'elle faisait. Elle est sortie de l'appartement en hurlant : « Un taxi ! Appelez un taxi tout de suite ! »

Elle n'a même pas entendu maman crier : « Non ! Appelez la sage-femme plutôt ! »

Une chance, Ronnie était chez elle – ce qui est rare, un samedi soir, Ronnie étant du genre à sortir tous les samedis soir. Mais comme elle se remettait à peine d'une grippe, elle avait décidé de passer la soirée chez elle. Bref, Ronnie a ouvert la porte et a demandé : « Je peux vous aider, madame ?

— Helen a perdu les eaux ! a répondu Grand-Mère. Il nous faut un taxi tout de suite ! Et je vous prierais de m'appeler Votre Altesse ! »

Tandis que Ronnie descendait l'escalier quatre à quatre pour chercher un taxi, Grand-Mère est retournée à la maison et a lancé à maman : « Venez, Helen. On y va. »

Maman a, paraît-il, répondu : « Mais je ne peux pas avoir mon bébé maintenant ! C'est trop tôt ! Retenez-le, Clarisse ! Retenez-le ! » Ce à quoi Grand-Mère a rétorqué : « Je peux commander l'armée de l'air de Genovia, la marine nationale. Mais s'il y a bien une chose au monde que je ne contrôle pas, Helen, ce sont vos entrailles. Maintenant, allons-y. »

Tout ce remue-ménage a bien sûr réveillé Verl, le voisin du deuxième, qui a aussitôt pensé que la guerre était déclarée. Une fois qu'il a compris ce qu'il se passait, il a lancé : « Je file chez le marchand de journaux chercher Frank ! » Bref, le temps que Grand-Mère aide maman à descendre les trois étages, Ronnie avait hélé un taxi et Mr. G. et Verl arrivaient en courant. Ils se sont tous entassés dans le taxi, même si une loi interdit d'être à plus de cinq dans le même taxi – chauffeur inclus. Lorsque ce dernier s'est permis de le rappeler, Grand-Mère a répliqué :

« Savez-vous qui je suis, jeune homme ? Je suis la princesse douairière de Genovia, et la responsable de la grève qui sévit en ce moment à New York. Alors si vous ne faites pas ce que je vous dis, je ferai en sorte que vous soyez VIRÉ, vous aussi ! » Ils ont alors foncé jusqu'à l'hôpital Saint-Vincent où, une demi-heure après qu'ils m'ont appelée, je les ai retrouvés avec Lars et Michael dans la salle d'attente de la maternité – moins ma mère et Mr. G. qui, eux, se trouvaient dans la salle de travail. Mon père et Hans sont arrivés un peu après nous (c'est moi qui les ai prévenus). Lilly nous a ensuite rejoints (Tina l'a appelée de l'Empire State Building, parce que ça lui faisait de la peine, je suppose, de la savoir toute seule, chez elle), et on s'est installés tous les neuf sous la pendule (tous les dix, si l'on compte le chauffeur de taxi, qui insistait pour que quelqu'un lui rembourse son tapis de sol que Ronnie avait complètement détruit avec ses talons aiguilles. Mon père a fini par lui donner un billet de cent dollars et le type est parti).

Si j'avais des ongles en début de soirée, je n'en ai certainement plus à l'heure qu'il est. Pendant les deux heures qu'a duré notre attente, on était tous TRÈS tendus, et puis le docteur est arrivé avec un grand sourire et il a dit : « C'est un garçon ! »

Un garçon ! Un frère ! Je dois avouer que l'espace d'une seconde, j'ai été un tout petit peu déçue. En fait, j'espérais avoir une sœur. Une sœur avec qui partager des choses – par exemple, comment ce soir, je suis allée plus loin que le baiser-sur-la-bouche-avec-la-langue avec mon petit copain. Une sœur à qui j'aurais pu offrir des autocollants un peu niais mais souvent bien vus comme *Dieu a fait de nous des sœurs, mais la vie, des amies*. Une sœur avec qui j'aurais joué aux Barbie, et personne n'aurait pu m'accuser de régresser, parce que cela aurait été SES Barbie et que j'aurais joué avec ELLE.

Et puis, j'ai pensé à tout ce que j'allais pouvoir faire avec un petit frère. L'emmener voir *La Guerre des étoiles*, bombarder de cailloux les cygnes super agressifs qui se trouvent sur les pelouses du palais, à Genovia, lui voler ses illustrés de *Spiderman*, le préparer à devenir un petit ami parfait pour quand il sortirait avec une fille, comme dans la chanson de Liz Phair *Double Dutch*.

Et quand Mr. G. est sorti de la salle d'accouchement en pleurant tellement il était ému, et qu'il s'est mis à baragouiner sur son « fils » comme les singes rhésus qu'on voit sur Discovery Channel, j'ai su alors… je ne sais pas comment, mais j'ai su que c'était bien que maman ait eu un fils… un garçon qui s'appelle Rocky – en hommage à un homme qui, si on y réfléchit bien, respectait et aimait les femmes (Adrian, la jeune vendeuse). J'ai su que maman et moi, on allait faire que Rocky devienne le garçon le plus viril, le plus antisexiste, le plus impartial, le plus adepte des Barbie ET des Spiderman, le plus poli, le plus drôle, le plus athlétique (sans être abruti par le sport), le plus sensible (mais pas geignard) et le plus habile à passer à après-le-baiser-sur-la-bouche-avec-la-langue.

Bref, qu'on allait faire que Rocky devienne...

un second Michael.

Sauf que – et j'en fais ici même le serment, sur tout ce que j'ai de plus sacré – Fat Louie, Buffy et le bon peuple de Genovia (et dans cet ordre, s'il vous plaît) –, quand il sera en âge d'aller à la soirée de gala de son école, je ferai tout pour que Rocky ne décrète PAS que c'est stupide.

Dimanche 11 mai, 3 heures de l'après-midi

Et voilà. La grève est officiellement finie.

Grand-Mère a fait ses bagages et est rentrée au Plaza.

Elle a proposé de rester jusqu'au retour de Rocky de la maternité, histoire d'« aider » maman et Mr. G., le temps qu'ils prennent le rythme, mais Mr. G. lui a fait comprendre que ce n'était pas la peine, qu'ils allaient très bien se débrouiller.

Personnellement, je ne suis pas mécontente. Grand-Mère m'aurait empêchée d'éduquer Rocky pour en faire un garçon parfait. Ça se voit tout de suite qu'elle aurait passé son temps à lui dire des trucs comme « C'est qui mon grand garçon ? C'est qui mon petit homme à moi ? »

Sérieux. Ça paraît étonnant venant de Grand-Mère, mais quand elle a enfin pu aller voir Rocky dans sa couveuse, hier soir, c'est exactement ce qu'elle a dit. C'est scandaleux.

Je comprends maintenant pourquoi mon père a tellement de problèmes à nouer des relations durables avec les femmes.

Sinon, les restaurateurs se sont enfin pliés aux exigences des aides-serveurs. Ils percevront dorénavant des prestations chômage, des congés maladie et auront également droit aux congés payés. Tous, sauf Jangbu, bien sûr. Le récit de sa vie lui a rapporté suffisamment d'argent pour pouvoir retourner au Tibet. Je suppose que la vie citadine ne lui convenait finalement pas. Par ailleurs, tout cet argent lui assure, à lui et à sa famille, de quoi bien vivre là-bas. Peut-être même de s'installer dans un palais. Tandis qu'ici, à New York, il n'aurait pu s'acheter qu'un studio, et encore, dans un quartier mal famé.

Quant à Lilly, elle semble se remettre doucement de sa déception de ne pas être allée au gala de l'école. Tina lui a raconté la soirée dans ses moindres détails – par exemple, comment Michael a brusquement abandonné son groupe pour m'accompagner à la maternité, et comment Boris s'est mis à la guitare, même s'il n'avait jamais touché à cet instrument de sa vie.

Mais évidemment, Boris étant un génie, il peut jouer de n'importe quel instrument… à l'exception de l'accordéon, peut-être. Tina nous a raconté qu'après notre départ, la soirée a un peu dégénéré. Josh et d'autres garçons de sa bande se sont penchés par-dessus la balustrade de l'observatoire pour faire un concours de crachats. Mais Mr. Wheeton les a surpris. Résultat, ils sont exclus du bahut pendant deux jours. Il paraît que Lana s'est mise à pleurer et qu'elle a accusé Josh d'avoir gâché la plus belle soirée de sa vie, car l'année prochaine, lorsqu'il serait à l'université, elle ne pourrait pas s'empêcher de le revoir en train de lancer des glaviots du haut de l'Empire State Building.

Comme c'est romantique.

En ce qui me concerne, je n'ai pas de souci à me faire : lorsque Michael sera à l'université :

a) je le verrai tous les jours parce que c'est juste à côté. Ou du moins, très souvent, et

b) je garderai de lui non pas le souvenir d'un garçon lançant des glaviots du haut de l'Empire State

Building, mais se tournant vers mon père, dans la salle d'attente de l'hôpital Saint-Vincent et lui disant (après que j'ai demandé, pour la énième fois, si, maintenant que j'avais un petit frère, je pouvais rester à New York cet été pour apprendre à mieux le connaître, et que mon père, pour la énième fois, m'a répondu que j'avais signé un contrat et que je devais m'y tenir) : « En fait, monsieur, légalement, les mineurs n'ont pas le droit de signer de contrats. Aussi, d'après la loi de l'État de New York, vous ne pouvez pas obliger Mia à respecter un document qu'elle aurait signé, puisque le fait qu'elle soit mineure à l'époque le rend invalide. »

Ouah !!!!!!!! Bien joué !!!!!!!!

Si vous aviez vu la tête de mon père ! J'ai cru qu'il allait faire un infarctus. Heureusement qu'on était déjà à l'hôpital.

Mais il n'a pas eu de malaise. À la place, il a regardé Michael droit dans les yeux (je suis fière de rapporter ici que Michael a soutenu son regard), puis il lui a dit, avec un grand sourire : « Eh bien… on verra. »

Mais c'était clair qu'il se savait battu. Oh, mon Dieu, c'est tellement génial de sortir avec un génie.

Même s'il n'est pas passé maître dans l'art de retirer un soutien-gorge sans bretelles.

Pour l'instant…

Voilà. C'est à peu près tout. J'ai retrouvé ma chambre et tout laisse à croire que je vais passer une grande partie de l'été ici. J'ai un petit frère, j'ai écrit mon premier article pour le journal du lycée, l'un de mes poèmes a été publié et *apparemment*, mon petit ami et moi, on est allés plus loin que le baiser-sur-la-bouche-avec-la-langue.

Ah oui, j'oubliais. Je suis allée au premier gala d'école de ma vie. Mais… J'y pense…

Ça veut dire que je me suis autoréalisée.

VI
Le mot de la fin par Son Altesse Royale la princesse Mia

J'espère que vous aurez trouvé ces conseils utiles. Comme vous le voyez, être une princesse implique bien davantage que de savoir porter une tiare ou s'épiler les sourcils.

En résumé :

Soyez sympa. Quelques exemples choisis au hasard : réconfortez tout de suite quelqu'un qui n'a pas le moral ; proposez une sortie au cinéma à la nouvelle élève que personne n'aime ; autorisez votre meilleure amie à porter votre tiare le jour où elle passe à la télé. Autant de bonnes actions qui caractérisent une attitude vraiment princière.

Sachez dire non-merci. Avoir bon cœur ne signifie pas pour autant être une bonne poire. Ne laissez pas les gens vous dicter votre conduite – sauf si c'est pour votre bien, genre vous appliquer en algèbre ou autre. Manifester de l'assurance, voilà qui est princier. Se laisser piétiner, en revanche, ne l'est pas.

Souriez. Une princesse montre toujours un visage avenant. Pas seulement parce qu'à tout moment un paparazzi peut jaillir des buissons pour vous mitrailler et que vous ne voulez pas faire la tête sur la photo, mais pour le moral de votre royaume. Exemple : vous êtes trop grande, plate comme une planche, nulle en algèbre, etc. ; le garçon pour qui vous craquez ne répond pas aux lettres anonymes que vous glissez sans arrêt dans son casier : ne montrez jamais en public combien vous en souffrez ! On ne vous demande pas de feindre. On vous demande juste de ne pas démoraliser vos sujets.

Soyez courtoise. Quand on perd, nous autres princesses, on le fait avec grâce en public. Ensuite, on file à la maison évacuer nos sentiments de haine et de jalousie en écrivant notre journal. Exemples : le garçon que vous aimez craque pour une fille qui sait cloner les drosophiles ou votre meilleure amie est invitée au Grand Bal de l'hiver et vous pas. Ils doivent ignorer que ça vous mine. Une princesse n'accepte la pitié de personne.

Enfin, le plus important :

Soyez vous-même. Une princesse suit son penchant naturel sans se laisser influencer par les diktats de la mode. Une fille aux cheveux verts avec un piercing au nombril est-elle digne d'être princesse ? Absolument, si elle a choisi cette couleur et ce piercing en toute liberté, pas parce que les autres filles le font.

Souvenez-vous que ce sont vos actes qui comptent. Pas le titre de vos parents, ni vos résultats au collège, ni le choix de vos activités extra-scolaires, ni même votre look – en dépit de ce que Grand-Mère, Sebastiano, Paolo et les autres prétendent.

Être princesse relève plus d'un état d'esprit que d'un mode de vie. Alors, puisque la planète ne compte pas assez de pays pour que chaque fille accède au pouvoir suprême, toutes peuvent se conduire de façon princière, même sans devenir princesses (Croyez-moi, c'est mieux comme ça !).

Et maintenant, régnez !

FIN

À moins que ce soit

le commencement ?

Tu adores les aventures de Mia, retrouve-la vite
dans le tome 1 « Journal d'une Princesse »,
le tome 2 « Premiers pas d'une Princesse »,
le tome 3 « Une Princesse amoureuse »
et dans le tome 4 « Une Princesse dans son palais ».

Composition JOUVE – 53100 Mayenne
Mise en page MCP – 45774 Saran

Imprimé en France par HÉRISSEY - 27000 Évreux
Dépôt imprimeur : 100575 - éditeur n° 66328
20.19.0972-8/03 - ISBN : 2.01.200972.7
Loi n° 49-956 du 16 juillet 1949 sur les publications destinées à la jeunesse
Dépôt légal : novembre 2005